ステリ文庫
11〉

ホッグ連続殺人

ウィリアム・L・デアンドリア
真崎義博訳

早川書房
5553

THE HOG MURDERS

by

William DeAndrea

Translated by
Yoshihiro Masaki

Published 2005 in Japan by
HAYAKAWA PUBLISHING, INC.
This book is published in Japan by arrangement
with AVON BOOKS, THE HEARST CORPORATION
through JAPAN UNI AGENCY, INC., TOKYO.

ふたりのいい子、
ジョアーンとメアリへ

ホッグ連続殺人

登場人物

ニッコロウ・ベネデッティ……………教授。犯罪研究家
ロン・ジェントリイ……………………私立探偵
ビューアル・テイサム…………………新聞記者
ディードゥル・チェスター……………ビューアルの恋人
ウィリイ・チャンドラー………………ビューアルの伯父。牧師
ハロルド・アトラー……………………ブローカー
ベス・リン
キャロル・サリンスキイ ……………ハイ・スクールの学生
バーバラ・エレガー
カールトン・マンツ……………………バーバラのボーイフレンド
スタンリイ・ワトスン…………………ひとり暮らしの老人
レスリイ・ビッケル……………………大学院生
テリイ・ウィルバー……………………レスリイのボーイフレンド
ハーバート・フランク…………………レスリイの階下に住む学生
デイヴィッド・リード…………………八歳の少年
ジョージ・ルイース・バスケス
　　　（ファン・ビザーロ）………麻薬の売人
ジェフリイ・ジャストロウ……………元保安官補
グロリア・マーカス……………………清掃作業員
ジョウゼフ・フライシャー……………警視
マイクル・ショーナシイ………………部長刑事
ドクタ・ドゥミートリ…………………検屍官
ジャネット・ヒギンズ…………………心理学者

1

たとえ誰ひとり殺された者などいなくとも、ニューヨーク州スパータ（人口約十九万一千）の市民がその冬のことを忘れてしまうには、長い年月がかかることだろう。（俗に言われるように）一年が冬と七月に二分されるようなニューヨーク州中央部でも、忘れられない気候の年もある。十月から四月にかけて、スパータには十四フィートもの積雪があったのだ。しかも、二月二日の聖燭節《グラウンド・ホッグ・デイ》には三十インチの積雪をもたらすブリザードがあった。

そのブリザードのあった日が聖燭節だったということも、運命の悪い冗談のように思えるのだった。スパータの市民は、街の活動を麻痺させたホッグの日の天気を、死を予告するメモに〝HOG《ホッグ》〟とサインしてよこす謎の人物と結びつけて考えていた。口々に、なにか因縁がある、と言い合っていたのだ。「彼は、私たちを一度に皆殺しにしようとしているんだわ」ラジオの地方局で、ある匿名の老婦人がしゃべった。「街中の人を皆殺しにする気なのよ」人々は、彼女といっしょにその冗談のような話を笑いとばしていた。が、それも恐怖心を隠すひとつの方法だったのだ。

過去にも、大量殺人事件というものはあった——ロンドンの切り裂きジャック、ニューヨーク・シティのサムの息子。ロサンジェルスのスラッシャー、サンフランシスコのゼブラとゾウディアック。が、これはどれも大都会でのできごとだ。スパータの人々は、そうした事件は都会にしか起こらないものだと思い込んでいた。スパータといえば、シラキューズとロチェスターの中間に位置し、機械部品の工場や大学のある、きれいなほどほどの大きさの街にすぎない。なぜわれわれがそんなめに？　人々は神に尋ねたが、答えは得られなかった。

納得のいかない点は、他にもあった。切り裂きジャックは娼婦を切り刻み、スラッシャーは社会の落伍者にカミソリを振るい、サムの息子は魅力的な若いカップルを撃ち、ゼブラとゾウディアックも過去の連続殺人事件同様、狙う相手がきまっていた。

ところが、HOG《ホッグ》ははっきりした理由もなく、さまざまな手口で、相手かまわず殺すのだ。そして、殺しておいてからあざ笑う。スパータのような街では一年に二十件も殺人事件があればたいへんだというのに、たった三週間のうちに六件も起これば、人々が浮き足立つのも無理はない（その六件がすべて同一犯人によることは明らかで、その犯人は人々やできごとを完全に掌握しているように思われたのだ）。

ベネデッティは（常日頃）、自分は哲学者であって探偵などではないと言い張っていたが、結局彼がその事件に首を突っ込むことになった。むろん、いつものようにかなりの報酬を請求はするのだが、ベネデッティ教授が事件に取り組もうと決心した心の底には、街への愛着や、ロン・ジェントリイとジョウゼフ・フライシャー警視への心遣いがあることにまちがいはなかった。

スパータの一般市民は、そのことにこだわってはいない。ただ、ベネデッティにHOG《ホッグ》が捕まえられなければ、スパータの大量殺人事件も、迷宮入りとなった他の有名な事件の仲間入りをすることになるだろうことだけはわかっていたのだった。


あとになって教授が指摘したように、ニューヨーク州アスウィーゴウに住む老婆が百十八歳の誕生日を迎えたりしなければ、状況は変わっていたはずだ。

ビューアル・ティサムは、取材を終えてスパータへ帰る車のなかで、《クーラント》紙に毎日書いている自分のコラムの構成を考えていた。この長い実りある人生は――とか、若いころと較べると世の中はすっかり変わってしまって――とかいった、百歳を超えた人の月並な記事では困る。そんなものなら、コンピューターに書かせることだってできる。そこがコラムニストの悩みなんだ、彼はこう思って顔をしかめた――人間の好奇心などうんざりだ。

むろん、取材のたびにいつもそんな気分になるわけではない。六〇年代初頭から中ごろにかけて公民権運動が盛んだった時期、南部ではつまはじきにされる根っからの自由主義者だったビューアルは、彼が自分の目で見た人種差別が引き起こす黒人と白人の苦悩、南部が生き残るためにはなぜそれを終わらせなければならないか、そういったことについての鋭い記事を《クーラント》紙に連載していた。その記事のいくつかは、放送局によってとりあげられもした。むろん、南部の〈ノックス・カウンティ・レジスター〉局がとりあげるはずのないことはわかっていたが。彼は、ペン・ネイムで出る自分の記事を同郷の人々が読んだらと思うと、笑いが止まらなかった。

ビューアルには、ボストンや、フィラデルフィアや、ニューヨークの新聞社からも声がかかったが、どれもこれも断わった。勇敢で冒険心に富んだ祖先がジョージ一世から与えられた一族の土地を離れて、祖先の特権や名前を捨てたことが、彼には心の傷になっていた。十年かかってやっとスパータが故郷のように感じられるようになった当時、そのスパータを離れるなどということは考えられないことだったのだ。

北部へやって来て二十五年になる彼は、多少の評価も得てふつうの中年男のなかでは出世頭とも言えたが、自分の小さな、心暖まる（こう思いながら、ビューアルはいささかうんざりした顔をした）成功を自賛することにも嫌気がさしていた。そうだ、まだいい仕事がある、彼は思い、本気でそれに取り組むつもりになった。もし誰にも邪魔されなければ。邪魔さえ――

車のホーンの音で物思いから我に返ったビューアルは、運転に注意を戻した。知らず知らずのうちに中央の車線へ入ってゆき、三人の若い女の子が乗った黄色いフォルクスワーゲン・ビートルの直前に入ってしまったのだ。気をつけろよ、過去の記憶のなかから怒鳴る声が聞こえた。考えごとをしながら運転すると、事故を起こすぞ。

道路をしっかり見すえる。夕方のラッシュ・アワーにはまだ間《ま》があるが、夕方で薄暗く、空には雲が垂れこめている。ヘッドライトをつけることにした。ミラーには、一台の車も映っていない。フォルクスワーゲンはとうに先へ行ってしまったし、ハイウェイでビューアルの目にとまった車といえばそれ一台だけだった。そこで彼は、周囲の景色に目を走らせた。

何年も見ているうちに、彼はスパータの冬景色が好きになっていた。あらゆるものを雪と氷が覆い、さながらアルミニウム処理を施したアール・デコ調の風景なのだ。ノックス・カウンティの赤土と、頭のなかで較べてみたりもした。街を離れていて帰ってくるときは、その景色を目にすることがいっそう楽しかった。そこにも赤土はあるが、なにもかもちがうのだ。そして、スパータへ帰り着けばいちばん大きなちがいが待っている。

まず第一に、ディードゥルとその小さな息子がいる。なによりもスパータに感謝しなければいけないのは、彼女と会えたことだった――ディードゥル・チェスターと。彼は本気で愛せる女性がどれほど必要か、自分でもわかっていなかった。人間は、自分にとって必要なものが満たされはじめるまで、どれほどそれを必要としているかはけっしてわからないものなのだ。

スパータのダウンタウンを示す標示が目に入った。出口まであと二十分ほどだ。以前は十分の道のりだったのに、前年の夏、カウンティが新しい陸橋とランプの建設にとりかかったのはいいが、十月に最初のすさまじいブリザードがやって来るまえに、骨組を組んだところで工事が中断してしまったのだった。工事再開は雪解け以後だ。それも、骨組が雪解け水の洪水で流されなければの話だが。

前方に未完成の陸橋があり、〈建設中につき危険〉の標示板が下がっている。風雨や雪のために字が消えかかってはいるが、まだ読み取ることはできる。

ビューアルは女の子たちの百ヤードほど後方を走っていた。彼女たちの乗ったフォルクスワーゲンが、その陸橋のしたにさしかかった。と、その瞬間、標示板が落下した。

留めている金具の折れる音がしたにちがいないのだが、ビューアルには聞こえなかった。重い木の標示板の左上部が外れ、ゆっくりと右へ揺れたかと思うと、そのまま落ちていった。ビューアルは、それが十五フィートほど落下する様を、ぞっとしながら見つめていた。標示板は、角から黄色いフォルクスワーゲンのフードへ激突した。

運転していた女の子には、なにがぶつかったのかもわからなかっただろう。車は完全にコントロールを失い、陸橋のコンクリートの支柱に衝突した。車のノーズは巨人にでも喰いちぎられたかのように大きくへこみ、一度スピンして仰向けにひっくり返ってしまった。

ビューアルは車を停め、事故を起こした車を見つめて震えていた。が、すぐに我に返り、行動を起こした。手順が明確に心に浮かんだのだ。

まず自分の車のトランクへ走り、消火器、毛布、その他必要と思われるものを手にしてひっくり返った車のところへ駆けつけた。

フォルクスワーゲンのタイヤは、まだむなしく回転している。彼は凍《い》てついたアスファルトのうえで四つん這いになり、割れた窓から手を入れてイグニッションを切った。そして消火剤をかけ、女の子たちに目を向けた。

ビューアルが人の死をはじめて目にしたのは自分の父親の通夜のときだったが、もはやそれも特別な意味を失っていた——記憶のなかで風化していたのだ。その後、朝鮮戦争で人が撃たれ、吹き飛ばされるのを目にし、以後、どんなレポーターもがそうであるように、ありとあらゆるかたちでの人間の死というものを目撃してきたのだ。が、今度の事故は、さまざまな理由でいささか異質だった。

フォルクスワーゲンを運転していた女の子が死んでいることは、明らかだった。小柄できゃしゃな感じの東洋人だ。落ちてきた標示板の勢いで曲がったのだろう、ハンドルが胸に押しつけられている。その力で座席に固定されたままの彼女は、ひっくり返った車のなかで逆さ吊りのような状態になっていた。助手席のブロンドの娘《こ》はインストルメント・パネルに抱きつくような恰好で、まるで恋人の背中に爪を立てるかのようにパッドの入ったダッシュボードに爪を立てている。ビューアルはその娘の唇が異常に赤いのを不思議に思っていたが、それにも納得がいった。弱々しく咳き込むと同時に鮮血が散ったのだ。

彼女の命が自分の手には負えないと悟ったビューアルは、後部座席にいる背の高いブルーネットの女の子を救い出すことにした。その娘は頭から血を流し、うしろの窓から這い出そうとしている。ビューアルはそこへまわり込んで彼女を引き出し、毛布をかけてできるだけ楽なようにしてやった。

事故現場での応急処置をきちんとしてから、ビューアルは応援を求めに道路へ戻った。まもなく、州警察の車が通りかかった。

「救急車を呼んでくれ！」ビューアルは言った。「女の子が重傷を負っているんだ」

警官は、乗り捨てられたようになっているビューアルの車のことを訊くつもりだったのだが、彼のきちんとした服装と誰の耳にも明らかな〝南部〟訛りに加え、その切迫した口調に事態の緊急性を悟った。警官は無線で救急車の出動を要請し、署へ連絡して応援を求めてから、ビューアルに事情を訊いた。

ビューアルは、事の次第を説明した。そしてそのあとから警官の上司に同じ話をし、さらにその後、上司の上司にも同じことを繰り返し話して聞かせた。同じ話を何度もするのも、億劫ではなかった。現場に長くいればいるだけ、それまで気づかなかった細かい事実に気がつく。なんといっても、彼は記者なのだ。死んだ東洋人の女の子がベス・リンという名前であること、ブロンドの娘《こ》の名前はキャロル・サリンスキイ、いちばん傷の浅い長身のブルーネットの娘はバーバラ・エレガーだということが判明した。あとになって、サリンスキイが病院へ向かう途中で死亡し、エレガーは一命を取りとめるだろうことを知らされた。

ビューアルは、警官が女の子たちの財布の中身を調べるのを盗み見ていた。三人とも、グロウヴァ・クリーヴランド・ハイ・スクールの学生証をもっていた。ベス・リンは、俳優エリック・エストラーダのサイン入りの写真をもち、バーバラ・エレガーは真新しいペッサリーと婦人科医の書いた使用法のメモをもっていた。

最後の事情説明をする直前に、テイサムはもうひとつの情報を得た。州警察の警部がビューアルを呼んだ。

「病院からの報告によると、あなたは生き残ったあの娘の命の恩人になるようですよ、ミスタ・テイサム」

これを聞いたビューアルは、心底うれしかった。「父によく言われていたとおり、私なりに神の教えにしたがっただけですよ。私とて、ただの人間です」

警部は笑みを浮かべ、何事か言おうとした。が、それも部下のひとりの大声に遮られてしまった。木製の標示板を調べていた鑑識課員だった。

ビューアルが振り向いてそっちへ視線を向けると、太った男がルーペをもっていた。彼は世界の中心にでも立っているような気分だったが、その世界ももはや美しいアール・デコ調の幻想的な世界などではなかった――警察の車の青と赤の回転灯に色どられた忌わしい悪夢の世界だ。

ビューアルは、破片を踏まぬように注意しながら、警部についてその鑑識課員のところへ行った。「標示板が落ちた原因はこれですよ、警部。この留め金を見てください。ねっ？」

その標示板は、ふたつのU字型の留め金で頭上の鉄柱に留められていたのだ。両方ともまだボルトで標示板についてはいるが、一方はねじ曲がって折れており、もう一方はそのままになっている。U字型になっているべき部分に四分の三インチほどのすきまがあった。いも虫が鏡のまえで背のびをして、自分の姿を見つめている様子と言えなくもない。

「これが落ちる瞬間を見たのですよ」ビューアルが警部に念を押すように言った。「たしかにこんな具合に落ちました」

「なるほど」鑑識課員が苦々しげに答えた。「でも、ちょっと見てください。むろん研究室へ帰ってから綿密に調べますが、ここです」彼は、留め金の折れた部分に指を這わせた。

金属の通常の厚みをもった部分から直線的な折れ目にかけて、丸みを帯びて薄くなっている。先端がひどくなまくらになって丸みを帯びたドライヴァのようだ。「この金属は折れたんじゃありません」鑑識課員が言った。「誰かがボルト・カッターで切ったのですよ。これは殺人です、警部」

警部は、部下の目の鋭さをほめた。そして、独り言を言うように毒づいた。やがてスパータの本部へ無線を入れ、フライシャー警視に殺人事件が発生したこと、現場はスパータ・シティ境界線内十分の三マイル地点であることを報告するように命じた。

事件があったのは、一月十五日の木曜日だった。一月十七日の土曜日、スパータの《デイリイ・クーラント》紙に、〝ヒューマン・アングル〟というコラムをもっているビューアル・テイサムのオフィスへ届いた郵便物のなかに、一通の手紙が混じっていた。安手の白い封筒で、差し出し人の住所も名前もない。消印からすると、スパータのダウンタウンのポストに投函されたものだ。宛先は、十九セントのボールペンで筆跡鑑定もできないほどむらのないきれいな大文字で書かれていた。

封筒のなかには紙が一枚入っていて、同じペン、同じ書体でメッセージが書かれている。それは、こう読めた。

ビューアル・テイサムへ――

木曜日の夕方、おまえは幸運だったな。目撃者のおまえが、俺のメッセージを警察に伝えることができるのだから。警察も幸運だったぞ。俺がわざと雑な手口を使ったから、警察もあれがただの事故でないことがわかったんだ。これからは、俺がメッセージを届けるまで、俺がやったとは誰にもわかるまい。背の高い女も幸運だった。これで、財布に入っていたあのペッサリーを使って楽しめるというわけだからな。この手紙が最後だなどと思うなよ。まだまだ死人は出る。では、そのときまで。

――ＨＯＧ

一方の手で手紙をしっかり握りしめ、もう一方の手で警察の番号をダイアルしながら、まちがいない、とビューアルは思った。いよいよ事件が現実のものとなったのだ。というのも、数人の警官、ビューアル、それに婦人科医以外は、バーバラ・エレガーがその日の午後その婦人科医のところへペッサリーを取りに行ったことなど知らないのだから。そのことは誰も知らなかった。彼女の両親さえ知らなかった。バーバラ自身、まだ意識が回復していないのだ。

とすれば、ビューアルは思った、少しでも頭のまわる者なら、この手紙が殺人犯からのものだということを認めないわけにはゆくまい。

2

ディードゥルは夜明けに起き、ナイトガウンのうえにコートを羽織ってニューズスタンドへ《クーラント》紙を買いに行った。HOG《ホッグ》事件の最新情報が読みたくてたまらなかったのだ――まえの晩に電話をくれたビューアルは、忙しくて事件の概要しか話す時間がなかった。アパートメントへ走り戻った彼女はコートと靴を脱ぎ捨て、ベッドへ飛び乗った。〈HOG、新たな殺人を認める〉見出しにはこう書かれていた。ビューアルが手紙を受け取ったのはきのうだった。そのためにふたりでとるはずだった夕食もだめになり、彼は一日中警察にいたのだ。記事によれば、最初の手紙と同じ紙、同じ書体のHOG《ホッグ》の手紙が届き、最初は事故に思えた八十一歳のスタンリイ・ワトスンの死が、じつはHOG《ホッグ》の犯行だったとのことだった。〝ワトスンは誤って階段を落ちたのではない〟手紙にはこうあった。〝俺が少しばかり押したのだ〟

最初のふたりの犠牲者のときと同様に、手紙の主は捜査に加わっている者以外は誰も知らないはずの事実を知っていた。ワトスンは、開けていないミラー・ハイ・ライフ・ビールの罐を片手に握りしめて死んでいたのだ。

ワトスンは家にあるクッキーの箱とふたつの花瓶に小額紙幣で七百ドルほど隠していたが、それには手も触れられていないようだった。ワトスンは二十二年前、スパータにあるジェネラル・エレクトリック社の工場を退職している。警察は困惑していた。

この警察の困惑については、新聞には書かれていない。ビューアルがディードゥルに電話で教えたことだ。むろん恐ろしい事件ではあったが、それだけにかなりエキサイティングでもあった。ビューアルはこの事件での重要人物であり、警察に力を貸しているのだ。ディードゥルは、ビューアルが個人的な気持ちの表われとしてしてくれることを、なにもかもいい方向に解釈していた。自分が特別な存在のように感じられるからだ。彼女はプラチナ・ブロンドの髪に深いブルーの目をし、顔やスタイルも映画スターのようだった(自分が出るはずだった映画の実態を知るまでは、現にスターだったと言ってもいいだろう)。が、ディードゥルには、彼女の育ったミネソタ州フォウゲルズバーグの女はみんなそういう素質をもっていることがわかっていた。とはいえ、全米第二の銀行の頭取とごく親しい友人になった女が他にいただろうか? リベリアの国連大使と結婚し、二カ国の市民権があるかわいい息子をもった女がいただろうか? 警察に助力を求められるほど自分の街で尊敬を集めている記者と婚約した女があっただろうか? むろん、そんな女は他にひとりもいはしない。みんなまだフォウゲルズバーグに留まって図書館で働いたり、小麦を作る農民と結婚したりしている。秀でた男たちに愛される女は特別なのだ。非凡な女でなければならない。ディードゥルにとって唯一の心残りは、リッキーが父親とアフリカへ帰ってしまい、これから義父となる男の重要性、そこからくる胸の高鳴りを共有できないことだけだった。

それに、もうまもなく相続するカネが入れば、ビューアルの存在はいよいよ重要なものになる。そのカネを故郷の貧しい人々のために使うという、素晴らしい計画を彼はもっているのだ。そういう男といっしょにいるということは、彼と寝る以上にスリリングなことだ（と、彼女はひそかに思っていた）。ディードゥルは、窓から射し込む朝の陽光が《クーラント》紙に当たるようにからだを動かし、ビューアルの書いた記事を読み返した。

机のスタンドをつけてはいたが、ロン・ジェントリイも同じ陽光で同じ記事を読んでいた。彼のオフィスがある古いビクスビイ・ビルディングの経営者は、窓をいつもきれいにしておくという点に関して、ディードゥルのアパートメントの家主ほど熱意がない。それに、たとえスパータがきのうみたいに華氏三十四度というひどい熱波に襲われたにしても、どのみちそこに射す冬の陽光は弱々しいものでしかないじゃないか、とロンは思った。

ビューアル・テイサムの書いた記事を読みながら、ロンは胸の痛みを感じた。この何年かに彼が書いた記事のなかでも、はじめてのまともなニュースなのだ。ロンとそのコラムニストが知り合ったのは、三年前、ベネデッティ教授がスパータ大学を離れる直前に、ビューアルが教授についてのコラムを書いたときだった。ロンは、ビューアルが事件の捜査の〝内側〟にいることを羨ましく思った。ちょうど、校庭で野球をして遊んでいる子どもたちを、フェンスの外から眺めている男の子のような気分なのだ。ぜったいに捜査の内側へは入れないというわけでもないのだが。なんといっても彼はライセンスを受けた私立探偵であり、しかもベネデッティじきじきの訓練を受けた世界でただひとりの探偵なのだから。

廊下に面した受付のオフィスでドア・ノブの音がし、注意がそっちへ向いた。足音で、秘書のミセス・ゴラルスキイだとわかった。ミセス・ゴラルスキイは私立探偵、とくにひとりだけで仕事をしている探偵にはもってこいの、頭の切れるやりくり上手のオフィス・マネージャーだった。奥の私室にいるロンから彼女の姿は見えなかったが、朝のいつもの仕事をする音が聞こえてきた――スパータの二冊の電話帳を椅子に置くこもった音、タイプライターに紙をはさむラチェットの音、アンサリング・サーヴィスへ仕事をはじめたということを告げるために電話をかける音。

次に耳に入ったのは、電話帳に坐っていたミセス・ゴラルスキイが、磨かれた堅木の床へおりる靴の音だった。受付のオフィスを歩いて来る小刻みな足音。そして、ドアに入ったガラス越しに彼女の頭のてっぺんが見えたかと思うとそれが開き、なかへ入って来た。

「おはようございます、ミスタ・ジェントリイ」彼女が口を開いた。「今朝は早いんですね。ゆうべ眠れなかったのですか?」

ハイ・スクールでフットボールのコーチをしていた故ミスタ・ゴラルスキイは、にやりとしたかと思うと高笑いし、「良いことというのは小さな包みに入ってやって来るものだよ。たとえばうちのおちびさんだ。かみさんだよ」と、よく言っていたものだった。彼は独創性の足りない分を、愛と正確なことば遣いで補っていた。この場合の〝おちびさん〟というのは文字どおり小さい人《ミゼット》だ——専門的に言えば、下垂体性小人症——四フィート五インチ弱の背丈しかない。とはいえ、おちびにしてはかなり大きい。それに、ミセス・ゴラルスキイのプロポーションはみごとで(セクシーでさえ)あるために、オフィスを訪れる人が、ジェントリイはなぜこんなに大きな机や椅子を買ったんだ、と首をひねることも稀ではなかった。

「おはよう、ミセス・ゴラルスキイ」ロンは答えた。「いや、よく眠れたよ。新聞を買うんで早起きしたんだ」

　秘書についてあえて不満を言うなら、母親のような態度を取りがちなことだった。ミセス・ゴラルスキイには、スパータ大学のフットボール・チームにいて、オール・アメリカのラインバッカーの候補でもある息子がいるのだが、そんなことは関係ないといった感じなのだ。

「HOG《ホッグ》事件ですか？」ミセス・ゴラルスキィは興味しんしんといった口調で言った。「ラジオで聴いたんですが、また手紙をよこしたんですね」彼女はロンの机をまわり込んで来て、彼の肘越しに記事に目を走らせた。「事件に一枚かめると思いますか？」その口調には熱がこもっていた。

暴力や殺人が話題になったときの秘書の目の輝きに、いつもながらロンはうれしくなっていた。自分のなかにも同じような気分があり、それがあまり健全ではないということもわかっていたが、かの有名なニッコロウ・ベネデッティ教授と長年付き合えば、誰だって正常でいられるはずがない（と、彼はひそかに思った）。

「たぶんそういうことになるよ、ミセス・ゴラルスキィ」彼は答えた。「たとえ警察からお声がかからなくても、いずれお手あげになって、教授を呼ぶだけのカネを用意する時が来るさ。そうなれば、ぼくも自動的に一枚加わることになる。助手としてね」

「そうなるといいですね」こう言って、ミセス・ゴラルスキィはオフィスを出た。ロンも、そうなることを願っていた。眼鏡を外してレンズを拭き、もう一度記事を読んだ。

ロンが私立探偵になったのは、間接的には視力が弱いからだった。地方紙ではじめてディック・トレイシーを苦労して読んだある日曜日から、ロンは警官になることを夢見ていた。が、ハイ・スクールを卒業するころには、視力テストで落とされるだろうことが明白になっていたのだった。

残念きわまりないことだった。長身で逞しいブロンドのロンは、さぞユニフォームが似合ったことだろう。女たちはいつもそう言っていた。ところが、やはり女たちがほめる淡いグレイのその目が、彼の夢を台無しにしてしまったのだ。

ロンはできるだけ冷静にその事実を受け入れ、大学とロー・スクールへ行くことで自分を納得させようとした。いつか、地方検事かなにかになれるだろうと思ったのだ。

ところが、スパータ大学の三年生のときに、混雑する休み時間の廊下で文字どおり偶然にニッコロウ・ベネデッティ教授にぶつかったのだった。教授は一目彼を見るなりこう言った。「きみ。きみはいい顔つきをしている。私の部屋へ来たまえ。名前は?」

ロンはそれに答え、それからの数日間、数え切れぬほどの質問に答えた。教授を相手にひたすらしゃべり、書いていた。教授の方はモナ・リザのような笑みを浮かべて耳を傾けたり読むばかりで、なにも言わなかった。

やがて、ロンが本気で自分の人身保護令状のことを考えていると、その老人が言った。

「おめでとう、ロナルド・ジェントリイ。もしきみにその気があるなら、私の六人目の助手にきみを選ぶことにする。私がこの職にあるあいだ、研究を手伝ってもらいたい」

世界でもっとも偉大な探偵の助手だって? ロー・スクールよりはるかにいい。ロンは即座にイエスと答えた。

教授は首を振った。「あわてるな、きみ《アミーコ》。この仕事は、肉体的にも精神的にも危険がないわけではないのだ。これまでの五人の学生のうち、ひとりは死に、ひとりは十億ドルの会社を操り、ふたりは刑務所、もうひとりは太平洋の島で事実上の独裁者になっている。刑務所へ入っているふたりのうちのひとりは、不当に入れられているのだよ。私の助手になったら、悪を相手にすることになる。しかも、悪というのは魅力的だからな」

ベネデッティにとって、犯罪捜査というのは研究のたんなる道具にすぎなかった。彼のライフワークは、人間の内に潜む悪の本性をきわめることだったのだ。彼が犯罪者を捜し出すのも、刑罰を与えるためではなく彼らを研究するためだった。

とはいえ、ベネデッティの助手を務めた三年間で、ロンは自分で考えていた以上のさまざまな捜査技術を学んだ。そして助手を辞めるころ、フライシャー警視の口添えと州の免許局の好意を受けて私立探偵のライセンスを取り、自らその世界へ足を踏み込んだのだった。むろん、ベネデッティの方法をできるかぎり活用した。

チャンスさえあれば、と彼は思った。本当にやりがいのある仕事というのはめったに舞い込むものではない。そういう大きな事件が現に起きているというのに、彼は部外者なのだ。たまらない気分だ。

だからといって、自分なりに推理してはいけないという法はない。経費は新聞代だけだし、新聞ならばどのみち毎日買う。ロンは《クーラント》紙を手にし、ベネデッティの方法をその事件にあてはめてみた。

教授は、自分のテクニックをふたつのことばで要約していた。分析と推理だ。彼は、犯罪を小説になぞらえて考えていた。このやり方自体はごくありふれたものだが、ベネデッティは犯罪者でなく捜査員を著者の立場に置くのだった。「あらゆるすぐれた理論がそうであるように、理論としてはしごく単純なのだよ」かつて、教授はこう説明した。「われわれは小説の最終章を相手にするのだ。つまり、現在のありのままの状況をだ。誰それが死に、誰それが金持ちだ、といったようなことをな。忘れてならないのは、現在の本当の状況をしっかりと把握することなんだが、これがなかなかむずかしい場合もあるのだよ。

次に、われわれはいろいろな事実をつかんでいる。これは、事件を調べるうちにおのずと明らかになることもある。奥さんがご主人を憎んでいたとか、仕事のパートナーが犯行時間にローマ法皇と夕食をとっていたとかな。こうしたことを憶えておくんだが、しばらくは無視することだ。

第三に、小説の最初の部分を考える。それには、〝誰それが被害者殺害を決意した〟という文を作って、〝誰それ〟の部分にかかわりのある人間の名前を順にあてはめてゆけばいい。それから、小説の中間部分を作る。現実の小説《ロマンス》の、いかに、と、なぜ、の部分だ。こうしてできあがったいくつかの小説の大半はばかげているか、（もっとはっきり言えば）ありえないものだろうが、そうでないものもあるはずだ。

ここまでくれば、残された仕事は最初に見過ごしていた事実を探し出すことだけだ。一連のできごとをあてはめても矛盾のない物語、つまり真実の物語に到達するまで、何度も何度も繰り返し考えるのだよ。

むろん、現実は理論をあざ笑いもするさ、ロナルド。犯人以外の人々も隠しごとをして捜査を妨げるだろう。このことは、いずれわかるときがくる。捜査する者の存在自体が、捜査の成り行きに必然的な変化をもたらしてしまう。それに、どれほど偉大な者であろうと、人間は人間なのだ。悪と対抗し、我が身の安全と対抗し、同時に自分の限界を受け入れるためには、本物の謙虚さというものが必要とされる。

そして、私の理論は役に立つ道具だが、忍耐と頭脳と謙虚さをもって使わなければならないのだよ」

しかし、多くの被害者がいて複雑に入りくんだＨＯＧ《ホッグ》事件に関しては、その犯罪の〝現実の小説〟を書きはじめるまえにもっと多くの事実を集めなければならない、とロンは（謙虚に）考えていた。新聞記事だけでは不充分だった。それに、興味深い疑問もわいてきていた。

たとえば、十五日にふたりの女の子が死に、十七日にビューアル・ティサムが手紙を受け取っていること。この日曜日、二十五日にスタンリイ・ワトスンが死に、きのうの二十七日に手紙が届いていること。これはひとつのパターンなのだろうか？　HOG《ホッグ》の行動を制約している自然な、あるいはなんらかの事情による十日周期のようなものがあるのだろうか？　たとえば、五大湖の定期便の船員であるとか？

それと、HOG《ホッグ》は犯行のまえに被害者について詳しく調べているようでもある。女の子の行先を知っていたのだ。あらかじめ、彼女たちが出かける目的を知っていなければ、つじつまが合わない。事故のあとでそれを知ることは不可能だ。事件の直後にはビューアル・テイサムが現場にいたのだから。ということは、とロンは考えた、HOG《ホッグ》は彼女たちを尾行し、監視していたということになる――つまり、HOG《ホッグ》はあの日の殺害対象としてあの三人だけを狙っていたわけだ。バーバラ・エレガーが助かったのは幸運以外のなにものでもない。彼女にとっても警察にとってもだ。彼女が意識を回復すれば、なにかわかるかもしれない。《クーラント》紙によれば、意識が戻るのも時間の問題だという。

ワトスン老人の場合はどうか？　むろん、ひとり暮らしの老人が話し相手ほしさに見知らぬ者を家に入れるということは考えられる。が、検屍官の報告どおり、階段の最上段で見知らぬ者を自分の背後にまわらせるということはどう説明したらいいのだろう？　ロンには、HOG《ホッグ》が時間をかけてその老人と顔見知りになっていたとしか思えなかった。

見も知らぬ人間を殺すためにそこまで準備をし、事故死のように見せかけ、それから殺人だと宣言してくるなどというのは、むちゃくちゃでぞっとするやり方だった。

ロンの机のうえで電話が鳴ったが、彼はそれを無視した。三回目のベルでミセス・ゴラルスキイが受話器を取ることはわかっている。あわてることはない。

「ジェントリイ探偵社です」彼女の声が聞こえた。「はい、はい、ちょっとうかがってみますので」

インターコムのブザーが鳴り、ロンは受話器を取った。「なんだい、ミセス・ゴラルスキイ？」

「ミスタ・ハロルド・アトラーからお電話です。お出になりますか？　緊急の用件で内々にお話ししたいとのことですが」

「アトラー・ポーリング・エフター・アンド・バス社のアトラーか？　ブローカーの？　彼らならシャーロック・ホームズだって雇えるくらいのカネをもっているはずだよ。よし、つないでくれ、ミセス・ゴラルスキイ」カチャという音がしてから、彼が言った。「ジェントリイです」

「ジェントリイ、私はハロルド・アトラーだ。私が何者かは知っているね？」アトラーの口調は高圧的で、ロンは腹立たしさを感じた。どれだけの料金だろうとそれを払うことのできる依頼人が、こうした態度を基礎代謝の一部として身につけているということは、私立探偵稼業をしている者にとっては不幸なことながら我慢するしかなかった。

人は食べるために働き、生きるために食べるのだと思い、ロンは腹立たしさを抑えて答えた。「はい、存じていますよ、ミスタ・アトラー。どんなご用件でしょう？」

「すぐにここへ来てもらいたい。詳しいことはそのときに話す。これは……少々デリケートな話なんでな」

「離婚問題は扱っていませんが」ロンはこう釘を刺した。

アトラーは侮辱されて、腹を立てたようだった。「なんだと？　そんなことは心配しなくていい、ジェントリイ、私は結婚などしたことはないんだ。プロに判断してもらいたいことがあるんだが、警察の介入は困るのだよ。わかるな？」

「ええ、じつによくわかりますとも。料金は一日二百ドル。それに経費です。よろしいですか？」

「なんてことだ。それじゃあ、一週間で千ドルじゃないか！」カネのこととなると、アトラーはすぐ感情的になるのだった。

「毎日仕事があるわけではないのですよ、ミスタ・アトラー」ロンは言った。「それに、あなたの商品取引に手を出せるほど資金があるわけでもありませんしね。一日二百ドルです」

商品取引ということばが、なぜか効いたようだった。「いいだろう、ジェントリイ、雇おう」

「それと経費ですよ」ロンが念を押した。

「わかっているさ。それより、どれくらいでここへ来られるんだ？」

「その〝ここ〟がどこかによりますね。どこにいらっしゃるのですか？」

アトラーはすっかり面喰らってしまった。アトラーの部下がこんな単純なミスをしたら、ただではすまないだろう。「すまん、ジェントリイ。どうも、どうかしてしまっているようだ。大学のキャンパスにいるんだ。サムター・ホールだ。どこにあるかは知っているな？」

「もちろんですとも」ロンが教授にはじめて会ったのもそこだったのだ。

「119号室だ。急いでくれ」

ロンはコートを取り、受付のオフィスで足を止めてミセス・ゴラルスキイに行先を告げた。

「料金に不満だったんですね？」彼女が訊いた。

「金持ちというのは値切ろうとするものさ。そうやって金持ちになるんだからね。結局は納得したよ」

「おもしろそうなお話ですか？」

「そう、少なくとも一日二百ドルにはなる」ロンは答えた。「HOG《ホッグ》殺人事件ではないにしてもね」

3

キャンパスのなかやその近くに車を駐めるのは無理だと、ロンにはわかっていた。いつまでたっても変わらないことというのはあるものだ。近所の商店街でスペースを見つけて車を駐め、やがては学生の活動の中心になる凍《い》てついたグラウンドを歩いた。四方を建物に囲まれた中庭にさしかかると、息を切らして次の講義へ向かう厚着の女学生を見かけた。思わず口元がほころびた。スノーケル・コートを着てミトンをはめた女の子は、誰もがキュートで無邪気に見える。

サムター・ホールは天然のままの石灰岩でできた不恰好な建物だ。地面から屋根まで、外壁一面にツタが這っている。ロンは除雪された道など通らず、中庭を斜めに突っ切って行った。一歩踏み出すごとに、ざらざらになった一週間まえの雪がばりばりと音をたてる。

ロンは大学が好きで、なによりもその象牙の塔の雰囲気をなつかしく思った。思いつくどんな場所よりも多くの人々が動きまわり、それでいてほとんど変化のないところなのだ。

サムター・ホールのなかのうだるような暑さは、変化と言って言えないこともない唯一のものだった。熱いラジエーターから漂い出るその熱、オゾンの臭い、ほこり、こういったものが、凍てつくような外気にさらされたあとではまるでレンガ塀にでもぶち当たるように感じられたのだ。うしろ手にドアを閉めたとたん、ロンの眼鏡がまっ白に曇った。ここでレンズを拭こうとしたりすればまん中から割れてなにも見えなくなってしまう恐れがあると思い、ロンは脇へ寄って、レンズの温度が上がって曇りが自然に取れるまでじっと待っていた。やがてレンズの曇りも取れ、119号室へ向かった。

その部屋は、地下にある研究室だった。アトラーはドアの外、割れたガラスの破片に囲まれて立っていた。身だしなみもよく、いくぶん地味だがいいものを着ている。これからビジネスで遠くへ出かけるところ、といった感じだ。

念入りにとかしつけられたごま塩頭のしたに見える顔は、ごく月並な顔だ。ただ鼻の下がやけに長い。口髭でも生やせばいいのだろうが、アトラーは髭のことなど考えたこともなかった。口髭と自分が結びつかないのだ。口髭は軽薄に見える。役者なら生やしてもいいだろうが、ブローカーはもっと偉いというわけだ。

廊下を歩く男がアトラーに近づいて来る。眼鏡をかけたブロンドの男だ。彼も、もう少し髪を切れば実業家に見えるだろう。死んだ共同経営者の息子たち、グリーンのスーツを着てオフィスへ来ては、（まじめに）マリワナの先物取引の話をしてみせ、引退とかくだらない話題ばかりをもちだしている、あの男たちとはちがって。

この男はそんなふうには見えない。恰好のいい若者だ。たぶんビジネス・スクールで教えてでもいるのだろう。どんな会社にとっても、彼のような男は貴重な存在にちがいない。おそらく——

が、その男は足を止め、一度うなずくと口を開いた。「ミスタ・アトラー？　ロン・ジェントリイです」

近ごろでは、なにもかもが期待外れだ。アトラーは言った。「さて、ジェントリイ、どう思うね？」

びっくりしたような顔をして、若者はにやりとしてみせた。アトラーは彼の出鼻をくじいてやろうと思っていたのだ。ジェントリイが、「なにについてですか、ミスタ・アトラー？　電話のお話では、事情がのみこめなかったのですが」と言うまでは。

「ああ……そうか……そうだったな。じつは、泥棒が入ったのだよ」

その探偵が自分の顔を見ようとせず、床にばかり見入っていることがアトラーには気に入らなかった。「だろうと思いました」彼は言った。「なにか盗られたものは？」

アトラーも床に視線を落とした。咳払いをし、なにか言った。が、咳払いと同時に言ったために、ロンには聞き取れなかった。

「えっ？」

「五千ドルと言ったんだ！」アトラーが怒鳴るように言った。自分の声の大きさにはっとし、誰かに聞かれはしなかったかと廊下を見渡した。

「現金でですか?」

アトラーはうなずいた。

「サムター・ホールの研究室に、五千ドルも置いておいたというのですか?」アトラーには、若者のことばがいかにもわけ知り顔の態度に感じられた。まるで、あのエフターが不意に現われたような感じだった。近ごろの若い者はどうしてこう皮肉っぽく疑い深いのだ、とアトラーは思った。

「なあ、ジェントリイ、廊下で話さなければいけないのかね? 上のスナックへ行って、コーヒーでもどうだ?」

「いいですね。そのまえに、ちょっと現場を見せてください」ロンは注意深くガラスの破片のうえを進み、研究室のドアをそっと押し開けた。たいていの研究室にはあるはずの壁いっぱいに貼られた印刷物や告示物のないところが、いささかちがっていた。あとは同じだ。灰色のスティール製の机、緑色のビニール・レザー張りの回転椅子、訪れる学生を坐らせるためのクロームとプラスティックの椅子が二脚。机の引出しはすべて開けられている。ロンがいぶかしげにアトラーに目を向けると、そういう状態になっていたのだ、ということばが返ってきた。引出しの鍵がこじ開けられていないことは、一見してわかる。子どもだましだ、とロンは思った。探偵ハンドブックのいちばん最初に載っていて、アマチュアにもわかる現場だ。〝割られたガラスの破片が外にある場合、その盗みは内部の者の犯行である〟。そのくらいのことは、アトラーにもわかるはずだ。

「もうけっこうです」ロンは言った。「コーヒーを飲みに行きましょう」

コーヒーの値段を見たロンは、アトラーが払ってくれてよかった、と思った。ブローカーが、ほとんど人気《ひとけ》のないコーヒー・ショップのいちばん奥の隅のテーブルを選び、ふたりはそこに坐った。

「それで?」アトラーがせかすように言った。

ロンは、まずスタイロフォームのカップからコーヒーをすすった。「まず、二、三お訊きしたいことがあるのですが、かまいませんか?」

アトラーは、若者の言うとおりにすることにした。「必要とあらば」

「では、まず第一に、研究室に置いてあった現金はどういうことなのですか? あの研究室で、あなたはなにをなさっているのですか?」

なるほど、この男、そう悪くはない、とアトラーは思った。ロンの問いに答えるうちに、彼は落ち着きを取り戻していった。

「じつは、商学部の学部長が古い友人でね。その友人に頼まれて、この五年ほど四年生に応用マーケティングを教えているんだ。現実の世界にのり出してゆくことをまじめに考えている若者のための科目だよ。この国を偉大なものにしている自由経済のシステムを守るためには、熱心な若者が必要なんだ」アトラーは、いかにも重大なことなのだというような視線をロンに向けた。

　ロンは愛想よく笑みを浮かべ、うなずいた。ベネデッティにこう教えられていたのだ。「できることなら、話す者をせかしてはいけない。時間があれば、相手の言うことすべてに耳を傾けるのだ。好きなようにしゃべっている者のことばは、往々にして、要点だけを話そうとするときよりも示唆に富んでいるものだ。それにな、きみ《アミーコ》、本当の要点というものがどこにあるかは、あとになってみなければわからないものなのだよ」ロンはこのことばを信じていたし、その日の料金はもらえることがわかっていたので、黙って聞いていた。

　やわらかい口調にはなったが、アトラーはしゃべりつづけた。ここまでの話は、まえの月にアトラーが米国愛国婦人会《DAR》の集会で行なった演説の繰り返しだった。やがて、話題も戻ってきた。

「私は教師ではなく投機家だ、わかるね。そういう私が若者に対してできることは、こういうことだ。まず、学生の数を五十人に限定したうえで、クラス基金にひとり二十ドル出してもらう。それから学生たちは市場《しじょう》というものを学び、その基金をどうするかを私に告げる。むろんアドヴァイスはするが、決定するのは学生だ。わかるかね、ジェントリイ？」

ロンは、わかると答えた。

「よろしい。それで、次の学期のはじめに、証券を現金に換えて学生に分配するというわけなのだよ。儲けても、損をしても、ひとりひとりが公平にな」

「なぜ現金で？　小切手の方が安全じゃありませんか？」

アトラーの顔が赤くなった。ブローカーが手こずっている問題に近づいてきたことが、ロンには読み取れた。

「私は……つまり……私たちの扱っているものが本物だということを、学生に印象づけたかったのだよ――本物の穀物、本物の大豆、とりわけ本物のカネ、というぐあいにな」

「五十人の学生から二十ドルずつだと、私の計算では千ドルになりますが、ミスタ・アトラー」ロンは言った。「学生たちも、本物のカネについて理解を深めたことでしょうね」

アトラーが自慢げに笑みを浮かべた。「そのとおりだよ。じつに頭の冴えた学生たちでね、たいしたものだ！　まったくいいタイミングでいいものを選んだんだ。コーヒーと肉の副産物なんだが、高騰する直前だった」そのときのことを思い出して、アトラーはうれしそうだった。彼は、市場で儲けることに生きがいをもっていた。それだけが、唯一の情熱なのだ。

あらためて感心しながら、ロンはコーヒーに口をつけた。四倍の利益となれば、たいしたものだ。「だが、もっとうまくやる者もいる」アトラーが言った。

「二十倍以上も儲けた人がいましたね、そういえば。ところで、そのカネがあそこにあったことを知っている者は、ミスタ・アトラー？」

「その線からはなにもつかめないよ、ジェントリイ」アトラーはぶっきらぼうに言った。「今日カネの分配があることは、クラスの全員が知っているのだからね。それに、むろん友達にもしゃべっているだろうし」

「でしょうね。それにしても、五千ドルという大金をなぜ一晩研究室などに置いておいたのですか？」

驚いたことに、アトラーの長い鼻の下が震えはじめ、鋭い目がうるんできた。ロンは、必死の思いで平静を保とうとするアトラーを見つめていた。「警察を呼べない理由も、そこにあるのだよ、ジェントリイ」やっと彼が口を開いた。「だから、このことはくれぐれも内密にしておいてくれ」アトラーは目を拭い、咳払いをした。ロンは、事情が話されるのを待った。

「私はまちがいを犯してしまったのだ」アトラーがつづけた。「そのことについては、弁解の余地もない。今日は創設者の日だから、きのうのうちに銀行からカネをおろしておかなければならなかったんだ」

創設者の日というのは、地方自治体が独自に定めている半休日だ。スパータの場合、シサロウ・マクラケンがこの地に野営を張った一月二十八日がそれに当たる。公立学校と銀行は休み、大学と大半の企業は休まない。

「……今日では、カネはおろせないからな。考えてみればバカなことだが、まえもって今日を支払い日にすると言ってしまったんだ。というわけで、カネを置いていったのだよ」

「もっと安全な場所もあったでしょうに」

「もちろん、あったさ！　だから、まちがいを犯したと言っただろ？　会社のオフィスの金庫に入れておくことだってできたさ！　私のアパートメントへもち帰ってもよかった。研究室へ置いていったことに、とりたてて理由はない。ただ、その方が面倒臭くないと思っただけだ。重大なのはな、ジェントリイ――」アトラーは自分ががなり声をたてていることにはっと気づき、声を落として話をつづけた。「重大なのは、私がカネに対して不注意だったということだ。このハロルド・アトラーが、不注意だったんだ！　私の評判に、取り返しのつかない傷がついてしまうのだよ、ジェントリイ。だから、そうならないようにしてもらいたいんだ。さあ、調べに行け！」

ロンは、冷めたコーヒーを飲み、空《から》になったスタイロフォームのカップを握りつぶした。

「誰が盗んだか、突きとめますよ」ロンはブローカーに言った。「それに、たぶんカネもいくらかは取り返せるでしょう。しかし、あなたの評判がどうなるかまでは保証できませんん」

アトラーは、そんな無責任な、と思った。保証できないだと！　この愚か者め、今度の一件をエフターの若僧がどう利用するかわからないのか？　会社追い出しの材料に使うにきまっている。これまでも、何度となくそういう圧力はあったのだ。が、彼に引退する気など毛頭なかった。六十歳では、年寄りとはいえない。髪も、まっ白というわけではないのだ。まだまだ元気だということを見せなければ。まだまだ——

「よろしいですね、ミスタ・アトラー」

「えっ？　ああ、いいとも。かまわないさ、ジェントリイ。保証はいらない。だが、警察に知られぬように犯人を捕まえてくれ。あとは、私がやる」

ロンは、その点はかまわない、と答えた。「ところで、研究室と机の鍵をもっているのは？」

「そんなことがなんの役に立つ？」アトラーが鋭く言った。「押し入られているのだぞ——」

「そうではないのです」ロンはさりげなく言った。

「なぜわかる？」

「それが私の専門ですからね、ミスタ・アトラー。仮にイチゴ・クリームだと言って馬糞をもって来る者がいても、すぐにわかるでしょう？　私にもわかります。馬糞を見ればわかるのですよ、いい恩師がいたのでね。ミスタ・アトラー、信じてください、カネを盗んだのは鍵をもっている者です。鍵をもっているのは誰ですか、ミスタ・アトラー？」

アトラーは口をつぐんだままだった。とんでもないことに直面してしまった、という顔をしている。

ロンは言いにくいのだろうと悟り、手を貸してやることにした。「あなたは講義するのに、なにもかもひとりでやっているわけではありませんね？　採点したりするのに、卒業生を助手に使っているのではないですか？　鍵をもっているのは彼でしょう？」

アトラーは茫然としていた。「彼女だ。レスリイ・ビッケルという女の子だよ。プロヴィデンス・シーフードの社長の娘だ」ハロルド・アトラーにとっては、最悪の日になってしまった。レスリイが、ことのほか気に入っていたのだ。

「鍵はもっているのでしょう？」ロンが訊いた。プロヴィデンス・シーフード社の名前は、耳にしたこともなかった。

「ああ」アトラーは答えた。「もっているとも」

「どこに住んでいるのですか？」ロンが訊くと、アトラーはその住所を教えた。アルバート＝ランヤン・アパートメント、院生のための建物だ。

「ミスタ・アトラー、私にその娘《こ》をやさしく扱ってほしいというようなことは？」

アトラーが声を張りあげた。「その当てこすりはどういう意味なんだ、ジェントリイ？」

ロンは彼の目を見つめた。「べつに他意はありませんよ、ミスタ・アトラー。どうなのですか？」

「ない、これっぽっちもないね」

「でしたら、すぐに行ってみることにします。あとで連絡します」

ロンはその場を去った。もう、その事件のことを回想していた。これまででいちばん苦もなく二百ドルを稼いだ、が、うんざりだった。まったくうんざりだった。

4

フライシャー警視にとって、水曜日の日の出など無意味だった。彼にしてみれば、まだ火曜日の夜なのだ。三十年連れ添った妻のところへ帰れないのなら、これまでと変わらずに愛しているとはいえ、いっそのこと浮気でもして帰れない方がましだ、と思った——そうすれば、少なくとも横になることはできる。

警視はまっ赤な目をこすり、机の向かいにいる記者を睨みつけた。テイサムの方は、ハッカのようにさわやかだった。この男ときたらいったいなぜ？　フライシャーはうんざりしながら思った。きのうの午後からずっといっしょだというのに、やつの方はなぜなんともないんだ？

気を抜けばがたがたと崩れることを、警視は心得ていた。創設者の日を祝ういかれたパレードが終わると、自分がどれほど疲れているかに警視は気がついた。

HOG《ホッグ》を捕まえたかった。なんとしてもHOG《ホッグ》を捕まえたかった。フライシャーはタフで洞察力があり、身を粉《こ》にして働く警察官だった。犯罪者とあらば、片っ端から捕まえなければ気がすまないのだ。が、この狂人ほど捕まえたいと思った犯罪者はいない。いわば、個人的な執念のようなものになっていたのだ……

街は狂ったようになっていた。それもHOG《ホッグ》のせいだ。ブタのお面をつけた男の子が、女の子に忍び寄って驚かせたりしている。そのお面も、儲かればいいというばかがダウンタウンで売っているのだ。銃の所持許可証の申請も、空前の件数に達している。二日まえの夜、窓際で物音を耳にした若い人妻が、夫に言われていたとおりショットガンを構えた。そして、鍵を失くしてしまい、そっと家へ入ろうとしたその夫を撃ち殺してしまったのだった。似たようなできごとの件数は、うなぎのぼりになっている。

それに、フライシャー自身もおかしくなっていた。やはりHOG《ホッグ》のせいだ。三十三年にわたる警察勤務で教えられたことがあるとすれば、被害者の出血が止まるまえに捜査にかかり、事実関係を洗いはじめていなくてはならないということだった。できることなら、だが。ところがHOG《ホッグ》の場合、被害者の死をちょっとした事故のように見せかけているために、学んだとおりにするためには事故死があるたびに現場へ駆けつけて捜査をはじめ、死者をHOG《ホッグ》に狙われて殺されたかのように扱わなければならないのだ。

ということは、他の仕事に加えて、ジョウ・フライシャーに山ほどのむだ骨を折らせることになる。今夜のように（フライシャーにとっては、まだ今夜なのだ）。自動車事故三件。火災二件。薬の射ち過ぎ《オウヴァドース》十五件と、まるでそれとバランスを取るかのような名の知れたドラッグ・ディーラーへの暴行。暴行を受けた男はファン・ビザーロ、またの名を麻薬《ポープ・》の法皇《オヴ・ドープ》としても知られているジョージ・ルイース・バスケスで、犯人が単数か複数かもわかっていない。死者は出なかった（やれやれだ）が、ビザーロはそれに近い。彼は発見されたとき大量のコカインを所持していたため、事実上逮捕されていた。病院に収容されたが、病室がエレガーの隣室で、まるで警察の病棟のような感じになっていた。

　なにがなにやらさっぱりわからなかった。

「なにがなにやらさっぱりわからないな」フライシャーが言った。そしてショーナシイ部長刑事とテイサムに、同意を求めるような視線を向けた。ふたりともうなずいた。ショーナシイはいつでも首をたてに振る男だったが、少なくともこの場ではフライシャーもそれで満足だった。とても、議論をするような気分ではなかったのだ。

「ショーナシイ」フライシャーが言った。「鑑識に電話をして、あの手紙からなにかわかったかどうか訊いてくれ」部長刑事が電話に向かうと、フライシャーは額に垂れた髪をかきあげた。わらにもすがる気持ちとはこのことだ、彼は思った。どうせ新しいことなどなにひとつ発見されてはいまい。

　フライシャーにわかっているかぎりでは、鑑識結果からわかったいちばん重要な事実はテイサムがシロだということだった。それまでの付合いはあったが、フライシャーはその記者に疑いをもっていたのだ。彼を自分のそばにいさせたのも、そのせいだった。ところが鑑識は、ハイウェイ脇の斜面に足跡を残さずに標示板に細工をするのは不可能だという結論を出した。ハイウェイと陸橋のあいだには、どの方向へ向かう足跡もなかったのだ。これは確かだった。

テイサムがシロだとわかったいまなら、むろん、彼をこの事件から遠ざけることもできるのだが、あいにくなことに手紙を受け取ったのはその彼であり、これからも手紙が届くとすれば彼のところへ来るはずなのだ。とすれば、身近に置いておいた方がいい。それに、テイサムはいい男なのだ。フライシャーは彼が気に入っているのだった。

ショーナシイが受話器を置いた。「だめなようですね、警視」彼が言った。「すべてのテストを完了したわけではないそうですが。むこうから連絡してくるとのことでした」

電話のベルが鳴った。ショーナシイが、「ずいぶん早いな」と言って受話器を取った。そして、すぐにこう言った。「警視、かわりましょう。警視が話を聞いてください」

昼間解けていた氷が夜のあいだにまた凍っていた。その氷も朝の陽を浴びてまた解けはじめ、道路はシリコンでコーティングでもしたかのように滑りやすくなっている。ヴェイル・アヴェニュとユニヴァーシティ・プレイスの交差点で、スリップした車が突っ込んできたが、辛《かろ》うじてよけ、覆面パトカーは鼻の整形手術を免れた。ハンドルを握っているショーナシイが憎々しげに悪態をついた。

「気をつけて運転しろよ、マイク」フライシャーが注意を促した。

「はい」ショーナシイは答えた。

警視はまた背をもたれ、なにごとかつぶやいている。朝の電話がこの一日をとんでもない日にしてしまうのかどうかを考えていたのだ。あのスリップした車が衝突してきていたら、この問いも意味のないものになっていたのだが、と警視は思った。ショーナシイに気をつけろなどと言ってしまったことを後悔していた。責任は相手にあるのだ。

フライシャーは、人に聞こえるほどの声でひとりごとを言っているとは気づかなかった。ビューアル・テイサムが訊いた。「そのことばを引用してもいいですか、警視？」

フライシャーは、彼にぼんやりした目を向けた。この野郎、にやにやしていやがる。だが、俺もまだ最悪の状態ではなさそうだ、少なくともにやけた顔が判別できるのだから。

「いや、それはいかん。俺は長いキャリアをもった警察官だ。この仕事をこよなく愛している。市長も、市議会も好きだ、虫歯もな。それにな、テイサム、この街中の人たちも大好きなのだよ。HOG《ホッグ》は別だがな。HOG《ホッグ》は大嫌いだ。これなら引用してもいいぞ」

「すみません、警視」南部特有ののろくさい話し方で、記者が言った。「少し緊張をほぐそうと思っただけなのですよ」

警視は聞いていないようだった。「子どもだそうだよ、テイサム、男の子だそうだ。パトロール警官は、八歳だと言っていた。ひどい有様らしい。安心して男と寝られるようになどと思っていた女子高生とはちがうんだ。今度は小さな男の子だぞ。クソッ！」

警視の最後のひとことがあまりにも激しく大声だったので、ショーナシイはいつものように相槌を打つのを忘れるほど仰天した。「おことばですが、まだHOG《ホッグ》の犯行かどうかわかりませんよ。死体も見てはいないのですから」

フライシャーは、ショーナシイが不意に自分の意見を言い出したのでびっくりし、すぐに興奮から醒めて平静を取り戻した。「たしかにそうだ、マイク、おまえの言うとおりだ。だがな、俺にはピーンとくるのだよ。俺の言うことを忘れないでくれ、テイサム、きっときみはすぐに手紙を受け取るぞ」

「冗談は抜きですよ、警視――」ビューアルがしゃべりはじめると、フライシャーはそれを遮った。

「俺の言うことを忘れないでくれ」警視がこう繰り返した。「三十年の警察生活で学んだことがあるとすれば、これだ。つまり、詐欺師だけでなく、善良な市民も、高官も、ときには同僚の警察官も、妻でさえ嘘をつくんだ。だが、直感は嘘をつかないのだよ。むろん、直感がいつも当たるとはかぎらないが、それが語りかけてくるということは、そのときには思ってもいないそれなりの理由があるからなんだ」

ビューアルは深くうなずいた。警視の言っていることがよくわかる。記者にも、直感はあるのだ。「でも、警視、手紙が届くまでは、あるいはもし届かなくても、いままでと同じことをするしかありませんよ。捜査をして、考えて、報告書を三通作って……」

「四通だ」フライシャーが訂正した。「いまでは、あの女精神科医がかならず一通よこせと言うんだ」

「ドクタ・ヒギンズがなにか手掛かりをつかむとは思いませんか？」

「へっ」フライシャーの答えはこれだけだった。何年ものあいだ、フライシャーは大学病院のドクタ・ジェイコブ・イーサルを尊敬、あるいは少なくとも我慢してきた。彼は、スパータ警察がどうしても必要な場合に、コンサルタントをしていたのだった。たいていは容疑者と話をし、その精神状態について即席の意見書を提出するのだ。

が、今のドクタはまるでちがう。もっと悪いと言ってもいいかもしれない。イーサルどころではないのだ。イーサルが引退してイスラエルへ行ってしまうと、市長の間抜けた側近がその後継者として、フライシャーの娘といくつもちがわないようなひょろりとした独身の女を据えたのだった。それで、カーボン紙など安いものだというわけで、ジャネット・ヒギンズ博士は警視の邪魔をしないかぎり自分のほしい報告書を手に入れられることとなったのだ。

そうまでして力になろうというなら、市の連中はなぜあの驚異のイタリア人を見つけ出して連れて来ないんだ？　たしかに高くはつくし、門外漢のフライシャーから見て控えめに言っても、変人だ。が、この事件そのものが奇怪なのだし、ベネデッティなら謎が解けるだろうことくらい、記録を読めばわかりそうなものだ。手数料の一部として、犯人が逮捕されたときはその犯人とふたりだけで二時間話をさせること、という条件があるが、誰がそれに反対するというのだ？　犯罪者のなかで、それを断わった者などひとりもいない。それどころか、名誉なことだと思っているらしいのだ。もし彼らが望めば、弁護士を同席させることもできる。地方検事も安心というわけだ。市当局は、なにをためらっているのだ？　ベネデッティとて、手数料を取るためには犯人を捕まえなければならないのだから。

ショーナシイが幹線道路から外れて、届けのあった郊外の行きどまり道へ車を入れると、フライシャーは心に誓った。もしこれがＨＯＧ《ホッグ》の仕業だということがはっきりしたら、議員を議場に閉じ込めて、ベネデッティを雇う支出を認めるまでエア・ダクトから催涙ガスを送り込んでやる。どこからカネをひねり出すかなど、知ったことじゃない――俺の年金に手をつけないかぎりはな。

自分たちの向かっている家が、ビューアルにはひどい猫背の人のために設計されたような家に思えた。歩道脇にできた巨大な雪の吹きだまりと芝生に積もった雪のせいで、妙に屋根が低く見えるのだ。その外観が、これからＨＯＧ《ホッグ》の犠牲者かもしれぬ被害者を目にするのだという落ち着かない気分を助長させていた。

警視の到着を待つ若いパトロール警官がいた。ジャケットのジッパーを外し、深呼吸でもするような息づかいをしている。ビューアルは、帽子を脱いで手の甲で目をこする巡査を見て不思議に思った。比較的暖かい日ではあるが、それでも気温は華氏三十二、三度しかない。

警視がその若い警官をじっと見つめ、「大丈夫か、フィアーリ？」と訊いた。

フィアーリ巡査はぐっとつばを飲んだが、「大丈夫です、警視」と答えた。

フライシャーは疑うような目を向けながらも、先をつづけた。「よし、それで、どこだ？」

「はい、ドライヴウェイです」それまでまっ赤だったフィアーリの顔色が蒼白になった。

「死体発見者は少年の母親ですが、家のなかでジェファースンがついています。母親は――ショック状態でして。主治医を呼びました。一応の話は聞いてあります」

ビューアルとショーナシイは、同時に手帳を取り出した。警視が、「被害者《ガイシャ》は誰だ？」と訊くと、ふたりはメモを取りはじめた。

フィアーリは自分の手帳に目をやった。「リードです。デイヴィ・リード。スペルはR-E-A-D-E。デイヴィは、デイヴィッドの愛称だと思います。なにせ、母親が取り乱しているものですから。年齢は八歳です」

「母親の名前は？」

「ジョイス・リード、ミセス・ジョンです。離婚しています。医者から電話で聞いた話では、離婚した夫の方はカリフォルニアのどこかにいるそうです」

この事件で、ふたりはまたいっしょになるだろう、とビューアルは苦々しげに思った、少なくとも葬儀のあいだは。

「よし、フィアーリ、死体を見てみよう。検屍官もそろそろ着くだろう」

フィアーリがまたつばを飲み、「はい」と答えると、曲線を描くマカダム舗装したドライヴウェイへ案内して行った。家までの中程のところでフライシャーが足を止め、雪のうえで湯気を立てている黄色味がかったオレンジ色の臭いものを指さした。

「なんだこれは、フィアーリ？」

パトロール警官が顔を赤らめた。「私です。ど、どうしても我慢できなくて」最初にフィアーリを目にしたときの様子はこのせいだな、とビューアルは思った。新鮮な空気がほしかったのだ。

フライシャーは、気にしなくていい、と言った。

ドライヴウェイが曲線を描いているのと、両側に高い雪の壁ができているせいで、すぐそばへ近づくまでビューアルにはなにが横たわっているのか見えなかった。が、いまや、なぜフィアーリが吐いたかも納得できた。ビューアルは仕事で死体をたくさん見ていて冷静でいられるはずだが、その光景を目にしたとたん、やはりごくりとつばを飲んだのだった。

死体を目にしたビューアルは、「なんてことだ！」と言って目を閉じ、からだを反転させた。ショーナシイは低い音で長々と口笛のような音をたてている。警視は咳払いをやめない。

ビューアルは必死の思いで死体の方へからだを向け直し、じっと見つめてその細部を記憶に焼きつけた。そうする義務を感じたのだ。

誰か、あるいはなにかが、学校へ行こうと家を出たデイヴィ・リードを捕らえたのだ。死体を囲むように拡がる血の海に、ばらばらになったスパイラル＝バインダーから取れた薄青色の罫の入った紙が浮いている。まっ赤な血はマカダムのうえだけでなく、ガレージのドアから十フィートほど離れたところまで飛んでいる。なにかが首に当たって頭を胴からほぼ切断したときに、動脈から飛んだのだろう。

なにが少年に当たったにせよ、それが当たったのはガレージのドアのあたりでだ。少年の片足はドアに触れそうになっており、通りの方へ頭を向けて倒れている。

「あの氷を見てみろ、ショーナシイ」指さしながら警視が言った。ビューアルは死体から目を離し、部長刑事の方へ視線を向けた。鈍い灰色に光るもののところへ行き、それを守るように立っている。大きな氷だった。厳しい寒さの冬のあいだに、ガレージの屋根から垂れ下がって次第に大きくなり、とうとう武器になってしまったのだ。固く重い、恐ろしいギロチンの刃。

これが事故でないということを証明できる者はひとりもいないことが、ビューアルにはわかっていた。前年の秋に初雪が降って以来、それほどまでに大きくなっていた氷が、数時間氷点を超える気温にさらされたためにゆるみ、屋根の端から落下したということに反証できる者はひとりもいない。と同時にビューアルは、デイヴィ・リードの死をほくそ笑む〝HOG〟のサインの入った手紙が、近々自分の机に届けられることも確信していた。フライシャーの直感は当たるだろう。

この少年の死も、HOG《ホッグ》事件として考えるに充分な要素を含んでいる――罪もない犠牲者、その死に方。

ビューアルは目をこすり、死体に背を向けた。疲れを感じた。以前、伯父のウィリイに夜更《よふか》しのことで注意されたことがあった。「おまえの父さんはな、あちこちでたくさん説教をしようとしていたんだが、少々度が過ぎたのだよ」ビューアルの耳に、あの深い声が聞こえた。「睡眠時間が足りなかった。だからあの事故が起きたんだ。そうやって父さんを休ませるのが、主の休ませ方だったのだよ」こう言って、伯父のウィリイは部屋を出るまで笑いをこらえていた。が、ビューアルには、部屋の外からの笑い声が聞こえていたのだった。伯父のウィリイの笑い声は、ノックス・カウンティでいちばん大きかった。

老いたるウィリイ伯父か、ビューアルは思った。地獄で火あぶりにでもなればいいのだ。すぐに。

死体公示所のワゴン、ショーナシイに命じて呼ばせた応援の警官、鑑識の係員、犠牲者の母親の主治医が次々に到着した。警視はいっぺんに忙しくなった。

検屍官の助手や鑑識の係員は自分たちの仕事を心得ているので、フライシャーは彼らにはかまわずにいた。そこで、取り乱した母親のところへ医者を行かせ、部下の刑事たちに近所でなにかを見たり聞いたり嗅いだりした者がいないかどうかを聞き込みに行かせ（その可能性は薄いだろう、と彼は苦々しく思った）、それから、検屍官のドクタ・ドゥミートリに張り付いた。

ドゥミートリの表情からは、せいぜいハム・サンドイッチでもつくっているようにしか思えない。フライシャーは、わっと泣き出されるよりはましだと思った。しかしそれにしても、苦虫を嚙みつぶしたような表情くらい見せてもいいではないか？　そういう表情こそが、殺人事件の捜査にはふさわしいのだ。

それと、ドゥミートリには調べているあいだ舌を鳴らすくせがあった。このくせは、もう何年も何年ものあいだ、警視の神経にさわりつづけてきたのだった。なんのためにそんなことをするんだ？　忍耐力を保つためにか？

舌の鳴る音を数分耳にしたあとで、フライシャーが口を開いた。「そいつは、医学部で教わったのか？」

ドゥミートリは、穏やかな顔をフライシャーに向けた。「教わったって、なにを?」舌を鳴らして、彼が訊き返した。

警視はそれを無視した。「なにかつかめるか?」

ドゥミートリが肩をすくめた。「ざっと見たところでは、誰の目にも明らかだな。男の子は死んでいる。死因は放血——つまり出血多量だ」

「放血の意味ぐらい知っているさ」

「たいしたものだ。どうやら、医学部へ行ったカネもむだ遣いだったようだな。それはともかく、出血個所は首だ。首を切ったのが氷だと考える推理は悪くない。なぜそういうことになったのかはわからない。氷について私が知っていることといえば、死体の保存に使えるということだけだからな。むろん、戻ってから詳しく調べるが。この仕事では、いつあっと驚くようなことがわかるか予想もつかないのだよ」

「早急に調べてくれないか、ドゥミートリ? この事件には、ちょっとした直感が働いているんだ。あの野郎の先を越せるかもしれない」

ドゥミートリはまた肩をすくめた。「できるだけのことはやってみよう。私のところには、薪の束のように死体が積んである——交通事故死とか、凍死とか、暖房具での感電死とかな——この冬は、死ぬにはいい冬だよ」

フライシャーは、ジョイス・リードに会った。まだ不安定で取り乱してはいるけれども、医者から与えられた精神安定剤でいくらかぼうっとした状態だった。薬の効果がゆっくりと現われ、理性を取り戻して落ち着いた感じになっている。

警視が部屋へ入ると、母親は彼を見あげてこう言った。「私を逮捕しに来たんですか、警視?」

医者が冗談はやめなさいと言い、母親の手を軽く叩いた。警視が訊いた。「なぜそう思うんですか、ミセス・リード?」その口調はやさしいおじさんのように、とても穏やかだった。

「デイヴィを殺したのは私だからですよ」

ライオネル・バリモアそっくりの頑固そうな老紳士の医者が言った。「警視、おわかりのように、ミセス・リードはとても質問に答えられるような状態ではありませんので――」

患者が医者のことばを遮った。「いいえ、ちがうんです」子どもになにかを説明するような口調だ。「いつもなら私が学校までデイヴィを送って行くんですが、今朝は息子が早く出て、郵便を集めに来るまえに手紙を出すんだと言って……」

「お父さんへの手紙ですか?」

「いいえ。デイヴィは、スーパーマンのファン・クラブに入ろうとしていたんです。それはもう——うれしそうでした」

「それが、なぜあなたの罪だと、ミセス・リード？」

「私がついて行くべきだったからですよ。この街には狂ったやつがひとりいるでしょ！でも、私はあと三十分寝ていたかった。私がいっしょなら、こんなことにはならなかったのに！」

その話が理屈に合わないものだということは警視にもわかっていたが、ふたりだろうが三人だろうが、HOG《ホッグ》が殺《や》るときには殺《や》るのだということは口にしないでおいた。これがHOG《ホッグ》殺人ではないかもしれないということを、彼自身うっかり忘れそうになっていた。

ミセス・リードは興奮状態へ逆戻りしそうだった。医者がフライシャーを睨みつけた。警視がうなずくと、医者はミセス・リードを別の部屋へ連れて行き、ベッドへ寝かせた。

長い時間がかかった。そのあいだに警視はジェファースン巡査と話をし、(いつものように警視にぴたりとくっついている)ビューアル・テイサムに、母親のことばを記事に使うときは慎重にと言い、部屋を見まわしていた。

片づいてはいないがいい部屋だった。部屋の中央に少年のスニーカーが脱ぎ捨てられ、暖かい天気のせいだろう、オットマンのうえに厚手のセーターが放り出してある。ソファにはコミックブックが五冊、暖炉のうえには歪んだ字で〝父さん〟と焦がした字の入っている木の額に、いかついハンサムな男の写真が飾られていた。

フライシャーはため息をつき、戻ってきた医者に話しかけた。医者から、警視はさらにいくつかの事実を聞き出した。リード夫妻は数年前に、円満に離婚していること。父親の方はサンフランシスコへ移り、オートバイの特殊販売権を手に入れて成功していること。彼は夏休みの六週間とクリスマスのたびに、息子を呼んでいっしょに過ごしていること。父親にデイヴィの死を知らせる役を、医者が買って出た。フライシャーがよろしくと言っているところへ、フィアーリ巡査が飛び込んできた。「警視、通報がありました。十分ほどまえに、死体が発見されたとのことです」

フライシャーは天を仰ぎ、気合を入れ、巡査に目を向けた。「今度はどこだ？」

「大学のそばの、アルバート＝ランヤン・アパートメントです」フィアーリが答えた。

5

ハービイにはひどい夜だった。一睡もできなかったのだ。ベッドに横になり、まぶたを閉じて、勝手に回転してゆく頭の働きを止めようとしていた。が、うまくはゆかなかった。ハービイ・フランクは勉強もできず、さりとて眠ることもできなかったのだ。温かいミルクを飲まなければベッドに入れない人がいるように、ハービイはラプラス変換を勉強し、プログラミングの準備をしなければベッドに入れないのだった。

が、まえの晩はひどかったのだ。上の階でけんかがあって集中できず、次は蛇口の一件だ。レスリイに、勉強しているのだから静かにしろ、と言っておくべきだった。そして、彼女とスポーツマンのボーイフレンド、テリイ・ウィルバーがうまくいかずにけんかをするなら、どこか他のところでやってくれ、と。俺は勉強しなければならないんだよ。コンピューター・エンジニアリングというのは、そうやさしいものじゃないんだ。

男は、レスリイを売女《ホア》と呼んでいた。このことがハービイの頭からどうしても消えない。あれは一時ごろだった。ハービイは、汚染制御のプログラムを要約しようとしていた。そのとき、金属製の階段をのぼるウィルバーの大きな足音が、アルバート＝ランヤン共同ビル内の、四軒のいわゆるガーデン・アパートメントへ通じるコンクリートのほら穴に響き渡ったのだった。否が応でも耳に入る。壁は薄いし、廊下が残響音室《エコー・チェンバー》のような作用をしているのだ。

ハービイには、テリイ・ウィルバーがレスリイのアパートメントへ（ノックもせずに）入って行く音が聞こえた。しばらくすると、その大柄ながっしりしたばかが、レスリイを怒鳴りはじめたのだった。「なんてことだ！」ウィルバーが叫んだ。「レスリイ！」そして、「売女《ホア》！　売女《ホア》！　売女《ホア》！　売女《ホア》！」とわめきちらしはじめた。これが、ハービイの癇にさわった。

あの低能に、レスリイをののしる権利などない――奴はからだは逞しいしルックスもいいが、ハイ・スクールさえ出ていないんだ。そこへゆくと、レスリイは大学院の院生だ。専攻は商業のような簡単なものだが、レスリイは美人だ。ルックスのいい人間に、適度な知性以上のものを期待することはできない。そういう人間は心の修業が足りないものだ。

ハービイには、レスリイが素晴らしいということだけで充分だった。九月のあの日、彼女が荷物を手に自分のアパートメントへの階段をのぼろうとしているとき、ハービイが手を貸そうと言ったことがあった。彼女は、他の人のようにもてるのかしら、などという疑いの目を向けず、ただありがとうとひとこと言ったのだった。レスリイは顔を合わせるたびにあのやわらかい笑みを浮かべて、こんにちはと挨拶する。自分より頭の切れる人間をからかったりはしない。

レスリイにならハービイも、他の人たちとは話したくないような話ができた。うんざりするような朝のキャンパス・バスも、レスリイが乗っているとぱっと華やぐのだ。ある朝ニキビの話が出て、ハービイが治療法を知らないと言うと、その日の夕方レスリイがやって来て、皮膚科の医者に勧められたという薬をひとびんくれたのだった。つけてみると、なるほど多少の効果はあった。

そんなことがあって、ハービイはレスリイ・ビッケルのいい友達だと感じるようになっていた。とくにこの一週間ほど、彼女の具合の悪そうなことが誰の目にも明らかないま、そういう思いは強かった。ボーイフレンドがやって来て彼女をののしるのなどたまらなかったが、聞いているほかなかったのだ。ハービイは階下の自分の部屋で机に向かって拳を握りしめ、こう思った。あの野郎、いいかげんにしないと、この俺が——この俺が——

不意に、声がやんだ。ハービイは詰めていた息を吐いた。

次に耳に入ったのは、上のバスルームの蛇口から出る水の音だった。涙を洗い流しているのだろう、ハービイは思った。レスリイは侮辱に耐え、ひとことも言い返しはしなかった。

かわいそうに、と彼は思った。かわいそうに。男に対する彼女の好みはひどいものだ。

男たちに、ひどいことを黙ってやらせておく。ハービイは、レスリイが気の毒でならなかった。鉛筆をまっぷたつに折り、ノートをぐしゃぐしゃにし、ベッドにもぐり込んで枕に顔を埋《うず》めた。

が、眠れはしなかった。水はまだ流れている。頭の中央を、すすり泣きのような声がよぎった。うえの階の住人たちの耳にも水の音が聞こえるはずだと思ったが、聞こえなかったのだ。ハービイは上へ行ってひとこと言ってやろうかとも思ったが、レスリイがみじめな自分を見られるのを嫌がるだろうことはわかっていた。彼はベッドで横になったままいらいらし、寝返りを打った。

そのまま、朝になってしまった。クソッ、ハービイは思った、起きることにしよう。自分のターミナルへ戻ってコンピューターのキーを叩くまでには、まだ時間がある。

ハービイは、顔をなでつけながらベッドを抜け出した。新しい吹出物はない。これは良いしるしだ。バスルームのドアを入るときも、まだ顔をなでつけていた。バスルームには、生ぬるい湯が半インチほど溜まっていた。

まず仰天し、それからその原因がピーンときた——上の階の洗面台だ。まだ水が出ているのだ。なにかが詰まって、あふれ出したにちがいない。床と天井を抜けてハービイのアパートメントまで流れてきたのだ！　これは、いくらなんでもひどい。たとえレスリイといえどもひどすぎる。アパートメントの所有者は大学なのだ。大学当局とごたごたするなどごめんだ！

ハービイは大急ぎでズボンとシャツを着、ソックスと靴をはいた。パジャマのうえからコートをひっかけて行こうかとも思ったが、変質者のように見えるといけないと思ってやめた。

ハービイはドアの外に立ち、ロックし、階段をあがってレスリイの部屋へ向かった。ややためらっていたが、ドアをノックした。

答えがない。

もう一度ノック。結果は同じだ。レスリイの名前を呼んだが、やはり答えはない。考える間もなく、ハービイの手が伸びドア・ノブを回していた。驚いたことに、ドアはロックされていなかった。ゆっくりとドアを開け、頭を突っ込んだ。リヴィング・ルームには誰もいない。

「おはよう」かん高い声で言った。「レスリイ？」

他人のアパートメントへ勝手に入り込むうしろめたさを払いのけるように、肩をすくめた。ゆっくりとなかへ入り、うしろ手にドアを閉めた。そして、彼女が目に入った。

部屋の隅のビーンバッグ・チェアに坐り、開いたドアに隠れるようにして、レスリイはいた。頭をのけぞらせ、目を閉じ、口を大きく開け、エクスタシーか安堵の表情に見える。ブルー・ジーンズをはいているが、上半身は裸だ。まえに垂れた長い黒髪からのぞく乳首に、ハービイは自分でもわからない突き刺されるような情動を感じた。が、それも、レスリイ・ビッケルの左肘の内側、青い血管から垂れている銀色の針のついた注射器を目にしたとたんに雲散霧消してしまった。

ハービイは、それ以上詳しく状況を調べようとはしなかった。震えながらアパートメントを飛び出し、階段を駆けおりて自分の部屋のドアへ走り、乱暴に開け、なかへ飛び込み、うしろ手にロックし、受話器をひったくって警察に電話をした。

フライシャー警視は細部に注意を払った。床に脱ぎ捨てられているスパータ大学のスウェットシャツ。やわらかい腕に針を刺そうと大急ぎで脱いだのだろう。

そでをまくりあげるにはきつすぎるので、麻薬常習者《ジャンキー》たちはスウェットシャツを嫌うのだが、そこに気づいていないところをみると、彼女が薬を射ちだしてからさほど長くはない。これも警視が気づいた点だった——この娘《こ》ははじめて間もない。案の定、腕の針の痕はごく少なく、はじめて射った血管にはまだまだ射つ場所が残っている。まだ右手で射てる状態だ。薬に年季の入った者は、誰もがスイッチ・ヒッターなのだ——左腕に射ち尽くすと右腕に移り、それから左右の太腿、つま先、舌の裏、という具合にありとあらゆるところへ拡がってゆく。

また麻薬の射ち過ぎ《オウヴァアドース》か、十六件目、死者ははじめてだな、フライシャーは思った。クソッ、HOG《ブタ》の仕業でないと思えばHORSE《ウマ》（ヘロイン）の仕業か、冗談がきつい。

もし階下のニキビ面をしたちびの話が首尾一貫していたら、フライシャーは現場に足を運んだりしなかっただろう。それでなくともやっかいごとを山のように抱えているのだ。少なくとも、警察は職務怠慢だ、などと言える者はひとりもいまい。フライシャーは最小限の警官をリード家の現場に残し、パトロール警官、刑事、鑑識課員、検屍係員などを引き連れてここへやって来た。途中、車のなかでビューアル・テイサムが口を開いた。

「いつものキャラヴァンですね、警視」すると、フライシャーは苦々しげにこう答えた。

「こいつは、サーカスのパレードだよ。まったく、たまったものじゃない」

彼に、ショウを最後まで見る気はなかった。死にそうなほど疲れていたのだ。証拠をもって見せにきた刑事の名前も思い出せない始末だった。

「洗面台に詰まっていたのはこれです」無名刑事が言った。警視の目には、空になったビニール袋のように見えた。

「なんだそれは？　空気か」警視が不機嫌そうに言った。

「いいえ、ちがいます。ビニール袋で――」

「そんなことはわかっている、ばかめ！　そのなかに証拠があるはずだと言っているんだ、ホウキンズ！」それだ。ホウキンズだ。怒るまで名前が思い出せないとは。

「はい」ホウキンズは落ち着き払ってことばをつづけた。「ここにもっているのは、ビニール袋に入ったビニール袋なんです。バスルームの洗面台をそれがふさいで、水があふれていたんです。そのなかにはロウソクとスプーンも入っていましたから、薬も入っていたと思います。きっと、バスルームで射ったのでしょう」

フライシャーが彼に燃えるような視線を向けた。「いつもそういうふうに考えていればどうなれるか、わかるな、ホウキンズ？」

ホウキンズが警視の目に見入った。「ええ。部長刑事になれますね」

フライシャーが笑った。これで一日が救われた。「よくやったぞ、ホウキンズ。その調子で調べるんだ。いいか、俺はショーナシイを連れて帰る。ひと眠りだ。そこでおまえに頼みが――」

「警視！」ドアの外に配置されたフィアーリ巡査の声だった。「レスリイ・ビッケルに会いたいという男が来ているのです！」

警視の耳には別の声も届いた。「おい、気をつけろよ。そう事を荒だてることはない、彼女に話がしたいだけなんだから。もう逮捕したのか？　なぜわかったんだ？　いいか――」

フライシャーにはその声の主がわかった。奴め、こんなところでいったいなにをしているんだ？　それを知るには、方法はひとつ。

「なかへ入れろ」彼は大声で言った。

新参者は長身でハンサムだった。ブロンドの髪をし、大きな四角い眼鏡の奥で表情豊かな灰色の目が光っている。彼はその目をフライシャーが指さす方に向け、死体を見て取った。「なんてことだ」こう言って、わけがわからないといった顔を警視に向けた。

「なんの用だ、ジェントリイ？」警視が穏や《ジェントリイ》かに訊いた。

6

二月一日、ニューヨークからの午後十時三十六分着の便で教授が着いた。それは、以後二日半にわたってブリザードのためにグウィネット飛行場が閉鎖される直前の便だった。ロンは、空港へ着くのが遅れた——到着時間も知らされていなかったのだ。教授は、そうしなければならないときにはひとりで動く。レットのホテルでロンからの連絡を受けたのも、ほんの一日半まえだった。ロンの方も、教授の居場所を突きとめるのにたっぷり一日かかってしまったのだった。

不意に人を驚かせるというういつものくせで、教授はロンの電報に返事もしなかったのだった——いきなりやって来て、ロンに迎えに来るようにと電話したのだ。ロンは、三十分で空港へ行くと答えたが、降り止まぬ雪のために、ほぼその倍の時間がかかってしまった。

ハンドルを握ってスリップと闘いながら、ロンは思わず笑っていた。ベネデッティの考えがよくわかったのだ。もし返事の電報を打っていたら、空港には記者たちが待ち構えていただろう。カメラもだ。それどころか政治家たちもやって来て握手をし、腕を彼の肩にまわし、にこにこしながら、「この窮地を打開することについては、教授に大きな信頼を寄せている」といった演説をしたことだろう。

教授が、そんなことをさせるはずがない。ロン・ジェントリイには、自分が生きているあいだに、ニッコロウ・ベネデッティが政治家の自己宣伝のために利用される光景など見られるわけがない、ということがわかっていた。

空港ターミナルは、正面がガラス張りの巨大な緑色の建物だった。ロンは車を駐め、なかへ駆け込んだ。眼鏡の曇りが取れると、建物の中央のロビーを見渡して特徴のある教授の姿を探した。見当たらない。ロンは、教授が衝動的になにかをしていなければいいがと思いながら、探しつづけた。

シガー・ショップで、(やっと) 教授を見つけ出した。カウンターの向こうにいる魅力的でふくよかな中年の女性に、フィレンツェ人流の魔法をかけているところだった。ロンの見たところでは、教授はすでにその女性の笑みと紅潮を勝ち取っていた。よくよく考えたジェントリイの意見では、教授は道楽者なのだった。

この老いた罪人《つみびと》が女性に関してあっと驚くような成功を収めるのは、ルックスのせいではないことがロンにはわかっていた。もしニッコロウ・ベネデッティが毎日西洋かみそりで髭を剃ったり、不恰好なツイードの服に汚れをつけないようにしたり、毎日ちがう蝶ネクタイを着けたりといったことに几帳面でなければ、誰の目にも浮浪者として映ってしまうことだろう。からだつきはどっしりしているが、締まりがない。だぶだぶのスーツを着た教授は、鈍角に溶接されたI形鋼でできているかのような姿に見える。手は大きくてごつごつし、そで口から延々とのびている。歩くときは小さな頭をまえへ突き出して滑るように進み、レールのうえを動いているかのようだ。なぜか、たんに目的の場所へ向かっているだけなのに、その動きがじつに優美だという印象を、見ている者に与えるのだ。

　ロンはいつも思っていたのだが、馬力のあるからだに小さな頭を載せた教授は、エル・グレコの絵のようだった。その頭のなかに今世紀最高の頭脳が詰まっているとは、かなり信じがたいことでもあった。

　教授は、ことばでは言い表わしにくい顔をしている。額は高く、顎は小さくて短く、目は輝くような黒、そして驚くほどデリケートな鼻と口をしている。〝イタチのように細長く尖った顔〟というのがぴったりなのだが、これでは誤解を生みそうだ——教授には高潔で貴族的な雰囲気さえあるのだから。荘厳なイタチとでも言おうか——そっちの方がよければオコジョでもいい。

　教授は女性とのおしゃべりに夢中でロンの姿が目に入らず、その足音も耳に入らなかった。

　若き探偵は教授の背後にそっと近づき、声をかけた。「スパータへお帰りなさい、教《マエ》授《ストロ》」

　教授が彼に笑みを向けた。「やあ、ロナルド、我が友《カロ・アミーコ》よ、また会えるとはうれしいね！

ちょうど、このミセス・マカルロイにきみのことを話していたところだ。この街の女性は、私がいたころと変わらずチャーミングだそうだね。きみを待っていた六十三分も、あっという間だったよ」皮肉は、ベネデッティの最高の武器だ。イタリア語訛りの発音が、いっそう効果をあげる。

が、教授の皮肉にロン・ジェントリイが動揺していたのも、もう昔の話だ。「すみません、マエストロ」彼は言った。「タクシーを拾うなり、リムジンを呼ぶなりすればよかったですね」

「とんでもない！　そんなことをすれば、車のなかできみと話をする楽しみがなくなってしまうじゃないか。ロナルド、私がそんなことをすると思われているとは心外だな」教授はさもがっかりしたように首を振ったが、その黒い目は輝いていた。ロンには、このけちんぼ爺さんがタクシー代を払いたくないだけなのだということがわかっていた。ニッコロウ・ベネデッティ教授は、（他のことと同様に）ぜったいになんの勘定も払わないことで有名だったのだ。

教授は一ドル七十五セントの葉巻の箱を取った。ミセス・マカルロイにその葉巻を渡し、こう言った。「お美しいご婦人《ベッリッシマ・シニョーラ》、これをもらうことにしよう。一服するたびに、あなたを思い出しますよ」そして、ロンの方を向いてささやいた。「ロナルド、ちょっと自然の要求に応えてこなければならないんだが、葉巻のことをよろしく頼む。それから出かけよう」

彼がミセス・マカルロイに別れの笑みを向けると、彼女は少女のようにもじもじしていた。教授が店を出ようとしたちょうどそのとき、彼女がだしぬけに言った。「教えた電話番号、忘れないでくださいね！」

ロンは勘定を払ったばかりの葉巻の箱と、カウンターの赤面した未亡人を見つめて首を振り、にんまりした。ベネデッティのふたつの勝利だ、と彼は思った。いつもこうなのだ。

教授の画材にはとくに注意を払って、ロンは荷物をトランクへ入れた。教授にとって、絵を描くことはものを考えるときの助けになるのだ。しかも、別名で有名な美術館に掛ったりする。

教授のあとから車に乗り込んだロンは、頭から大きな雪片を払い落としてエンジンをかけた。教授に、旅は楽しかったかと訊いた。

「むろん楽しかったさ。この自然の大スペクタクルはなににもまして素晴らしい」彼は窓から外の吹雪を眺めていた。

ロンはぶつぶつと文句を言った。雪、とくにスパータの雪の利点についての互いの言い分は、すべて記録にとってあるはずだ。

が、ベネデッティはおしゃべりの気分らしく、話題を変えて言った。「私はな、かならずしもいつも例の〝女性運動〟の支持者というわけではないのだよ。女と男の素晴らしいちがいを最小限にしようという試みについてはな。だがつい最近、拍手を送らねばならないことをひとつ学んだんだ。

ロンドンからニューヨークまでの機内で、愚かでおもしろくもない女の子だと思い込んでいたスチュワーデスが、じつは美しい成熟した女だということを発見したのだよ。この旅で、ひとり出会った（そうそう、旅といえば、街の誰が私の旅費や経費を払ってくれるのかわからなかったんで、航空会社には、きみに請求するように言っておいたからな）――そう、ひとりのスチュワーデスに会ったんだが――いや、彼女たちの好きなことばを使って〝フライト・アテンダント〟と言っておこうか――その娘《こ》がチャーミングな客のひとりを、〝乗り継ぎの時間待ちの人〟だと言って紹介してくれたんだ。これは意外だった――――」

ロンはその話が延々何時間もつづきそうだと悟り、今度は彼の方が話題を変えた。「事件についてはどれくらい知っていますか、マエストロ」彼は、教授に教えられたとおりに、注意深く発音した。アメリカ人はふつう〝マイス＝トロ〟と発音するが、本当は〝マ＝エイス＝トロ〟なのだ。

「事件か」教授が言った。それを味わってでもいるかのように、ゆっくりとした口調だった。「ニューヨーク・シティの新聞で読んだかぎりでは、かなりおもしろそうだ。本当の悪が活動しているように思える。だからきみと、友人のフライシャー警視が、私に〝HOG《ホッグ》〟を扱うチャンスをくれたのでとてもよろこんでいるんだ。じつにうれしいよ」教授は、また外の吹雪を見つめた。

少しして身ぶるいすると、教授が言った。「しかし、きみ《アミーコ》、まず最初に話し合わなければいけない別の一件があるぞ」

「別の？」

「そうとも、きみが親切に買ってくれた葉巻の一件だよ。代金を返さなければ」

ロンは、かまわないと言うつもりだった。葉巻一箱の値段など、教授に払わされるレソト＝ナイロビ、ナイロビ＝ロンドン、ロンドン＝ニューヨーク、ニューヨーク＝スパータの航空チケットに較べればただ同然なのだ。が、ロンは、ニッコロウ・ベネデッティが代金を払うと自分から言い出すという前代未聞のことにすっかり仰天し、ことばも出なかったのだった。

教授が札入れを出したときは、ただただ道路を見つめるばかりだった。ロンはカネが渡されることを半ば期待し、取り損ないたくなかった。視界の隅に、札束を取り出す教授が見えた。「ほら、きみ《アミーコ》」教授が愛想よく言った。

ロンは手を差し出し、カネに触れるのを感じた。すると、教授がこう言った。「このモロッコのディルハムをドルに換えるのは、きみなら楽なものだろう？」

ロンは、自分の愚かさを笑った。もっと早く気づくべきだったのだ。「だめか？　そうか」こう言うと、教授は大急ぎで札を折り、札入れへ戻した。「しょっちゅう旅をしているんで、どの通貨がどこで使えるかをすぐに忘れてしまうんだよ。むろん、きみに迷惑をかけようなどとは夢にも思わなかった。そんなわけだから、この一件については次の機会にまわそう。いいかね？」

「いいですよ、いいですとも」

「ここにいるあいだ、私はどこに泊まるのかな？」教授はそれを知りたがった。

「まえもってなんの知らせもなく、ブリザードのなかを、日曜日の夜十一時に現われておいて、そんなことを訊くんですか？　市当局としても、なんの準備もするひまはなかったのですから、当然、ぼくのところということになりますね」

「それは素晴らしい。私にはじつに好都合だ」

そうでしょうとも、ロンは思った、誰にもチップをやる必要がないんですからね。

街が南の方へ拡がってくるまで、ロンの家はハンティング・ロッジだった。いま、家の裏手には鉄道が走り、表はステイト・ハイウェイのバイパスに面している。しかし、まわりに立つ古いオークの木やクリの木が、二十世紀の波を喰い止めている。内部は木がふんだんに使われ、凝った彫り物が施されている。仕事のあいだ閉じ込められているような気分にさせられるコンクリートから、解放してくれるのだ。

例によって、教授はすぐにも仕事にかかりたいようだった。ベネデッティは、事件と取り組んでいるあいだは女っ気を頑としてはねのける――彼のことばを借りれば、事件をスピーディに解決するためのルールなのだった。ロンは、水曜日にレスリイ・ビッケルの死体が発見されるまでのできごとに関する、警察の報告書のコピーを手渡されていた。ロンが大きなみかげ石の暖炉に火を起こしているあいだ、教授は赤ワインのグラスに口をつけながらその報告書を読んでいた。

ふたりはほぼ同時に、それぞれの作業を終えた。教授が口を開いた。「この報告書から、フライシャー警視の落胆ぶりが手に取るようにわかるな」彼は意地の悪い笑みを浮かべた。「エレガーという女の子のボーイフレンド、カールトン・マンツのことは読みましたね？頭の切れる若者です」

「たしかにそうだな」

「ええ。最初の死人が出たあとでフライシャーが事情聴取したんですが、マンツ殿下は事情聴取を受ける場所を指定したばかりか、フライシャーが彼女のもっていたペッサリーのことで脅しをかけたときも、筋の通った答えをしているんです」

「そこのところは、私も興味深く読んだよ。マンツの言い分では、ミス・エレガーは自分より何カ月か年上で、自分が十七歳の未成年のあいだに彼女の方がひと足先に十八歳になった。だから、責任を負うのはミス・エレガーだというわけだ。未成年者の福祉を危険にさらしたことについて、（法解釈上は）罪があるというんだな。なあ、ロナルド、いまの若い世代だって、きみや私のころと同様、性的に積極的というわけではないのだよ。ただ、少なくとも私たちは性に関して恥ずかしげにふるまうというたしなみをもっていた——たとえ、それが両親を安心させるためだけのものでもな。

ついでだから言っておくが、最初の殺人に使われた方法がどうも気になるんだ。あの標示板は、警察が保管しているのだろうね？」ロンがちゃんと保管されていると答えると、教授は、「よし《ヴァ・ベーネ》、見てみることにしよう」と言ってワインに口をつけた。

　ベネデッティに言われるとおりメモを取りながら、ロンはなにも言わずに黙っていた。いつもだと、ベネデッティは自分の目で現場を見、「私にはなにもできない」と言って、物証を鑑識課員に渡してしまうのだった。

「だが、これだけでは」——教授が報告書を軽く叩いた——「市のお偉方がなぜ私を呼んだのか理由がわからない——しかも、いつもの殺人事件の手数料でだぞ」

「ええ、マエストロ、手数料プラス犯人との二時間ですよ。もし犯人が捕まればね」

　ベネデッティがやわらかい笑みを向けた。「いいとも、きみ《アミーコ》。だが、この次はインフレのことを考慮してほしいね。さて、他のことも聞かせてもらおうか。明日からはじめるとなると、いまのうちにすべてを知っておかなければ」

ロンがうなずいた。「マエストロ、これはちょっとした話ですよ……」

一月二十八日水曜日の午後は、いつもの手順で進んだ。フライシャーの直感にしたがって、HOG《ホッグ》事件に当てられた刑事たちはデイヴィ・リードが死んだ自宅付近を調べたが、ほとんどなにもつかめなかった。誰もなにも見てはいないのだ（「いいですか、刑事さん、朝のあの時間にこの目が開いていたらラッキーですよ、わかるでしょ？」）。ヴェテランの刑事たちは、子どもの首を落とした犯人がいるとすれば文字どおり返り血を浴びているはずだから、少年の死は事故だったにちがいないという意見に傾いていた。

レスリイ・ビッケルのアパートメントの現場を調べてから、別の刑事のチームをそこに残して警視は奥さんの待つ我が家へ帰った。ビューアルは《クーラント》紙のオフィスへ寄って記事をまとめ、ダウンタウンでもう一カ所立ち寄り、ディードゥル・チェスターの心地よい腕のなかへ走り込んだ。まえの晩ぐっすり眠ったロン・ジェントリイは、しばらく現場にいた。レスリイ・ビッケルがファン・ビザーロという名前と麻薬の法皇《ポープ・オヴ・ドープ》としても知られているジョージ・ルイース・バスケスとつながりをもっていたという興味深い事実を刑事がつかんだときも、彼はそこにいた。そのバスケスは、あまりにも強力なヘロインを十五包売ったとかで殴り倒され、病院にかつぎ込まれている。ミス・ビッケルの遺体は、検屍解剖リストの末端に加えられた。

一方、（ハーバート・フランクの証言によるとミス・ビッケルのいまのボーイフレンドで、彼女が死んだ晩にその部屋にいて怒り狂っていたという）テリイ・ウィルバーは、いっこうに見つからなかった。ウィルバーは庭師なので冬のあいだは仕事をしてはいないし、ヘンリー・ストリートのアパートメントにも帰っていなかったのだ。警察は彼を捜しつづけるだろう。

ロン・ジェントリイは、現場から依頼人、ハロルド・アトラーのオフィスへ行った。そして、一部分だけ話した。「……というわけで、ミスタ・アトラー、ざっと見たところではこんな具合なのです。あなたの院生の助手は、この二、三カ月のあいだにヘロインを射ちはじめていたのです。ふつうですと――」

「しかし、なぜだ？」アトラーは反論するように言った。「私にはさっぱりわからん！」

「私もですよ、ミスタ・アトラー。納得のゆく麻薬事件など、お目にかかったこともない。自分で自分を罰しなければならない人々もいるのです。

とにかく、いままで彼女がカネに困っていることなど一度もなかった――父親が資産家ですからね、かなりの仕送りがあったのですよ。

ところが、理由はわかりませんが、今月の仕送りは遅れています。彼女の記録を調べたのですが、仕送りは一週間以上まえに届いていなければいけないのです。おそらく、バークシャーの雪崩《なだれ》に巻き込まれた例の郵便車に載《つ》まれていたのでしょう。

そういうわけで、レスリイのカネは底をついた。薬も底をついた。ジャンキーにとって、薬というのは最優先ですからね。なんとしても手に入れなければならなかったのです。そこへあなたの五千ドルだ。レスリイには、あなたがサンタ・クロースに見えたことでしょうね。それがあれば薬は手に入るし、窮地を切り抜けられるわけですから。

たぶん、彼女はカネを奪うとすぐにディーラーへ連絡して、自分のアパートメントへ大急ぎで帰ったのです。そこで、不幸なことがふたつ起きました。ひとつは、水を出したままの洗面台のうえかそばに薬を置いたままにし、それが落ちて流されてしまったこと。もうひとつは、薬そのものがあまりにも強すぎたこと――射ち過《オウヴァドース》ぎになるほど強かったのです」

アトラーは、はた目にもそれとわかるほどほっとしていた。五千ドルはひそかに弁償すればいい。そして、カネに対する不注意もジェントリイと警察と彼自身しか知る者はいないし、その誰も言いふらすようなことはすまい。が、彼女がそれほど愚かだったとは。講義のときには大いに助かっていたのに。とにかく、アトラーは五千ドルで教訓を得たのだった。これで、オフィスにいるグリーンのスーツを着た連中も、二度と今度のようなチャンスにめぐり逢うことはなくなるだろう。

アトラーはため息をついて気を落ち着かせた。「皮肉な話だとは思わないか、ジェントリイ？　レスリイは悪事のためにカネを盗み、それも、文字どおりドブへ流れてしまったんだから」こう言って、彼は首を振った。

「それが、ちがうんですよ」ロンが教えてやった。「バスルームの床へ、です。ビニール袋が洗面台に詰まりましてね」

「なるほどね」アトラーは話の腰を折られることに慣れていなかった。ロンのひとことで、彼は一瞬呆気にとられていた。

やがて、アトラーが口を開いた。「この話、たしかなんだろうな？」

ロンは頭を掻いた。「ぜったいにたしかとは言い切れませんが。けれど、これ以上探ると、あなたにとって具合の悪いことになりますよ――たとえば、彼女の親に会って五千ドルを要求したりすればね」

「ということは、ここでもうやめるべきだと？」

「そう思いますね。カネは戻りませんが。私も手数料を請求したりはしません。なにもしていないのですから。ええ、この一件はこれで終わりだと思った方がいいでしょうね」

ところが、そうはならなかった。ビューアル・ティサムが次の手紙を受け取ったのだ。

手紙は、一月二十九日木曜日の昼ちかく、《クーラント》紙のオフィスへ届いた。青インクのボールペンを使い、大文字で書かれた文字を見ると、ビューアルは指示されていたとおりすぐさま警察へ電話をした。その書体は、何千通もの（そう、何千だ――マイアミの消印のものまである）ニセのＨＯＧ《ホッグ》の手紙が来ても、すぐにそれとわかる。

指紋検出班の男を連れて、フライシャーが飛んで来た。封筒からは、ビューアルの指紋しか検出されなかった。郵便配達のものさえない――この季節は、みんな手袋をしているのだ。便箋からも、指紋は検出されなかった。いつもなら目立たぬように、でしゃばらぬようにと気をつけているショーナシイ部長刑事が、とうとう、「クソッ」とつぶやいた。が、手紙の内容そのものはそれまでといささかちがっていた。細かく書いてあるのだ。内容はこうだ。


テイサムへ――

警察に、今回は一日でふたりやったと伝えろ。もっとも、俺の勘定ではひとり半だがな。あの女は、はじめて腕に針を刺したときから死へ向かって歩きはじめたのだ。大学のスウェットシャツはどこにあった？　脱いだとき、どこへ放り投げたか見ていなかったのだよ。あの男の子は、スーパーマンのようになりたいと言っていたが、不死身でなくて残念だったな。次は、三人にしよう。そのときまで。

――ＨＯＧ

手紙を読み終えたフライシャーは、怒り狂っていた。この三十年間ではじめて、交通係へ戻りたいと思った。街中の人間にキップを切って、自分と同じようにみじめな気分を味わわせてやりたかった。

「よし！」彼が口を開いた。「よし。態勢の固め直しだ。みんなを調べ直せ——マンツも、ニキビ面の男も、ジェントリイも、誰も彼もだ。市長には、俺が会いに行くと伝えておいてくれ」

そのとき、市長は来客中だった。若くてハンサムな市長にはきれいな奥さんと、かわいらしい子どもがひとりいる。秘書や、売春婦や、他の女の子との浮気を見破られたことなど一度もない。彼は市長の椅子が大好きだった。が、それ以上に、上院議員の椅子に魅力を感じていた。

市長の客は、ニューヨーク・シティの政界で強い影響力をもつハリイ・ラナガンだった。どうしても会わなければならなかったのだ。市長が誠実さに欠けるというわけではなかった——彼とて、心底HOG《ホッグ》を捕まえたかったのだ——有権者というのは、そういうことをよく憶えているものだから。が、HOG《ホッグ》はまだ街から逃亡してはいないし、ラナガンはニューヨークへ戻り、そこから、一九一一年、彼が二歳のときに離れたアイルランドへのセンチメンタル・ジャーニイへ出発してしまう。フライシャーにはあとでも会えるのだ。

市長の秘書はずんぐりむっくりの快活な女の子だ。市長が彼女を雇ったのは、誘惑されないようにという気持ちからだった。とはいえ、彼女は有能で極端に忠実だった。そういうわけで、彼女が市長のことばを警視に伝え、それを聞いた警視がいやな目で睨み、すさまじい表情を見せたときも、怒鳴り合いなら受けて立つといった様子だった。

ところが、警視が唇を噛んで気持ちを抑え、「わかった、待とう」と穏やかに言ったので、彼女はどうしていいかわからなくなってしまった。大柄なふたりの警官と、やはり大きな記者を追い出すのは、彼女には無理な話だ。警察を呼ぶわけにもいかない。かといって、合衆国上院議員の秘書にしてくれるかもしれない市長の話し合いを邪魔したくもない。けっきょく三人を待たせておくことにした。

フライシャーとショーナシイとテイサムは、待つあいだ事件のことを話し合っていた。

「お気づきですか」ショーナシイが言った。「事件の翌日に手紙が届いたのははじめてですよ。そうでしょ？」

「そうだ」ビューアルは答えた。「これはちょっとしたものだぞ」

「なにを言ってるんだ？」警視がぶつぶつと言った。「最初の二度は、事件が起きたのが夕方だ。郵便物の収集が終わってからだ。今回は、ふたりとも午前八時まえに殺しているんだぞ」

ショーナシイは、控え目にしているという自分のやり方に戻ってしまった。市長の控室に沈黙が拡がった。ドクタ・ドゥミートリが入って来るまで、その状態がつづいた。

ドゥミートリは、至急警視に伝えなければならないことを発見し、忙しい死体公示所からやって来たのだった。彼は、三人の陰気な雰囲気とは正反対に上機嫌だった。ドゥミートリは、それも気にしなかった。昼食まえにもう一体の死体解剖をするよりは、フライシャー十人分の怒りをまえにする方がよかったのだ。

「ここにいると聞いたんでな」ドゥミートリが警視に言った。

「どうしたんだ、ドゥミートリ」

「ビッケルの検屍解剖を終えたところだ」

「なるほど。それで、事故によるオウヴァドースではないという証拠がなかったのだろう？」

「ちがうね。彼女は、死ぬ一時間ほどまえにガラスを割っている」

「そんなことはわかっているさ」

「まあな。右手に小さな切り傷があった。ところが、それだけじゃないんだよ」

「どういうことだ？」

「ガラスを割ったときに、手の骨に三カ所小さなひびが入った。こいつは痛いんだよ」

フライシャーはすぐにその意味を理解し、興奮しはじめた。「左腕の血管に刺さっていた針からすると――」

「そう、つま先を自在に使える曲芸師でもないかぎり、レスリイ・ビッケルが自分で射ったとは考えられない。不可能だよ。つまり、殺人事件を知らせに来たんだ」

「時間だ」フライシャーが言った。「さあ、行動に移るぞ」彼は市長のオフィスのドアへ向かった。びっくりした秘書を脇へ押しやり、荒々しくなかへ入っていった。


「そこから電話がかかってきたのです」ロンが教授に言った。「市長室からです。むろん、ニューヨークのカネづるがいるまえでは、市長とてフライシャーを叱り飛ばすわけにもいきません。そこで、フライシャーが私たちを使うように言ったわけです」

教授がにんまりした。「私たちね。きみも、やっとこの事件にかかわり合えるようになって、よろこんでいるんだろ?」

「もちろんですよ、マエストロ」

「そのことについて、〝もちろん〟などということはないさ。私の弟子のなかで、学んだことにしたがわず、同業者を踏み台にして事を自分の利益へもってゆくのはきみひとりだけだ。きみは、おもしろくて理解しにくい人間だよ、ロナルド」

「私は、生活苦と闘っている私立探偵ですよ。どうということはありません」

「政治や商取引で富と力をつかむことのできる、生活苦と闘う私立探偵さ！　きみは理解しにくいか、ばかか、どちらかだ。ところが、きみはばかじゃないんだ、アミーコ。ニッコロウ・ベネッティは、ばかとは付き合わないからな。

だが、まあいいだろう《マ・ヴァ・ベーネ》。仕事の話をしよう。明日いちばんに物証を見たいんだが、警察が保管しているんだな？」

ロンがうなずいた。「冷凍庫に、例の氷まで保管してありますよ」

「よし。それと、証人にも会いたい。とくに、テリイ・ウィルバーという男に会いたいんだが」

「フライシャーが見つけ出したらすぐにでも、マエストロ」ロンは約束した。

「頼むよ。ところで、この事件に関して警察は精神科医の意見を聞いたのか？」

「ええ、ドクタ・ヒギンズに」

「けっこう。私も、明日彼に会うことにしよう」

「彼女です」

これを聞いたベネデッティは、ひどく驚いた様子だった。「ということは、我が友人の警視さえも政治的な力をもつ女には頭をさげなければならないということかね？」教授は、髭でも生えているかのように顎をなでつけた。「有能なのか？」

「熱心ですよ」ロンは答えた。「フライシャーはてこずっていますがね。精神科医に対する彼の見方があるんですが、働く女性に対する見方でそれを割り算すると、女精神科医に対する見方が出てくるというわけですよ。彼女は若くて落ち着いていますが、今回はプレッシャーを感じているようですね。図書館で見かけたとき、ずいぶんいろいろなものを落としていましたから」

教授がにっこりした。「きみという男は驚きだな、ロナルド。捕まえなければならない殺人犯がいるというのに、本なぞ読んでいるとは」

「図書館で奴を追っていたんですよ、マエストロ。警官が、時間がなくて撮れなかった写真を一枚撮ったんです。それだけの話ですよ」

教授は、空港で買わせた高級葉巻に火をつけた。マッチ棒を炎が葉巻の先端から少し離れるようにしてもち、芳香の煙を通して赤い輝きが見えるようになるまで吸いつづけた。

「きみが気づいたことは？」

「これまでのところは、いくつかの共通点だけですが、それがなかなかおもしろいのです。人から話を聞けば、もっとおもしろいことになるかもしれません」

ベネデッティは灯台のように葉巻をまっすぐうえに向けてもち、背もたれにもたれた。話を聞くときの得意のポーズなのだ。すっかりくつろぐと、お気に入りの弟子の話を聞こうと、こう言った。「はじめたまえ、ロナルド」

7

ジャネット・ヒギンズに、音楽の神童という評判までとったあなたがなぜそれを捨ててまで精神分析医になったのかと訊いたら、彼女は人間への奉仕とか、本当に大事なことをする機会があるとか、いろいろな理由をあげるだろう。が、本当の理由は秘中の秘なのだ――彼女が精神分析医になったのは、精神分析医に診てもらうという恥をかかずにすむためなのだった。

いつもしているように、ドクタ・ヒギンズが自己分析をすると（たとえば、自分はいつも神経質になっているというようなことをだが）、自分には古典的な劣等感というものがあって、それを、自分の存在を証明するというかたちで補っているというふうに見る。まず音楽の分野で、そしていまはこの仕事の分野でだ。どちらの分野でも、彼女は卓越していた。

が、ジャネットはいい子を装っているのだ（と、自分では思っていた）――なんとしてでも、人々を欺きとおさなければならない。彼女の心の奥底には、いつか本性を見抜かれるのではないかという不安が常にあった——二十代後半の女、急速にハイミスに近づきつつある女（まだそこまでいってはいないにしても）、松の木のようにひょろりとし、肩幅が広く胸の小さい女。不恰好な鼻、ネズミの毛皮のような色をした髪。子どものころから遠近両用レンズのついた眼鏡をかけて世の中を見なければならなかった茶色の目。それらをうまくカムフラージュしている。

スパータ公安ビルディングの階段を駆けあがっていたジャネットは、つまずいて倒れてしまった。手足が伸び、ノートが風に飛ぶ。〝やってくれたわね、ジャネット！〟。ノートを追いかけながら、彼女は自分をなじった。こういうときには、筋肉運動のバランスが失せてしまう——神経質になっているときは、自己分析のパートナーとして、間の抜けた自分が同居しているのだ。

ジャネットは、今日は新しい地点にまで到達しようと心に誓っていた——こうした事件に関しては世界の最高権威とされているニッコロウ・ベネデッティ教授に、今度の事件に対する自分の見方を話さなければならないのだ。ベネデッティほどの人間が、彼女からなにかを学ぶなどということがあるのだろうか？　彼女の話を信じないのではないだろうか？　ジャネットは、気にするな、と自分に言いきかせた。彼女のあわてぶりは、訓練を積んだ科学者には似つかわしくなかった。劣等神経症は自分でも認めていたが、病的というほどまではいっていない。

それでも、ジャネットはベネデッティの助手のことが気になってしかたがなかった。ジェントリイだ。教授が呼ばれてからというもの、ジェントリイはジャネットが仕事の大半をする図書館にいつも出没している。自分の理論を研究しているのだと言っていたが、もしそれが本当なら、なぜいつも見つめているのだろう？　美しさのせいでないことはたしかだ。

　ジャネットはぜったいに信じないだろうが、そのとき証拠保管室からフライシャーのオフィスへ通ずるＰＳＢ（公安ビルディング）の廊下を歩くロン・ジェントリイの顔には、またドクタ・ジャネット・ヒギンズに会えるというよろこびの笑みが浮かんでいた。ベネデッティが証拠を調べ終わったとたんに、その笑みが浮かんできたのだった――調べた証拠は、ねじれて折れた標示板、ビールの罐、鋭い氷、注射針。それを調べている教授はなにかをつかんだような表情を見せ、ロンはそれがなにか見抜いてやろうと必死だった。それで、事件以外のことはなにひとつ頭に浮かんでこなかったのだ。

　けれど、証拠調べが終わって自分の好きなことが考えられるようになると、まずジャネットのことが頭に浮かんだ。それは、彼女の美しさのせいだった。ジャネットが不恰好だと思っている鼻や視力の弱い目に、ロンは魅力にあふれた笑みを見ていた。彼女は特徴のない髪の色を嫌がっていたが、ロンはなんと豊かでつやのある髪だろうと思っていた。彼女は男の子のようなからだつきと背の高さを嘆いていたが、ロンはいかにも女性的なヒップと長いみごとな脚に見とれていた。

もうひとつロンが気に入っているのは、彼女が本当はどれほど美しいかに気づいているのは自分だけらしい、ということだった。そのことで自分が偉大な探偵のような気分になり、彼女の美しさに気づかぬ他の人たちよりもすぐれているように感じられるのだ。はっきりさせておかなければならない、事件が解決したら――

ベネデッティが、フライシャーのオフィスのドアを開けて待っている。「入るんだろ、ロナルド？　それとも、一日中廊下でぼうっとしているつもりなのかね？」

積雪十九インチ目の雪片がスピードを増して落ちてゆく窓の外を、ビューアルは眺めた。けれど、雪景色を楽しんでいるわけではなかった。フライシャーの表情が、直視に耐えないほど苦渋に満ちていたのだ。ビューアルが着いたのはいちばん最後だった。それというのも、スパータへやって来て比較的まもないディードゥルが、吹雪をいいことに、「ベイビー、外は寒いわ」とか言ってなかなか放してくれなかったのだ。その場面を思い出して、彼は微笑を浮かべた。

フライシャーのしかめ面に気づいたビューアルが、はっと我に返った。警視は、警察がとってきた捜査を要約している。

「容疑者だが。事件のたびに、新たな容疑者が浮かんでくるんだ。これまでのところ、ひとりを複数の殺人に結びつけることができない。しかも、誰も殺人のひとつについては完璧なアリバイをもっているのだよ」

「テリイ・ウィルバーも含めて？」ロン・ジェントリイが訊いた。

「そうなんだ。車でふたりの女の子が死んだとき、彼はYMCAにいた。だからといって、事情聴取がしにくいということではないぞ。

目撃者か？　目撃者らしきものといえば、このビューアルと、エレガーと、ハーバート・フランクだけだ。ビューアルが見たことは、われわれも知っている。バーバラ・エレガーは、標示板が車に激突したときの音を憶えているだけ。フランクの言うことといえば、ウィルバーが犯人だということばかり。まあ、こんな具合だ」

「彼は現場にいたのだよ、警視」ベネデッティが言った。

ビューアルは、警視がベネデッティに対してもっている複雑な感情に驚いた。フライシャーの表情が苦渋からいぶかしげなものに変わったのだ。「結局、ウィルバーだと言うのか、教授？」

「まだそこまではいっていないが」教授は答えた。「とにかく、テリイ・ウィルバーの行動と失踪の説明がつかないような推理はだめだと思うね。ミスタ・フランクの言うとおりだ。ウィルバーを捜せ、ということだよ」

「なるほど、全力をあげることにしよう」フライシャーが説明をつづけた。「さて、被害者たちだが、共通点がなにもないんだ。年齢は八歳から十代、二十代前半、老人という具合にさまざまだし、家庭的にも、ビッケルが裕福な家の出で、あとは中産階級。宗教をみても、リンはルーテル派、サリンスキイはローマン・カソリック、ワトスンは浸礼バプティスト、ビッケルは聖公会という具合だ。リード家の人は教会へは行っていない。利害、経歴、たしなみ、趣味、仕事、どれもこれもばらばらだ。他のことも、十六人の有能な刑事たちがなにも見つけられない状態なのだよ」

そのとき、ビューアルが口を開いた。「たしかですか、警視?」と同時にベネデッティが言った、「なにも?」当然、フライシャーは教授のひとことに噛みついた。ビューアルはほっとしていた。いろいろな理由で、仕事熱心な警視になにかをほのめかすようなことを自分の口から言いたくなかったのだ。

「どういうことだ、教授? なにか気づいたことでもあるのか?」

「私でなく、私の若き同僚がね。なかなか興味深い発見だよ。被害者がどうこういう以上のことでもある」

警視は、ブロンドの探偵にすぐに話すように言い、ビューアルは一面に載せる記事に備えてメモの用意をした。が、ジェントリイは話そうとしなかった。

「まず確認をしたいのですよ」彼はこう言い張った。「とっぴなことですし、どうということもないかもしれませんので」

それでも、フライシャーは話せ話せとせきたてていたが、教授が警視に先をつづけてくれと言って助け船を出した。警視はしぶしぶそれにしたがった。

「俺には、三つの可能性があるように思えるんだ。第一は、HOG《ホッグ》はそれぞれの被害者に対してなんらかの恨みをもっているという可能性」

「ずいぶんいろいろな人間と付合いがあるんだな」教授がつぶやいた。

「そのとおり」フライシャーはすごみのある口調で言った。「それに、八歳の子どもにどんな恨みがあるのか、ということもある。だから、第一の可能性は消える。第二は、HOG《ホッグ》は同じひとつの理由で被害者全部を憎んでいるという可能性。これは、とてもありえない。被害者たちがいっしょになにかをしたことなどないんだからな。

ということは、可能性はただひとつ。HOG《ホッグ》は、被害者が人間であるということ以外になんの恨みもないということだ。奴は頭が切れるかもしれないが、狂人だ(頭が切れるのはたしかさ。二件を完璧に事故に見せかけ、あとの二件をほぼ完璧に事故に見せかける。これは頭の切れる証拠だ)。ドクタ・ヒギンズ、このあたりはきみの領域だと思うが?」

「そのとおりです」教授が言った。「事件に対するあなたの考えをぜひお聞きしたいですね」

ジャネットは立ちあがるときにまたノートを落としてしまい、顔と首筋が赤くほてってくるのを感じた。子どものころから彼女がいちばん嫌いだったことばは、〝ジャネット、なにか弾いてみせて〟だった。その彼女が、生と死の問題についてリサイタルを開くのだ。

が、それを切り抜ける方法はやるしかないのだということを、彼女は体験的に知っていた。

「今度の事件は」話しはじめた自分の声がとても歯切れよく、自信に満ちているのに気づいて、彼女はびっくりした。「いくつかの点で過去に起きた同じような事件とはちがっています。私には、そのちがいがなにを意味しているのか、まだ確信がもてません。けれど、私たちが探している人間の人物像については、いくらかお答えできると思います。

私たちが確信できることは、HOG《ホッグ》が男だということだと思います」

教授が軽く手を叩いた。「素晴らしい《ブラーヴァ》！　立派な出発点だ。みんな同感だと思いますよ。私は、むろん女性の殺人犯を知っているし――女性の大量殺人犯も知っています。しかし、自分の犯罪を自慢したり虚勢《ブラヴァード》を張ったりする女性というのは、お目にかかったことがない。もう一度、たいしたものだ《ブラーヴァ》」

ジャネットは教授に心からの感謝をした。彼女は、ベネデッティがお世辞を言うような人間ではないと感じていた――彼がほめたということは、本当になにかをなしとげたということなのだ。もっとも、HOG《ホッグ》が男だくらいのことは明白だと、彼女自身充分に承知していたが。

「からだつきについて言えば」彼女はつづけた。「身長はたぶん標準より低いでしょう。デサルヴォもマンスンも――それにヒトラーも、ナポレオンも、フランコも、その点では

――みんな小柄です。ある場合には、そのことが無力感をあおるものです」

「無力感だって？」フライシャーが訊いた。「HOG《ホッグ》が無力感をもっているというのかね？」

最初の緊張が解けると自分のしゃべっていることに夢中になってしまい、フライシャーの声にこめられた皮肉のニュアンスなど読み取れなくなっていた。彼女は話をつづけた。

「ええ、無力感です。劣等感といってもいいわ。それが、大量殺人を犯す人の人生パターンであることがとても多いのです。おそらく、HOG《ホッグ》の年齢は二十代半ばか後半、もう少し上かもしれません。ちょうど、自分がもう子どもではないという事実に直面する時期です。

HOG《ホッグ》は、たぶん独身でしょう。そして、女性とうまくいったことが一度もないか、いつも簡単にうまくいってしまって女性を蔑んでいるかのどちらかです。もし誰かに雇われている身だとすると、その仕事はたぶん単純労働だと思います。自分のような男がする仕事ではないと思っているでしょう。親友はいないでしょうね――仕事の同僚にしても、彼のことを親身になって考える人はいないと思います。

家庭について言えば、崩壊した家庭か環境の悪い家庭に育ったと思います。父親が彼の目のまえで母親を殴るとか、彼自身も殴られたとかしたはずです。セックスの点では、彼が屈辱的と考えるような性行為を強いられたり、それを無理やり見せられたりしたことがあるでしょう」

ここで要約すると」眼鏡を拭きながら彼女は言った。「過去の事例から考えると、HOG《ホッグ》は男性で、年齢は、そう、二十五歳から四十歳のあいだ、小柄で、崩壊した家庭で育てられた人間です。孤独で、自分にはふさわしくない卑しい仕事をしていると感じ、性的にも満たされておらず、かなりの劣等感をもっている人間と言えると思います」

ベネデッティが咳払いをした。「ロナルド、いまの条件を満たすような者を誰か知っているかね？」

ビューアルが、口をはさんで申し訳ないといったような口調で言った。「性生活のことについては知らないが、からだつきの点ではハーバート・フランクがあてはまると思うな。それに彼は、みんながハンサムでチャーミングだと口をそろえて言っているテリイ・ウィルバーに悪意をもっている」

「誰が劣等感をもっているか知りたいか？」フライシャーがうなった。「俺だよ。劣等感をもっているのは、この俺だ」

教授以外の誰もが、多少とも愛想よく笑った。教授は空港で買わせた葉巻を取り出し、火をつけ、こう言った。「それなら、合わせて少なくともふたりというわけですね、警視。このHOG《ホッグ》という男には敬意を感じますよ」

「なぜ？」ビューアルが訊いた。

ベネデッティが警視に、説明してやってくれという仕草をした。

「つまり」フライシャーが口を開いた。「ドクタ・ヒギンズの考え方には感心するが」その口調には、少なからず皮肉がこめられていた。「HOG《ホッグ》というのは、まったく新しいタイプの犯罪者だ。特別なのだよ。

奴がどんな風貌かとか、なぜ殺人を犯しているかとかいったことはどうでもいいんだ。それより、奴がしたことを振り返ってみよう。

奴はバーバラ・エレガーのことを調べた。たぶん三人ともだろうがな。バッグの中身まで調べたんだ。しかも、あらかじめ調べてあった。あとから調べるチャンスなどなかったのだからな。いつ建設現場のしたを通るかも知っていた。そこで、ちょうど車に激突するようなタイミングで標示板を落とした。しかも、なんの痕跡も残さずにやってのけたんだ。

第二の殺人。奴は、ワトスンという老人と知合いになり、二階へ会いに行くほどに親しくなった。あの日、ワトスンは奴のまえに立って階段をおりようとした。そこで、HOG《ホッグ》が軽く押したというわけだ。これで充分だよ。家まで彼に会いに行く者など誰もいなかったというのに。むろん、あのあたりは人のことなど知るかというところだが、それにしても――

第三。奴は、レスリイ・ビッケルのアパートメントへ入り込んだ――」

ビューアル・テイサムが口をはさんだ。「もしそれがテリイ・ウィルバーなら、どうやってそこへ入ったかは不思議でもなんでもない」

「たしかに」フライシャーは認めた。「だが、第一の殺人に関してはアリバイがある」

「彼は消えたのですよ」公平な判断のために、ロンが口を添えた。「それに、彼の部屋で見つけたもののことも忘れないでください」

ジャネットが首をひねった。「ウィルバーの部屋でなにを見つけたの？」

「そうだ、忘れてた」ロンは言った。「警察は大事なものとは思わなかったようだけれど。午後、教授に見てもらおうかと思っているんです。いっしょに来てもらえますか？」

「も――もちろんよ、教授さえよければ」

「かまわないさ」ベネデッティが言った。教授はほとんどなにも話さなかったが、彼が口を開けば誰の話よりも重大なことが出てくる、とみんなが感じていた。たった六文字で勝手に転がって行きそうだった会話を止めてしまったのだ。それから、教授は言った。「警視の話はまだ終わっていないと思うが」

フライシャーがうなるように言った。「ありがとう、教授。さて、ウィルバーのことだが、俺には、彼がHOG《ホッグ》とは思えない。自分のガールフレンドを殺すために三人の人と罪もない子どもを殺して、あげくのはてに姿をくらますというのが解《げ》せないんだ」

「それでも、姿を消したことは事実だ」教授が言った。「見つけ出さなければ」

「わかってる、わかってる」フライシャーは言った。彼は、いらいらしはじめていた。

「どこまで話したかな。そう、奴はレスリイ・ビッケルのアパートメントへ入り、彼女の上半身を脱がせ、注射器に薬を入れ、それを射ってやった。そのあいだずっと、彼女はおとなしくなされるがままになっていたんだ。

そう、ジャンキーというものがわかっていれば、さほど不思議はない。彼女の右手は使えなかったし、薬を射ったのは左腕だ。つまり、彼女にしてみればHOG《ホッグ》は親切なおばさんのように思えたはずだ。これはこれで筋が通る。

だが、HOG《ホッグ》が次にやったことは奇跡だ！　リード家の息子がスーパーマンのファン・クラブに手紙を出すんで早めに家を出た。それをHOG《ホッグ》が見抜いたとき、レスリイ・ビッケルの死体は冷たくなってさえいなかったんだ。それで、朝の明るいなかで、しかもあの子の家のドライヴウェイで、うしろへまわり込んで氷を折って、それで殺して逃げたんだ。明るい朝だぞ。ドゥミートリは、奴は返り血を浴びて文字どおりびしょ濡れにちがいないとさえ言っているんだ。

それで、ドクタ・ヒギンズ」フライシャーは、ばかにするようにていねいな口調でしめくくった。「もしHOG《ホッグ》が劣等感をもっているなら、奴が劣等感を感じている相手の人間というのにぜひ会ってみたいものですな。私のみたところでは、奴は誰にも劣ったりなどしていないのですよ。ただの狂人なんだ」

ジャネットは傷ついていた。あれほど一所懸命HOG《ホッグ》のプロファイルをしたというのに。

フライシャーも、私がまちがっていると思っているなら、はっきりとそう言えばいいのに。こんなふうに恥をかかせなくてもいいじゃない。ジャネットは、いまにもそう言おうとした。が、教授の方が口を開くのが早かった。

「けっこうなお話でした、フライシャー警視。問題点をじつに手際よく話してくれましたよ。けれど、HOG《ホッグ》がしたことのなかでいちばん注目すべきことを抜かしましたね」

「それはなんですか、教授？」これは全員の問いだった。最初に口にしたのはビューアルだった。

ベネデッティがモナ・リザのように微笑んでいるのが、ロンにはわかった。その笑みを浮かべるのは、満足しているときだけなのだ。教授は、左手の指で右手の甲をゆっくりと掻いてもいた。ロンはいつも、その仕草がネコのようだと思っていた。なにかに飛びかかるまえのネコがする仕草に似ているのだ。

「それはね、ミスタ・テイサム」教授が答えた。「私の知っているかぎりでは少なくとも一回、HOG《ホッグ》は殺人現場からみやげ物をもち去っているということですよ」

8

フライシャーはぶつぶつとなにか言っていた。その手掛かりを発見しそこねた刑事を、ぞっとするような目に遭わせてやろうと心に決めていたのだ。が、怒りのあまり喉が詰まってしまい、声にならなかった。

ロン・ジェントリイも気に入らなかった。教授がなにかをつかんでいることはわかっていた。経験不足でまだベネデッティと並ぶことはできないにしても、やはり見抜けなければいけなかった。クソッ。ロンはくさっていた。

ジャネット・ヒギンズは、自分の軽い二重人格に気づいていた。ひょろっとしたぶざまなジャネットがうまく対処できないと、有能な専門家のドクタ・ヒギンズが飛び込んで行ってジャネットを救い出すのだ。それが、たったいま起きたばかりだった。が、備えて身構えていた闘いは不発だった。それで、ベネデッティ教授の爆弾発言に対する反応を見るにも、いつもより冷静な目で見ることができたのだった。

彼女は、フライシャーの悪意のない、無力感の混じった怒りがわかったし、ロン・ジェントリイの自分に向けられたいらだちに同情もした。ビューアル・テイサムの反応には、いささか職業上の驚きを感じた。それほど敏感な人間だとは思ってもいなかったからだ。ひどく気分が悪そうだった。が、テイサムは勉強家であると同時に敏感な人間なのだということを、彼女はすぐに知った。

ビューアルが彼女に訊いた。「それは例のパターンにあてはまるんじゃないんですか、ドクタ？　切り裂きジャックは、被害者の胸をもち去りませんでしたっけ？」彼は気をもち直して警視に顔を向けた。「なんとしても奴を見つけ出さなければ、フライシャー、とんでもないことになる！」

ベネデッティが小さく笑った。「南部育ちの感受性を静めてください、ミスタ・テイサム。私が言ったのは、そういった種類のみやげ物ではないのですよ。HOG《ホッグ》は、殺し方はひどいが、ともかく殺すだけで満足しているんです。少なくとも、これまでのところはね。HOG《ホッグ》がもち去ったのは、恐怖を感じたりむかつきを覚えたりするようなものではありません――少なくとも私にとってはね、もっとも、うんざりはしますが――それより、好奇心が刺激されるものです。ロナルド」ジャネットは、ジェントリイのすばやい注意の切り換えを見てびっくりした。「警視と他のみなさんに、鑑識からもらってきた写真をお見せしてくれ」

ロンはフォルダーを繰りはじめた。「どの写真ですか？」

教授の笑みが大きくなった。「わからないか？」こう言って舌を鳴らした。「おい、きみ《アミーゴ》、いつも仕事のことに気を配っていなくてはならないのだぞ」そして、含み笑いとも聞こえる声をもらした。

ジャネットの目に、若い探偵の顔に浮かぶ子どものような負けん気の表情が映った。今度はゆっくりと写真を一枚一枚見ている。調べているというほど見入ってはいないが、ひと通りは目を走らせていた。フォルダーから写真を取り出すときの目の輝きを、ジャネットは見て取った。

「これと」ロンは言った。「これと……これです。でしょう？」

ベネデッティが顔をほころばせた。「さすがだ、ロナルド、きみならわかるだろうと思っていた。さあ、みんなにまわしてくれ」

写真がまわってきても、ジャネットにはなにもわからなかった。ステイト・ハイウェイにかかる未完成の陸橋に、あの木製の標示板を留めていた金具が写っている。その写真なら、まえにも見ていた。一枚には、さがっていた標示板の重みでねじ曲がり、折れた金具が写っている。二枚はいじられた金具の写真――不完全なアーチ型をし、両端にはHOG《ホッグ》の使ったボルト・カッターの跡がある。三枚目は、そのふたつを並べた写真だ。

全員が見終わってから、教授が口を開いた。「どうですか？」みんなの反応は肩をすくめたり、首を振ったり、さっぱりわからないという表情だった。「説明しなければだめですか？　けっこう。説明しなさい、ロナルド」

「ありがとう、マエストロ」彼が説明をはじめた。ジャネットは、冷静さと慎しみとともにドクタ・ヒギンズが消えていることにびっくりした。彼女は素晴らしい推理を聞こうという期待と興奮に、身を乗り出した。


なんてことだ、説明をはじめたロンは思った、頭をなでられた小犬みたいじゃないか。いずれは、独力で見抜けていたはずなのに。

まず、最初の写真をかかげてみせた。「これは、ビューアルが見たとおり、標示板の右上の端を支えていた金具です。この形からわかるように、ゆらゆらする標示板の重さを支えているときに加わる力で折れたのです。揺れていただろう。ビューアル」

記者がうなずいた。「もう一度揺れていれば、彼女たちも無事にあそこを通り抜けられていたのに。HOG《ホッグ》という奴は運のいいやつだ」

「そのとおり」満足げに葉巻をくゆらしながら、ベネデッティが言った。「たしかにそのとおりだ」

二枚目の写真をもって、ロンは説明をつづけた。「これは、ボルト・カッターで切られたものです――そのことは、切り口から明らかです。私たちが鑑識報告書で読んだとおり、仮に金具が自然に折れたにしても不思議はありません。風の強い寒い冬を越すように使われていたのではなく、一時しのぎで使われた金具ですから。けれど、もし折れたのだとしたら折れ口はざらざらなはずで、これほどなめらかにはなりません」

ショーナシイ部長刑事が午後になってはじめて口を開いた。「そうかな？」

「ボルト・カッターの刃の動きというのは、こういう切り口をつくるものなのです」ロンが言った。視界の隅に映る教授は、そのとおりだという表情をしている。「つまり、切る金属にV字の刃をくさびのように喰い込ませていって、ふたつに切断するまで切り口を拡げてゆくわけですから」

ジャネットの表情から、ロンには、彼女がうまく理解できていないことがわかった。そこで、もっとわかりやすい説明をしようとした。「それは、たとえば……たとえば……」

「棒状のあめを噛み切るようなものだ」フライシャーが助け船を出した。

ベネデッティが小さく笑った。「おみごとだ《ブォニッシモ》ね、警視。完璧なたとえだ」

フライシャーは、いくぶん恥ずかしそうな表情を見せた。「鑑識の連中が、そう説明してくれたのだよ」

「みごとなたとえですが」ロンは言った。「そこのところを考えてみましょう。もしボルト・カッターが切られる金属の長さになんらかの影響を与えるとすれば、金属はかならず長くなります。金属用の引きのこを使った場合のように、金属をすり減らすということはないのです。切れるまで、いわばはさみつぶすわけですから。

ということは、切られた金具は、少なくとも折れた金具と同じ長さがなければなりません。ところが、この写真ではそうはなっていないのです」

ロンは、フライシャーが、「クソッ、なんてことだ」などとつぶやくとは思ってもいなかったが、警視はそうつぶやいた。

「教授がどういう人かは知っていますから」ロンはこうしめくくった。「いま話したことは実際に長さを計って確かめてもらえると思います。そうですね、マエストロ?」

「もちろんだよ、きみ《アミーコ》。切られた金具は、四分の三インチ弱短くなっている……ほぼ十六ミリだな。ということは、金具を三つに切るように二カ所を切断したということだ。きみの部下は、現場で徹底した調べをしたのではなかったかな、警視」

「なんてことだ。われわれと州警察の両方が調べたというのに。俺は辞任すべきなんだろうな。二週間も後生大事に保管していて俺も気がつかなかった。鑑識も気がつかなかった、誰も気がつかなかったんだ!」

「そう怒るな」教授が言った。「警察がなにもかも気がついてしまったら、ニッコロウ・ベネデッティは貧乏人になってしまうじゃないか。

そこで、金具の一片が見過ごされて雪に埋もれているという可能性もあるが、私としては、それを切断した者がもち去った可能性の方がずっと高いと思う。すると問題なのは、なぜか、ということだ。ドクタ・ヒギンズ？」

「そうですね」ジャネットが口を開いた。「パターンには当てはまりませんね。ふつうですと、連続殺人犯は口紅や装身具といったものをもち去ることが多いのです。あるいは、ミスタ・テイサムのご指摘のように、被害者の肉体の一部とか」

「私は、教授の考えが知りたい」ビューアルが言った。「HOG《ホッグ》は、なんの価値もない金具の破片などをなぜもち去ったのでしょうね？」

「じつは、ミスタ・テイサム、私はじつにとっぴなことを考えているのですよ……」教授の声が尻すぼみになっていった。ロンは、教授の目に、芸術家が思いつくような妙なことを考えているときに浮かぶ、夢でも見ているような表情があるのを見て取った。やがて、教授はため息をついて言った。「いや、ちがう、他の事実と矛盾してしまう。ばかげた思いつきです、思わせぶりを言ってしまって申し訳ない」

教授が立ちあがり、手袋をはめて帽子をかぶった。「さて、警視、もしロナルドに許可を与えてもらえれば、彼と私と、まだその気がおありならドクタ・ヒギンズの三人で、証人たちから話を聞きに行こうと思うんだが。それでは、また《ヴォン・ポメリッジョ》」

雪のなかを車を運転するほど無分別なのは、彼らだけだった。道路を独占している。ゆっくりとしたペースで走らせていれば、車のノーズをまえへ向けておくことはできた。教授は、ロンの悪戦苦闘の運転などまったく気にとめていなかった。後部座席に坐り、目を閉じている。くわえた葉巻の先端がときおり赤くならなければ、眠っているものと思い込んでしまうだろう。

「まずどこへ行くの？」ジャネットが訊いた。

「ウィルバーの部屋だよ。あそこがいちばん遠いんだ。あとは、帰りに寄ってくる――出かけている心配はまずないと思う」ロンが時計を見た。「ラジオをかけてもいいかな？ニュースの時間なんだ」

「ええ、どうぞ」

ロンが局に合わせた。ニュースは陰鬱だった。街はブリザードに閉じ込められている――北東部全体がそういう状態だった。クリーヴランドから東は大西洋まで、ボルティモアから北はハドスン湾まで。多くの人々が雪に閉じ込められ、釘づけになっている。屋根が崩れ、都市間交通はマヒしている。これがトップ・ニュースだった。

ふたつめのニュースも、スケールこそ小さいが、やはり悲劇的だった。スパータ北部の養豚場主が、家族の集まりの席で義弟を殴り殺してしまったのだった。ふたりとも酔っていた。義弟の方が、義兄を、仕事の景気を盛りあげるために、いわゆるHOG《ブタ》殺人をしているのだろうと言ってからかったのだ。たしかにスパータでは、豚肉の売上げがふだんの一〇ないし二〇パーセント増になっていた、最初のHOG《ホッグ》事件以来――

後部座席から、ベネデッティの重いため息が聞こえた。「まったく嫌なニュースだ」教授が言った。「消してくれないか、ロナルド。そんなものを聞いたところで、なにもわかりはしない」ラジオが消えると、教授はまた座席に沈み込んだ。

ロンは首を振った。「きみは、全米の同業者に羨ましがられるよ、ジャネット」彼が言った。「この事件には、心理学者六人を大騒ぎさせるほどのヒステリーがあるんだからね」

彼女の笑いには、ロンの言ったことへの悲しむべき同意と、ジャネットと呼ばれたことへのうれしさとが、半分ずつこめられていた。「このことを本にすれば一人前になれるわ」彼女は言った。「心理学者はみんな、本を書かなければだめなの」

「それは知らなかった。それも、コースの一部なの？」

「体験的に教えられるわ。出版《パブリッシュ》か消え去《ペリッシュ》るかをね」

「なるほどね」彼が不意にハンドルをまわし、スリップから車をたて直した。「気をつけろよ」車に向かって言った。「出身はどこ」ジャネットに訊いた。

「リトル・ロックよ。訛りは取れていると思っていたわ」

「訛りはないよ。大学はそこ？」

「ええ、アーカンソー大学。修士と博士はスパータで取ったの。なぜ？」

ロンは彼女に笑みを向けた。「習慣さ。ぼくは探偵だからね。それより、会議のときに訊き忘れたことがあるんだ。HOG《ホッグ》が自分で犯している犯罪に気づいていない可能性はあるだろうか？　一時的に意識を失うとか、別の人格をもっているとか？」

「専門用語でいう遁走《とんそう》ね」

「それで？」

「そうは思わないわ」

「なぜ？」

「まず第一に、手紙よ。手紙の送り主が殺人犯だと、警察では確信しているんでしょ？　それに、犯行から手紙を出すまでにはかなりの時間があるわ。とすると、遁走ないし意識を失う状態が二度あるということになるでしょ。つまり、遁走状態になって人を殺し、一度正常に戻ってからもう一度遁走状態になって手紙を書いて投函するということよ。たしかに、ドクタ・イーサルがいつも言ってたように不思議なことは起こるものだわ。でも、それほどちょくちょく長く意識を失う人なら、診察を受けるはずよ。それに、フライシャー警視は、この辺の医者やカウンセラーに注意を促してあるんでしょ？」

「なるほど、そのとおりだな」ロンは言った。「ついでに言えば、HOG《ホッグ》が犠牲者の下調べをしているのは確かなわけだから、それも入れれば遁走の時間はもっと長くなる、そうだね？」

ジャネットは不意に、自分がテストされたような気分になった。いかにすんなりとそれにパスしたとはいえ、どうも嫌な感じだった。

彼女は自分の横にいる若者の真剣な横顔をじっと見つめた。ロンは、ただの習慣から訊いたのではない。たぶん、強迫観念からだ。が、彼女は、その良き指導者と同じように、ミスタ・ロナルド・ジェントリイもひとつひとつ理由があって質問をし、それぞれの事実を有効に使っているのだ、と確信していた。ドクタ・ヒギンズは、彼の本性を知った——彼は監視人なのだ。いつも探り、調べ、まちがったことばや声の調子に聞き耳を立てている。

そしてロンの方は、この事件にすっかり取り憑かれていた。人の死にぞっとしながらも、新たな進展があるたびに魅せられ、興奮している。自動車事故をよく見ようと、ハイウェイでスピードを落とす人たちと同じなんだわ、彼女は思った。人を惑わすほど当たりのやわらかいミスタ・ジェントリイは、不自然なくらいそういう気持ちが強くて、それを満たすための正当な方法を見つけたんだわ。

それと同じことがドクタ・ジャネット・ヒギンズにも言えるという考えは、彼女には浮かんでこなかった。

9

犯罪というものはあらゆる規模、形、色、香り、肌ざわりとともに起こる。が、共通点がひとつだけある。大なり小なり、あらゆる犯罪は納税者のカネを喰うということだ。

フライシャーは良心的な警官だが、それよりもなによりも、彼も納税者なのだ。それで、正当な出費を惜しんだりはしなかったが、さまざまな方法で貴重な税金をむだにすまいとしていた。ひとつだけ例をあげれば、部下の刑事に、報告書のタイプはシングル・スペースで打たせていた。紙を節約するのだ。

が、ときには、財源を含めてあらゆるところに痛みを感じさせるような事件が起こるものだ。このHOG《ホッグ》事件が、ちょうどそれだった。

たとえば今日、フライシャーが考えているよりははるかに豊かな想像力をもったショーナシイ部長刑事の提案にしたがって、警視はファイルで調べ出したある特定の人々を本部へ連れて来るよう、刑事を出向かせていた。ブリザードのなかを連れて来るのは、手間もカネもかかる。ショーナシイの考えによれば、殺人犯が手紙の最後に〈HOG〉と書くのは、単純に自分の名前を書いているか、それと関係したなにかを書いているのではないか、というのだった。

その考えにしたがったのもとっぴだったが、ショーナシイ以外は、たいした期待ももってはいなかった。捜査がはじまって以来はじめて、テイサムが姿を見せていない。フライシャーは少々さみしかった。そして、自分とテイサムとショーナシイはシャムの三つ子のようだ、と感じはじめていた。

フライシャーは、〝ピッギー《ブタの》〟・フレミングを取り調べていた。組織売春をしていた罪で二年の刑期を終え、最近出所してきたばかりの男だ。つまり、ひもだったのだ。彼のニック・ネイムは（ほぼ垂直になった鼻の穴で、『オペラ座の怪人』のロン・チャニーにそっくりな）外見ばかりでなく、いまや伝説にもなっているシティ・パークのスケート・リンクを横切って逃げようとしたことからもきている。

ピッギーはがっかりしていた。彼には、社会への償いをした市民を警察が呼びたてるなど、信じられないことだったのだ。まじめになったことを、彼は主張した。警察に、こんなことをする権利はないはずだ。「俺が法を破ったときだって、気は確かだった。必要なサーヴィスを提供してやったまでのことさ。誰にも傷を負わせたことはない」

フライシャーが顔をしかめた。「ピッギー、いいか、俺の頭をばかにしないでくれ、いいな？　おまえの女のポニーは、首に保護帯《ブレイス》をつけて証言台に立ったんだぞ。どんなにマットレスのうえで跳びはねたって、あんなふうにはならない。おまえは醜悪で、卑しくて、薄汚ないんだよ、ピッギー。唯一の問題は、おまえが狂ってるかどうかだ」

「いいか」ピッギーが言った。彼は偉そうに胸を張った。「三晩も隠れていた嘘つきのあばずれを少々痛めつけるのと、子どもの首を切り落とすのじゃ大ちがいだ。そんなふうに考えること自体、侮辱的だね。これ以上話したいなら、弁護士を通してくれ」

　フライシャーには、ピッギーの方が侮辱を受けているということが理解できた。これは驚きだった――ピッギーを侮辱することができるなどとは、思ってもみなかったからだ。いつになっても学ぶことはあるものだ、フライシャーは思った。HOG《ホッグ》事件には、こういうちょっとした人間の洞察力がいっぱい詰まっている。

　警視はショーナシイに顔を向け、「おまえのせいだ」というような表情を見せた。警視が言った。「ピッギーにドアを教えてやれ。外まで連れてってやるんだぞ」

　次は、レスター・オズグッドだった。馘《くび》になった警官だ。彼が連れて来られた理由はこうだ――HOGということばは〝おまわり《ピッグ》〟を連想させる、つまり、オズグッドが昔の同僚をばかにしようとしてこの事件を仕組んだ、というのだ。

　たしかに、尋問が終わるころにはフライシャーはばかにされているような気分になっていた。というのも、オズグッドのような男に殴る蹴るのような乱暴ができるはずがなかったからだ。

それから、フライシャーは別なピッギー（覗き屋）、ポーキー《ブタのようなでぶ》（強姦罪）、ハーヴェイ・オスカー・ゴーマン Harvey Oscar Gorman（横領罪——殺人犯というタイプではなかったが、彼のイニシャルがきわめて魅力的だったのだ）と尋問を進め、ミス・ラヴィニア・ホッグ（幼児虐待罪）にまで尋問した。結果は、どれも似たようなものだった。

　尋問がすべて終わり、連れてきた人々を家へ送りとどけるためにカネをかけて高度な訓練を積んだ刑事たちの時間をむだに使うことになると、警視は自分の気分をひとことで表現した。「クソッ！」納税者のカネがさらにトイレへ流され、ジョウ・フライシャーはさらに疲労するはめになったのだ。警視は、この失敗をビューアルのせいだと思った。彼がこの本部にいてくれたら、と思うのだった。

　ちょうどその時間、ビューアルはディードゥル・チェスターのアパートメントのソファで、甘い声を出す彼女の腕に抱かれていた。思いきり甘えようとしていた彼女も、やがて甘い声を出すのをやめ、小さな含み笑いをもらした。「どうしたの、ダーリン？」彼女が訊いた。

　ビューアルは疲れきったような笑みを返した。「ぼくも年を取ってゆくんだよ、ディードゥル、それだけのことさ。自分のコラムに専念して、フライシャーには若い連中をつけるべきなんだが。彼は、なぜああ疲れ知らずなんだろう？」

「たぶん、たっぷり食べているのよ」彼女はビューアルの手を握り、それを彼の目のまえにもっていった。「これをごらんなさい」彼女が叱るような口調で言った。「外の雪みたいにまっ白だわ。こんなにやせちゃって。まるでヘンゼルよ」

「誰だって？」

「ヘンゼルとグレーテルよ。魔女が近眼だったものだから、ヘンゼルを太らせようとしていたときに、指でなくて枝を見せてごまかしたの。子どものころ読んだ童話を憶えていないの？」

「父親が死んでから、ぼくが伯父のウィリイ牧師に育てられたのを忘れたのかい？　あの家に、異教の本はなかったんだ。ウィリイ・チャンドラー言うところの福音書ばかりでね——『社会主義、第八の大罪』とか、『劣等人種についてのイエスのことば』とかいったパンフレットばかりだった」

ディードゥルは笑いをこらえていた。なんともばかばかしい話なのだ。「病気の老人をそんなふうに言うものじゃないわ。ところで、具合はどうなの？」

ビューアルは、伯父のウィリイの話を信じないディードゥルの純粋さに感謝していた。

「ノックス・カウンティの友達の話だと、あとひと月はもつまいとのことだ」

「本人はそのことに気づいているの？　あなたを見てあなたとわかる？」

「相変わらず強情だそうだ。疑い深くて」

「会いに帰るべきよ、ビューアル。仲違《なかたが》いしたまま亡くなるようなことがあってはいけないわ」彼女は、ビューアルの肩に頭をのせた。

「ぼくらは、そういうふうに生きてきたんだよ。最初からね。最後にはぼくにショットガンをつきつけて、三十分以内にわしの土地から出て行けと言ったんだ――その土地はノックス・カウンティの九〇パーセントもあるんだ、そう容易なことじゃなかった」

昔のこととはいえ、ビューアルが身を硬くするのがディードゥルには感じ取れた。「なぜそんなことをしたの、ビューアル？」

「ぼくを追い払ったことかい？　ぼくが、農場で働いているメキシコ人の家族の女の子とドライヴに行ったからさ。本当は、ドライヴなんてものじゃなかった。おばあさんの家まで乗せてってあげただけなんだからね」ビューアルには、いまだに伯父の叫び声が聞こえてくるのだった。「黒い女と交《や》りたければそれもいいだろう。だが、おまえは人目にふれてしまったのだぞ。さあ、出て行け！」

「でも」ビューアルの気を落ち着かせようとその肩をなでながら、ディードゥルは言った。「もうすぐあなたのものになるわ」

ビューアルはうなずいた。伯父のウィリイは、遺書をつくるということに反対していた――墓のなかから影響力を及ぼすのは罪深いことだという考えの持ち主なのだ。自由な白人の財産は自由な白人の家族のもの、というわけだ。それが、伯父のウィリイに対するこのうえない冗談になる。ビューアルは、ノックス・カウンティを南北戦争以前の封建制の最後の拠点から、新しい南部のあり方の見本のような土地にするつもりなのだった。ノックス・カウンティのような土地や伯父のウィリイのような人間には、この世で存在する余地などないのだ。邪悪なものはおのずと裁かれる。

「南部へ帰れないのには、もうひとつ理由があるんだよ——今度の事件だ。解決するまでは放り出せないだろ？」

「もちろんだわ」彼女は言った。放り出してなどほしくはない。大事件なのだから。

ディードゥルはもう一度彼の手を取った。「ビューアル、私たちが結婚したら、こんなふうにはさせないわ。だから、大きなサンドイッチをつくってあげる。体力をつけてもらわなくちゃ。小さなパンくずまで食べるのよ。さもないと」

「さもないと、なんだ？」

「さもないと、お仕置きしますからね」ふたりは笑った。彼女がすばやくキスをし、台所へ走って行った。

サンドイッチをつくりながら楽しそうにハミングする声が聞こえた。その声を聞きながら、ビューアルは部屋を見渡した。ディードゥルの人格がまわりのものにうまく反映しているのを見ると、いつも快い気分になる。女性らしくデリケートだが、茶目っ気もある。フリルのついたレースのランプシェイドのひとつには、口髭のように黒い紙が貼ってあった。部屋の反対側には、額に入った写真――

「ディードゥル、きみとぼくとリッキーとで撮った写真はどうしたんだい？」

サンドイッチをもって、彼女が台所から戻って来た。「びっくりさせようと思ってたんだけど、あれでポスターを作ってもらっているの。一・五×三フィートだと思うけれど。すごいと思わない？　映画スターみたいになるのよ」

ビューアルが笑みを向けた。「ぼくにとっては、きみはいつだってスターさ」

「サンドイッチを食べなさい」

「はい、はい」こう答えてサンドイッチに嚙みついた。「なぜそんなことを思いついたんだい？」

「新しく開店した写真屋さんから電話があったのよ。開店のサーヴィスで、フィルムを二本現像に出すと、カラーでも白黒でも、一枚ポスターにしてくれるというの。だから――」

どうしたの？」フィアンセの表情が硬くなっている。

「送り先は？」

「どこかに私書箱番号をメモしてあるはずよ。どうかしたの？」

「こういう天気のときに、写真を郵便で送るというのはどうかな。濡れるかもしれないし、それに――破れてしまうかもしれないだろ。あれは大事な写真なんだよ」

「それなら心配ないわ。ネガはちゃんとあるんだから」それでも、彼の表情は晴れなかった。気持ちを他へ向けようと、彼女が言った。「事件のことを話して」

ビューアルは午前中の話をして聞かせた。ジャネット・ヒギンズのこと、フライシャーの疑い深さのこと、そしてなによりも、標示板についての教授の爆弾発言のこと。話すことで写真からは注意がそれたが、それでも気分は晴れていないようだった。

話し終えると、ディードゥルが言った。「その人たちはみんなおもしろそうね。会わなくちゃ。みんなを夕食に招待するわ。今日は、月曜日？　水曜日に七面鳥の夕食をつくる。そうねえ、新鮮な野菜は――」

「ディードゥル、殺人事件の捜査はね――」

「みんなに、来るように約束させてね、ビューアル」

「無理だよ――」

「そんなことないわ。楽しみをひとりじめにしようなんて思っちゃだめよ」

ビューアルが爆発した。「楽しみだと！　これが楽しみだと！」

ディードゥルは両手を振り、声を出して彼を遮った。「そういう意味じゃないのよ、ダーリン。お願いだから怒らないで、お願い」

ビューアルの気持ちは静まったが、首を振った。「ディードゥル、事件のことを考えると、ときどき無性に気分が悪くなるんだ。楽しみなんかじゃないんだよ、これは」

ディードゥルが困った顔をした。「わかってるわ、私の言い方が悪かったの。あなたを愛してるということが言いたかったのよ。それに、あなたが羨ましいの。みんなといっしょに仕事をして、みんなと仲よくなっているんですもの。あなたがかかわっていることには、私もかかわりたいの。あなたの知っている人たちを、私も知りたいのよ。そうやって、あなたの生活や気持ちを、私もともにしたいの」

ビューアルは笑みを向け、彼女の髪をかき乱した。「そういうことなのか、ぼくはまるで石頭の大ばか者だな。ごめん」

ディードゥルは彼を許してやった。「それじゃ、みんなを呼んでくれる?」

八インチの距離をおいて、二組の青い目が見つめ合った。ビューアルは言った。「きみがそうしてくれと言うなら、地獄へ行って悪魔だって呼んでくるさ」そして、キスがはじまった。

ジャネットは、テリイ・ウィルバーの部屋についてのロン・ジェントリイの謎めいたことばを、ひとつの挑戦と受け取っていた。ここになにかがあることは確かだ。彼女は一度、もう一度、とからだをまわして部屋を見渡した。

「きみは子どもかい、それともコマなのかい?」ロンが小声で言った。

「なあに?」ジャネットが訊き返した。

「べつに。ウィルバーの文学の趣味を考えるのにはもってこいだと思ってね」

このことばで、その心理学者は、二十代半ばの下宿屋の住人にしては子どもじみた感じがあるということに思い当たった。ファラ・フォーセットのポスター（ジャネットは彼女が心底嫌いだった）やホッケーの道具はわかる。年齢に関係なく、男が好むものだ。が、ウィルバーの部屋には、ありとあらゆる童話が散らかっていたのだ――七歳までの子が読むリトル・ゴールデン・ブックス、ドクタ・スース、それに、時代遅れの小学校が読み書きの授業に使っている昔の一年生の教科書、アリスとジェリーまである。さっきロンがそこから引用した『鏡の国のアリス』以外は、なんでもありそうだった。

教授は、考えごとに我を忘れた様子で何冊かの本のページをゆっくりと繰っている。ジャネットは、彼の肩越しに覗き込んでみた。鉛筆の書き込みでまっ黒になった本もある。アンダーラインが引かれ、文章が奇妙に強調されている。たとえば、〝いいえ、私はそれが好きじゃないの、サム。緑色の卵やハムは好きじゃないの〟という具合だ。単語や文章や、ときにはアルファベットひと文字が、妙に歪んだ書体で書き写されている。一ページに、怒りをぶつけるようにジグザグの線を引き、あまりの力に紙が破れてしまっているところもある。

教授が顔をあげ、弟子に話しかけた。「きみの言うとおりだ、ロナルド。この部屋は重要だな、私にも感じ取れるよ。警察は、この部屋を調べなかったのかな?」

「二度調べましたよ」ロンは答えた。「最初は薬を探していました。手紙が届いたあとの二度目の捜索では、ウィルバーがＨＯＧ《ホッグ》の手紙を書いた証拠になるものを探していました。本はぜんぶ調べたのですが、本に関してではなく本のなかにあるなにかを見つけようとしていました」

ジャネットは、『ザ・リトレスト・スノウボール』というタイトルの薄い本に目を向け、まるで汚いものでももつような手つきでそれを手にした。科学者であることも忘れ、彼女はけげんな顔をし、いささか恐怖に駆られていた。

「でも、いったいどういうことなのかしら？　この簡単な本のなにかが彼を怒らせているようだけれど」こう言って、彼女は本に視線を戻した。「そんなに怒らせるような、なにが書かれているというの？」

「それがわからないんだよ、ジャネット」ロンが言った。「その本はなんだい？　『ザ・リトレスト・スノウボール』かい？　それよりももっと腹を立てた本があるよ。『ザ・ビッグ・レッド・ドッグ』という本だけれど、まるで心臓をひと突きでもするように、鉛筆で突き刺してある。ぼくは精神分析医じゃないけれど、テリイ・ウィルバーはたしかにふつうじゃないな」

ジャネットは、そのことについて議論できなかった。ウィルバーの行動の理由が読み取れないために、不安を感じていたのだ。ブリザードがやんだら、すぐに図書館へ行って症例を調べよう、と彼女は心に決めた。本というものがヴァギナのシンボルだということは、彼女も知っていた。それを出発点として、調べを進めよう。

「しかし……」さらに本を調べつづけているベネデッティが口を開いた。「しかし、ぜんぶがぜんぶウィルバーの怒りをかき立てたわけでもなさそうだ。どうやら、厚い本ほどいらいらは少ないようだな。まったく手のつけられていない本もある」

「それはぼくも気づきましたよ、マエストロ。これもそうです」こう言って、ロンはE・B・ホワイトの真新しい『シャーロットのおくりもの』を教授に手渡した。それは、ウィルバーのコレクションのなかではもっとも厚い本で、ほとんど触れられた形跡がない――教授が表紙を開くときに、バリバリという音がしたくらいだ。それは、ウィルバーがもっている唯一の〝童話の古典〟でもあった。

「きみが言ったのはこれのことだろう、アミーコ？」

ロンはうなずいた。ジャネットが訊いた。「その物語のなにが特別なの？」

「憶えていないのかい？」ロンが言った。

「読んだことがないのよ」

「きみ、『シャーロットのおくりもの』を読んだことがないのかい？」ロンの口調は、あきれはてたとでも言うようだった。「この物語はね――」

教授が口をはさんだ。「ドクタ・ヒギンズが自分で読んだ方が、調べのためにはいいと思うね。もし彼女がきみと同じステップを通れば、きみの理論により正確な判断が下せると思うが。そうでしょう、ドクタ？」

　ジャネットには、煙にまかれたような、これ見よがしに言われているような、そんな気がした。そして、それを口にして言おうとした彼女も、教授の黒く輝く目に浮かぶ有無を言わさぬ力に、おとなしくしたがったのだった。

「たいへんけっこう《ヴァ・ベーネ》。さて、ウィルバーの家主と話がしたいな」


　家主は、階段の踊り場で三人がおりて来るのをいまかいまかと待っていた。ロンがそこを訪れるのは三度目で顔見知りになっていたので、彼女はまずロンに声をかけた。

「どう、ロニー？　なにか見つかった？　証拠は？　反証になるようなものは？」

「むずかしいところですよ、ミセス・ツーッチオ」ロンにわかったかぎりでは、ローザ・ツーッチオの人生に些細なことなどなにひとつなかったようだ。まえにそこを訪れたときなど、彼女は、「まあ、こんなに背の高い人ははじめてよ！」（彼女は話のはじめに、よく〝まあ〟をつけていた）そして、ありきたりの挨拶——声を通して音楽的にあふれ出てくる感激と、止まることのないジェスチャーを見せながら活き活きとする、小柄だが魅力的な女《ひと》。

　そのミセス・ツーッチオは、ふたつの感情の板ばさみになっていた。心から気に入っているテリイ・ウィルバーへの懸念と、ＨＯＧ《ホッグ》の家主として後世にまで名前が残るかもしれないという興奮だ。こうした重大なことは、これから何年ものあいだ、息もつかぬ勢いで彼女の口からまくしたてられることだろう。

教授が二、三質問に答えてくれないかと頼むと、彼女の大きな目がとろんとするのがロンにもわかった。ベネデッティの女の愛の獲得に一点追加だ。ミセス・ツーッチオはふわふわと浮いてでもいるようにリヴィング・ルームへ入り、下宿人たちを追い出すと、ロンと、ジャネットと、教授を、音をたてている火のまえに坐らせた。

「あれがテリイよ」暖炉のうえに並ぶ写真を指さして、彼女が言った。下宿している写真家が、新しい機材のテストのために下宿人たちをモデルに使ったのだ。

ウィルバーのポートレイトからは、悪意などみじんも感じられなかった。逞しいからだが健康的な小麦色に焼けた、澄んだ目の若者だ。

ミセス・ツーッチオがコーヒーとイタリアン・クッキーをもって来た。ベネデッティが、「うまい《デリツィオーゾ》！」と言って舌を鳴らすと、ミセス・ツーッチオは完全に彼の奴隷になってしまったのだった。

「さて、奥さん」教授が言った。「テリイ・ウィルバーのことを聞かせてください」

ロンは、私立探偵がいちばん嫌がるのは、〝もう警察に話しました〟ということばだということを体験的に知っていた。が、ローザ・ツーッチオからそのことばを聞かされる心配はなかった。警察と同じことを訊く教授に愛想よく答えるばかりか、一語一語まったく同じことをしゃべった。

テリイ・ウィルバーがそこに下宿しはじめたのは十八歳のときで、かれこれ九年になる。かわいそうに、親戚はひとりもいない。スパータ造園会社に十一年勤めている。学校をやめてすぐに働きだしたのだ。みんなから好かれていて、彼を憎む者などひとりもいない。やさしくて、おとなしくて、受けがよくて、快活な男なのだ。

女の子は？　ガールフレンドはいる。いい娘《こ》ばかりだ。十一時過ぎまでひきとめておこうとしたことなど一度もない。「その時間を過ぎて異性をひきとめることを、私が禁止しているんです」彼女が説明した。「どうしても会わなければならないときは、彼の方から出かけて行きました」

レスリイ・ビッケルに会ったことは？

「死んだ娘《こ》ね？　一度だけ会ったけれど、あまり好きになれなかったわ。まあ、あんなにうぬぼれちゃって！　親切心でウィルバーと付き合ってるみたいでね。どうしました、教授？」不意に、不安げに彼女が訊いた。

ロンはおもしろがって見ていた。ベネデッティがとんでもないしかめ面をしているのだ。教授は、警察の調書に記録されていることとまったく同じ答えを聞くためにそれを読んだのではなかった。警察への答えと自分への答えを比較し、そのちがいからなにかを探るつもりでいたのだ。

が、ミセス・ツーッチオにはその手は通用しなかった。レコードでも聞くように、答えも口調もまるで同じなのだ。ベネデッティは、警察が訊かなかった問いを考えなければならない。ロンは、教授が先へ進むのを待っていた。

「ウィルバーは、庭師としてはどうでしたか？」ベネデッティが訊いた。こういうことから、彼のすぐれた指導者ぶりがわかるのだ、とロンは思った。そういう質問から、なにかを引き出せる人なのだ。

ミセス・ツーッチオが答えた。「とても腕がいいそうですよ」

「彼は、九年ここに住んでいるわけですね？　庭の手入れをしてもらったことはありますか？」

「あじさいを別の鉢に移してもらいましたけど……」

「はっはっはっ」教授が温かく笑った。「そうではなくて、家の外を、ですよ」

「まあ、そんなことができるわけありませんよ。春から秋の半ばまでは、会社の方の仕事が忙しいんですからね。それ以外の季節では、このあたりの地面は岩のようになってしまいますからね！」

「すると、冬のあいだはなにをしているのですか？」

「そう、去年は、ダウンタウンのレストランでウェイターの助手をやっていたわ」

「今年は？」

「今年は働いていません。なにか計画があるとかで」

こうやって、教授はすぐれた指導者であることを証明するのだ、とロンは思った。質問をはじめるときにベネデッティがなにを狙っているかは神のみぞ知るだが、どうだ、この結果は。

「その計画というのはなんでしょうね、ミセス・ツーッチオ?」

「知りません。どうしても教えてくれないんです。終わったら話してもいい、と言っていました」

「いつそう言ったんですか?」

彼女が頭を掻いた。「十月か、十一月です。あの大きな本の包みを見て、どうするつもりなのかと訊いたときですから」

10

次の目的地の病院へ着くまで、教授は低い声でずっとつぶやきつづけていた。イタリア語であるうえに早口だったので、ロンにはなにを言っているのかわからなかった。が、経験からいって、それは難問にぶつかったことを意味していた。

上へ向かうエレベーターのなかで、突然教授が言った。「いかん！」

ジャネットはとびあがるほどびっくりし、ロンは、「ええ、マエストロ」と言っただけだった。

「ウィルバーの失踪は、わかる。だがあの本、本を傷つけるというのは——どうも気に入らないな、ロナルド」

「ええ、マエストロ」

「ああ」こう言って、教授は顎をなでつけた。「これは、私が考えていたより奥深い悪の兆候かもしれない。そうだとしたら、大歓迎だ！　そいつの顔をとくと見てやる！　私は探偵でなく、哲学者なのだ。学ぶべきことは常に山積しているんだ」彼は決意を表わすように頭をのけぞらせた。

どうやら危機は去った（少なくとも当面は）とみて、ロンはようやく「ええ、マエストロ」以外のことを口にする気になった。

「まず誰に会いますか、マエストロ、エレガーですか、バスケスですか？」

「バスケスって？」ジャネットが訊いた。

「レスリイ・ビッケルにヘロインを売ったと思われる男だよ」ロンが言った。「テリイ・ウィルバーと同じ学校へ通っていたんだ」

教授は、まずエレガーに会うと言った。隣りあわせのふたつの病室を見張っている制服警官が彼らの証明書をチェックし、なかへ入れた。

包帯とギプスでぐるぐる巻きになっているとはいえ、バーバラ・エレガーはだいぶよくなってきていた――このことは、彼女が短気を起こし、いらいらしているのを見れば一目瞭然だ。三人が病室へ入ると、彼女は中年の夫婦に不満をぶちまけているところだった。病院の規則の十時消灯が気に入らないのだ。中年夫婦を見たロンは、グラント・ウッドによる絵画《アメリカン・ゴシック》を思い出した。

「眠れるわけないでしょ？　ただ横になっているだけで、疲れるわけないでしょ？」

両親は同情していたが、それは病院の方針なので自分たちの力ではどうしようもない、と言っていた。彼女は、両親に八つ当たりをしているようだった。

病室に入って来たのが誰かを見て取ると、こう言った。「ねえ、記者のビューアル・テイサムを呼んでくれない？　お礼が言いたいのに、病院の大先生たちが電話もさせてくれないのよ」

彼らは、そう伝えると言った。

「頼むわよ。それで、用件は？」

このとき、ずっと口をつぐんでいたミスタ・エレガーが不意に立ちあがり、教授に詰め寄った。

「いいか、よく聞け」いきなりこう言った。「バーバラに事故のことを訊くのはいいが、あのマンツとかいう男や、ペッサリーやなにかのことを訊くのは許さんぞ！　わかったか？」

バーバラ・エレガーは身動きもままならなかったが、大げさな上目遣いをしてうんざりした表情をし、「まあ、お父さん」と言った。

ロンは、教授の硬い笑みから父親のことばに同意するのがわかった。穏やかに、教授が言った。「わかりました、ミスタ・エレガー。しかし、病院で大声を出すのはおやめください。ただ、なぜかはお訊きしたいが」

エレガーは面喰らった。「それは——つまり、バーバラにそういうことはしゃべらせたくないのだよ」

「でしょうね」教授は言った。「しかし、警察の調書を見ると、すでにたっぷりとしゃべっているようですが――」

エレガーが教授に殴りかかった。教授はカメのように頭をコートに引っ込め、パンチは外れた。エレガーは気落ちせずにもう一度殴ろうとした。が、ロンが肘の内側を乱暴でない程度にしっかりとつかみ、バランスを崩させて椅子へ連れて行った。

「いったいどういうつもりなんですか?」ロンは彼に訊いた。「あなたは私の倍の年齢で、彼はまたその倍なんですよ。なんともおかしなけんかじゃありませんか」

「私は、きみの四倍も年を取ってはいないぞ、ロナルド」ベネデッティが言った。「まだ百歳にもなっていないんだ」

ミセス・エレガーがその機をとらえて口を開いた。夫の禿げかかった頭をなでながら、「もう帰った方がよさそうよ、ラッセル」彼女は包帯のあいだに見えているわずかな娘の額にキスをし、三人に笑みを向けた。「あなた方にお会いできてよかったわ」

両親が病室を出ると、バーバラが口を開いた。「まったく」とんでもない重荷を背負ってしまったというような口調だ。「それで、なにが知りたいの?」

話は、それまでのごたごたに見合うほど有益なものではなかった。彼女の答えの大半は、「もう警察に話したわ」で、そのあとにいいえが付くのだった。

いいえ、敵はいません。いいえ、誰かに監視されていたようなことはありません。いいえ、ペッサリーのことは死んだふたりの友達以外には話していません。いいえ、スタンリイ・ワトスンのことも、レスリイ・ビッケルのことも、テリイ・ウィルバーのことも、デイヴィ・リードのことも、聞いたことはないし会ったこともありません。捜査の途中で浮かんだ他の人たちも同じです。

事故そのものについては、その瞬間の衝撃と車から助け出されたことしか憶えていなかった。

「他には？」怒ったような口調で彼女が訊いた。

教授は手を横に振った。「ロナルドは？」

「ええ、ふたつだけ」

バーバラ・エレガーがため息をついた。

「キャロル・サリンスキイはポーランド系ですね？」

「そんなこと？　ええそうよ、ハーフなの。お母さんはフランス人」

「ベス・リンは中国系？」

「たいしたものね、そのとおりよ」その口調はいかにも皮肉っぽかった。

「ポーランドと中国か」こう言って、ロンは立ちあがった。「それだけです、ありがとう」

「よかった」彼女が言った。「これで少し休めるわ」

ファン・ビザーロ、またの名を麻薬の法皇《ポープ・オヴ・ドープ》としても知られるジョージ・ルイース・バスケスは車の事故に遭ったわけでもないが、片腕が動かせるとはいえ、エレガーよりいいといえる状態ではなかった。

彼とロンは以前からの顔見知りで、探偵のことば遣いも乱暴になっていた。「教授が、おまえにいくつか訊きたいことがあるそうだ、ビザーロ」

「英語はだめだ」包帯のすきまから見えるバスケスはハンサムで、知性豊かに見えた。彼はかなりのカネを稼ぎ、いい暮らしをしていた。それに、傷を負ってはいるが、注射針の痕はひとつもなかった。ばかではないのだ。

「もう一度言って見ろよ、ジョージ。店でおまえの兄貴に会ったんだが、スペイン語を忘れさえしなければこんなクズにはならなかったのに、と言っていたぞ――伯父連中から分別というものを聞かされていればよかったのに」

「あわれな俺」バスケスがふざけ半分に言った。

「そうは思わんな」ベネデッティが口をはさんだ。「どのみちクズになっていたさ」

「だが、おまえには興味がないんだよ、バスケス、HOG《ホッグ》事件、とくにレスリイ・ビッケルとテリイ・ウィルバーのことを話してくれないかぎりはな」

「なぜ話す必要があるんだ?」バスケスが鼻であしらった。

「なぜって、もし話さないというなら、あの連中が寝込んだり、あの女の子が死んだ理由を俺がばらすからさ」ロンが言った。「おまえは、ホース《ヘロイン》にパイプ・クリーナーの洗剤ドレイノを混ぜたんだよ。おまえを痛い目に遭わせた奴が、すっ飛んで来るぞ」

「奴のことなど心配しちゃいない」バスケスは答えたが、さっと唇に舌を這わせた。

「オウヴァドースが十六人もいるんだ」ロンは言った。「それぞれがみんな父親や、兄弟や、友達をもって――」

　バスケスはヒステリックなかん高い声でロンを遮った。「わかったよ。なにを話せばいいんだ？」

「売ったヘロインがとんでもなく強いものだったことは知っていたか？」

「売っちゃいない」

「警察は、コカインでもおまえをぶち込めるんだぞ、ジョージ。刑罰は同じだ。ヘロインでなくたっていいんだ。ちゃんと答えろよ」これは、ロンが教授に対して優越感をもてる分野だった――ベネデッティには、プロの犯罪者を扱う才能がないのだ。

「いや、もちろん知らなかったさ」バスケスが答えた。「そんなに強いものだと知っていれば、もっと混ぜてもっと稼いでいたね。いつものように乳糖を混ぜたんだ」売人というのは、評判が命だ。バスケスは、自分の評判が確かなものだと言った。

　教授が質問をしはじめた。「レスリイ・ビッケルはきみから大量に買った、そうだな？」

バスケスは思い出し笑いをした。「小額の使い古した札で五千だ。最高だったね。売れ残りを売ったんだ。金持ちの子どもは最高の客だよ。そうやって大学まで出たんだ。俺が卒業するころには、儲かりすぎてやめられなかった。それに、仕事にハクもつくしな」

「ミス・ビッケルと知り合ったきっかけは？」ベネデッティが訊いた。

「あのテリイ・ウィルバーが紹介してくれたんだ」バスケスが笑った。「ある日偶然会ったんだが、そのとき彼女を連れていたんだよ。学生時代の仲間のことやなにかを話してから紹介してくれた。それから、奴は庭の仕事で二週間ばかり街を離れると言った。

レスリイはお高くとまっていて、自分にできないことはないし好奇心が強いんだというような顔をしていた。俺の好みだった。それで、テリイが街を離れてからレスリイを捜し出した。彼女、大学出の男とテリイのようなばかな落ちこぼれのコントラストを楽しんでいるみたいだった。それで、例によって少々射ってやったら、お袋さんのおっぱいでも飲むようによろこんでいたよ」

「いつのことかね？」

「二、三カ月まえだ。たぶん、テリイがそのことに気づいて、HOG《ホッグ》騒ぎを起こしたんだろうな」

「ウィルバーがHOG《ホッグ》だと思っているのかね？」

「もちろんだ。奴は頭がおかしいんだ、昔からな。女の子たちやつまらん連中を殺し、レスリイを殺し、男の子を殺した。あんたらが混乱すると思ったんだろうよ」

「なぜ姿を消したのかな?」

バスケスがまた笑った。「取調べに危険を感じたからさ。自分の頭が切れることを証明するために、全部しゃべりたくなるだろうことがわかっていたんだよ」

「きみは、彼をよく知っているようだな」

「いいか、ある朝九時三十分に、俺はサン・ホワンで飛行機に乗った。五歳だった。十一時に、ニューヨークへ着いた。十二時三十分には、このスパータの伯父のところへやって来た。そして一時には、テリイ・ウィルバーと会ったんだ。俺の名前をいまだにスペイン語読みで〝ホアヘイ〟と呼ぶのは、奴だけだ。昔から頭がおかしかったよ、あいつは。ハイ・スクールに通っているころ、本を読んでレポートを書くという宿題がでた。テリイは忙しくてできなかったと言って提出しなかった。ところがミスタ・ティモンズは、奴がばかだからできなかったんだと言ったんだ。テリイは大声を張りあげて、その先生をこっぴどく殴り倒しちまった。奴を引き離すのに、体育の先生が四人がかりだったよ。テリイ・ウィルバーの学問生活はそれで終わりになった」三人が病室を出るときも、バスケスの笑い声は背後からいつまでも聞こえていた。

「これから、どこへ?」車の後部座席で、ジャネットが疲れ果てたように訊いた。

「帰る」葉巻を吸いながら、教授が答えた。しばらく吸いつづけていたが、やがてこう言った。「テリイ・ウィルバーを見つけ出さねば！　さもないと、この事件は意味をなさない」イタリア語のつぶやきが、またはじまった。

「そのまえに、オフィスへ寄りたいんですが、マエストロ。会いにも来ないといって、ミセス・ゴラルスキイに訴えられますよ」教授がよしと答えると、ロンがジャネットの方へ振り返って訊いた。「ミスタ・エレガーのことをどう思う？」

「娘の恋人に嫉妬してるんだと思うわ」

ロンは頭を振った。「人間のそういう面を見ると、滅入らないかい？　自分の頭にそういう知識が詰まっていると？」

「バスケスのような人間を扱うのと同じようなものでしょ。あなたも同じようなことをしているじゃない」

ロンが笑みを浮かべた。「一本取られたな」

ジャネットをアパートメントのまえで降ろし、オフィスへ向かうころには雪もあがっていた。


ビクスビイ・ビルディングでは、いざこざがもちあがっていた。教授と灰色の廊下を歩いていると、自分のオフィスから怒鳴り声が聞こえてきた。かん高いのはミセス・ゴラルスキイの声だ。もうひとりのだみ声の主に気づいて、ロンはびっくりした。商業界の中心人物、ミスタ・ハロルド・アトラーなのだ。

「嘘をつくな、この——この石頭め！」以前の依頼人が叫んだ。「すぐに、奴に会わせろ！」

「嘘つきとはなにごとですか！」ミセス・ゴラルスキイも負けていない。「もう一度だけ言いますよ——ミスタ・ジェントリイはお留守なんです！」小柄なその女性の口調は、いまにもアトラーを叩きのめしそうな勢いだった。

アトラーが、ことばにならない呻きを発した。ミセス・ゴラルスキイが叫ぶ。「やめなさい！　いけません！　入ってはいけません！」

「出口はこちらですよ、ミスタ・アトラー」

ブローカーはぎくりとして足を止め、振り返った。「私は——ただちょっと見ていただけだ」

「それはわかりますが。なにか相談ごとでも？　二度目のお客様にはいつでも時間をあけますが」

ブローカーがほっとしたような表情を見せた。

ロンは言った。「さて、ミセス・ゴラルスキイに謝っていただければ、お話をうかがいましょう」

アトラーは、ふだんの生活で人に謝ったことなどめったになかった。そういう経験もいいだろう、とロンは思ったのだ。ブローカーは舌を鳴らし、ミセス・ゴラルスキイに顔を向けて言った。

「も――申し訳ない。ついカッとしてしまって」

「それと、彼女を嘘つき呼ばわりしたことも」ロンが言った。

「ええ、ええ……嘘つきなどと言ってしまって申し訳ない」

ベネデッティがはじめて口を開いた。「石頭ということばも感心しませんな」

アトラーはぶ然とした顔をしたが、それでもこう言った。「石頭などと言ってしまって申し訳ない」

「いいでしょう」ミセス・ゴラルスキイが毅然として言った。「でも、二度とこういうことはなさらないでください」

アトラーは、これほど屈辱的な目に遭ったことなど一度もなかった。私立探偵の秘書に謝るとは。こんなチビに！　そうしてまでも、彼は話を聞いてもらわなければならなかった。

ジェントリイが、おかしな恰好の老人をベネデッティ教授だといって紹介した。事がやっかいになるかもしれなかったが、しかたのないことだった。アトラーは話をはじめた。

「ミスタ・ジェントリイ、今日の新聞によると、きみ――と、もちろん教授もごいっしょですが（と言って彼はにっこりした）――警察といっしょになってかわいそうなレスリイを殺した犯人を捜しているとか」

「ええ、そのとおりです、ミスタ・アトラー。あなたのおかげで事件に首が突っ込めるようになりました。教授の助手として手数料までもらっていますよ。あなたの手数料はお返ししましたよね？」

「請求書をよこさなかったよ」アトラーは、仕事に関しては万事厳密なのだった。「だが、話は別のことなんだ。じつは、私を守ってもらいたい。それで雇い直したいんだが、金額は……そっちで決めてくれ」

「あなたを、なにから守るんですか？」

「敵だ。私には……敵がいるんだ」それは事実だ、アトラーは思った。グリーンのスーツを着た男たち。

「警察はなんと言いましたか？」

「それはその、警察には行っていないんだ」

「その敵とやらの名前は、ミスタ・アトラー？」

この若者は、口調も態度も無礼だ。私を見ようともしない！　机を見ながら眼鏡など拭いている。

「引き受けてくれたら言おう」

「あなたにとっては、あなたこそが最悪の敵だと思いますね、シニョーレ」意地の悪いイタリア人がしゃべりはじめた。「あなたの言っていることは、どうともとれますな。そんな遠まわしはおよしなさい、ミスタ・アトラー、あなたには似合いませんよ。あなたは、この殺人事件の捜査からミスタ・ジェントリイを外したいんだ。なぜですか？」

「私をなんだと思っているんですか！」アトラーが立ちあがった。

「それを考えているのですよ」ベネデッティは穏やかに言った。

神経にさわった。「私があの怪物のために一役買っているですと！　私だって奴を捕まえてほしいさ、一刻も早くね！」

ジェントリイは眼鏡をかけ直し、無遠慮にアトラーを見つめた。「だったら、なぜ買収など？」

「そんな言い方をすると、訴えるぞ！」アトラーは叫んだ。やっとの思いで気を落ち着けた彼が言った。「いまのことばは大目に見よう。ジェントリイ、きみはHOG《ホッグ》事件から即座に手を引く義務があるんだ！」

「というと？」

アトラーがロンの机でまえかがみにからだを乗り出し、頼み込むような口調で言った。

「いいか、ジェントリイ、もしきみがHOG《ホッグ》逮捕に一役買ったら、大勢の人間に名前を知られるようになる。一躍関心の的になるんだ。そうなったら、新聞は事件の詳細を報じるだろう。きみがなぜ捜査に加わるようになったかということもな。

私が机の引出しに現金で五千ドルも入れておいたなどということが公になったら困るんだ！　ぜったいに困る！　そんなことになったら、私の経歴にとんでもない傷がついてしまうんだ！」

アトラーは、そのときのロンの冷たい灰色の視線など想像もしていなかった。そこからは軽蔑が感じ取れた。その世代の人間から理解を得るということがどんなことかを、もっとよく知っておくべきだった。彼らは自分もいつかは年を取り、自分で築いてきたものを無理やり手放すはめになり、グリーンのスーツの男に手渡すことになることなど、まるで頭にないのだ。

「帰ってください、ミスタ・アトラー」ジェントリイが言った。

絶望的になったブローカーは、老人に助けを求めた。「教授、あなたなら――」

「私のオフィスから出ていってください、ミスタ・アトラー」ジェントリイがもう一度言った。「さもないと、あなたの顔にとんでもない傷をつけますよ。五人殺されているんですよ、ミスタ・アトラー。五人も。若い女性が三人。老人がひとり。少年がひとり。私の目を見て答えてください、ミスタ・アトラー、あなたの経歴は、それに匹敵するほどのものなのですか？」

アトラーは立ちあがり、オフィスから走り出ようとした。彼が涙を流しているのを見た者など、いまだかつてひとりもいない。アトラーは、ジェントリイの声に足を止めた。

「ひとつ訊きますが、ミスタ・アトラー。あのカネはコーヒー豆となんの取引でできたのでしたっけ？」答えがない。「肉の副産物でしたね、たしか？　なんの肉の副産物ですか？」

アトラーはやっと耳に届くほどの小声だった。「なんということだ！」そして、命からがらといったふうに、オフィスを走り出て行った。

あまり勢いよくドアが閉まったので、ロンはガラスが割れるのではないかと思った。教授が大きくため息をついた。

「なるほど、アミーコ」老人は言った。「私が教えたことを、こういうふうに使っているわけか。アトラーのようなばか《パッツィ》を扱うときに」

「彼は小心者なんですよ。それにしても不思議だ」

「なにが不思議なんだ？」

「五人の見知らぬ人の生命のためにライフワークを犠牲にしてくれと頼んだときに返ってくる、ごくふつうの人の答えがですよ」

「黙りなさい。きみは探偵なのだよ、哲学者ではないんだ。私だって不思議だよ」

ロンがにっこりした。「あなたはなにが不思議なのですか、マエストロ？」

「アトラーが本当にばか《パッツォ》かどうかがだ。きみのちょっとした質問の奥にある意味を読み取ったのは、これまでのところ、彼ひとりだけなのだよ。もっと驚かされるかもしれないぞ」

11

もしその夜のHOG《ホッグ》が考えていることを理解できる者がいたら、おそらく、HOG《ホッグ》が五人もの生命を奪ったなどとはとても信じられなかったろう。その考えとは、いらいら、疑念、不安だった。

HOG《ホッグ》は、次の手紙の内容を考えることで気を落ち着けようとした。これははじめてのことだった。それまでは、人が死んでから、あざけるようなメッセージを考えていた。が、今夜はいつもとは少々ちがう。

月の出ていない、晴れた夜だった。ブリザードは東へ移動し、乾いた冷たい夜を残していった。身を切るような風が、残した足跡をすぐに雪で消してしまうほど強く吹いているので、HOG《ホッグ》はほっとしていた。

モーテルの窓の明かりが目に入った。HOG《ホッグ》には、もうすぐ死ぬことになる男の姿が、シルエットで見えた。そのモーテルは、曲がりくねった平屋の建物だ。狙われている男は、オフィスからも、他の宿泊客からも離れた部屋を取っていた。部屋に近づくのは楽だ。

が、HOG《ホッグ》はまだためらっていた。今夜でなければならない。今でなければならない。が……これまで人が死ぬたびに、HOG《ホッグ》はこんな常軌を逸したことはやめようかと思い、苦しみさえした。しかし、こういうふうに事がはじまってしまったら、やめることはできないのだということを悟ったのだった。できごとというのは、人間の意志にしたがったりはしない。それは、神の手に握られているのだ。

だが、気をつけなければ！　HOG《ホッグ》の思いは、自分に向けたむちでもあった。ビッケルのときのようなミスをもう一度でも犯せば、命とりになる。通用するわけがない。HOG《ホッグ》の仕事は、ほぼ終わりに近づいていた——失敗は許されない。ベネデッティは頭が切れるから、甘く見てはいけない。この瞬間にも、真実を見抜いているのではないか？

しかしHOG《ホッグ》は、恐れることなどなにもない、と思った。ベネデッティも、他の連中も、見当ちがいなものを追っている。見当ちがいなのだ。

雪に覆われたモーテルの芝生をすばやく越えた。パティオのガラスの引き戸を軽く叩いた。部屋の男は視線を向け、笑みを浮かべるとドアを開けた。

「そろそろ来るころだと思っていた」彼が言った。男は中肉中背でがっしりしている。髪はとかしつけているのだが、強いウェーヴがかかっていてうねっている。白い歯を見せてにやにやしてはいるが、心底楽しいようには見えない。中古自動車のセールスマンのような作り笑いだ。

「入れてくれ、ジャストロウ」HOG《ホッグ》が言った。「寒くてしようがない」

「いいとも、いいとも。取引の話だろ？」

HOG《ホッグ》の表情が暗くなった。「書いてくれ、サインをするから」

ジャストロウの作り笑いが大きくなった。「そのひとことが聞きたかったんだ」彼はライティング・デスクに向かい、紙を取り出して書きはじめた。「俺が書き終えたら」ジャストロウがうつむいたまま言った。「おまえもこのとおりに書いてくれ。その方が確かだからな。いいか？」

「言われるとおりにするさ」

ジャストロウの手がまた動きだした。ジャストロウは、人を見る目に自信があった。今夜この部屋に来ている男に何回か会ったころは、その男が危険でないことを確信するのにいくらかひまがかかった。が、やがて、心配する必要はないという確信をもったのだった。それは誤算だった。

コートのポケットから、HOG《ホッグ》は三二口径のリヴォルヴァーを取り出した。夢遊病者のように、HOG《ホッグ》は部屋を横切って椅子に坐ったジャストロウの右側に立った。

ジャストロウが顔をあげた。「なんだ？」

「サインをする書類を見たいと思っただけさ」

「もうじきゆっくりと読めるよ。うしろから読まれると、どうも落ち着かない」

「なるほど。すまない」こう言って、HOG《ホッグ》はジャストロウのこめかみから一インチと離さずに銃口を向け、引金を引いた。HOG《ホッグ》が思っていたより音は小さく、有様はひどかった。

HOG《ホッグ》は血を流しつづけるジャストロウの頭を机から一インチほどもちあげ、そのしたになっていた書類を引き抜いた。そっと、やさしくと言ってもいいほどの手つきで握っていたペンを取り、そこに、きれいに指紋を拭き取った銃を握らせた。指紋を残していないかどうか、部屋を見渡した。探し物を見つけた。血のりのついた書類をビニール袋へ入れ、見つけた探し物をポケットへしまい込んだ。HOG《ホッグ》が死の現場からみやげ物をもち去るのは、これが二度目だ。HOG《ホッグ》が部屋を出るのを見たのは、ジャストロウの死んだ目だけだった。外では、小降りの雪がHOG《ホッグ》の足跡を消した。


ロンの耳に、予備のベッドルームのドアを通して、教授が《忘れないで》を唄う小さなバリトンの声が聞こえてきた。教授が言うには、その部屋を選んだのは光線の具合がいいからだった。が、ロンは教授が昼間は絵を描かないことを知っていたので、その口実がおかしかった。

ロンはドアをノックし、なかへ入った。部屋の空気が葉巻の煙でわずかに灰色味を帯びている。教授はイーゼルに向かって坐り、絵を描いていた。絵のわからないロンの目には、狩猟を描いた古い織物のような、中世風の絵に見えた。（ニッコロウ・ベネデッティそっくりの顔をした）ナイトが白馬にまたがり、醜いイノシシに銀の槍を突き刺している。絵は、部分的に完成していた——教授は速乾性の絵の具を使い、あてもないような感じで手がキャンヴァスのうえを動いている。

長年の経験で、ロンはキャンヴァスに描かれた絵から、事件に対する推理の進展を見抜けるようになっていた。解決が近づくにつれ、教授の絵は抽象的になってゆくのだ。そして最後には、教授のいう〝純粋思考〟の絵になる。

ロンが挨拶すると、教授はぶつぶつと挨拶を返した。ロンは、冷静な目で絵を見つめた……まだまだ具象的だ。事件に関係のある誰かに似てはいまいかと刺されたイノシシをよく見たが、わからなかった。

しばらくして、ロンが口を開いた。「なかなかおもしろい絵ですね《エ・ウナ・ピットウラ・モルト・インテレッサンテ》」

教授が親指をキャンヴァスに突き立てた。「これが《クエスタ》？」彼は低い声で言った。「こん《クエスタ》なものは駄作だよ《・エ・ウナ・ベッツア・デイ・ポルケリア》」

ロンはしばらく考えた。「ポルケリアというのは、豚《ポルコ》のごろ合わせですね、マエストロ？」

老人がにっこりした。「そのつもりで言ったわけじゃないが、たしかにそうだな。ポルケリアを文字どおり直訳すれば、〝豚に与えられる物〟という意味だが、慣用的な英語に訳せば、〝糞《シット》〟がいちばん近いだろうな」

この教授のことばに、ロンの言語学的興味はしぼんでしまった。話題を変えた。「ビューアル・テイサムのフィアンセが明日に予定している集まりには行くんですか？」

「そのつもりだよ」こう答えると教授は細い筆を取り、細かい部分を描きはじめた。「きみにとっても、いろいろと意見を言ういい機会だ。みんなの反応を見るのが楽しみだな」

ロンは半信半疑だった。「付合いで楽しんでいる場合じゃないんですよ、マエストロ。ぼくも今日知らされたんです。仕事に集中するためにしばらく延期した方がいいと思いますが」

「選択の余地はないね」教授は言った。「招待者がきみに来いというにきまっている。明日の夕食の目的は、ミセス・チェスターをこの事件の捜査に少しでも触れさせてやろうということだよ。現に――」

フライシャーからの電話で、話が中断してしまった。


それは、ロンが国中で見てきたモーテルの部屋とすこしもちがわない部屋だった。灰色がかったパステル画、マシュマロのようにやわらかいベッド、合板にフォーマイカを張った引出しのついた机。死体は今ふうの椅子に坐ってその机にうつぶせになっていた。曲げたスティール・パイプにワイアを張り、そこに薄いフォーム・ラバーの入ったビニールのくそうな椅子だ。

クッションを置いた椅子。それは椅子というよりはバスケットといった感じだ――坐りに

ロンは死体に目を向けた。右のこめかみに小さな穴、左のこめかみがあったところに大きな穴がそれぞれ開いている。スラックスとタートルネックというくつろいだ服装だ。そでがまくりあげられ、銃をもっている方の腕の、肘のすぐしたに鷲の入れ墨がある。

フライシャーが、死体運搬車の係員と言い合っていた。「死体はそのままにしておけ」彼は言った。「机にうつぶせのままだ。俺はな――おう、来たぞ。やあ、教授」

ベネデッティの唇にわずかな笑みが浮かんだ。「今晩は、警視。この殺人事件で私に見てほしいというのは？」

「つまり」フライシャーが言った。「俺は――なぜ殺人だと思うんだ？」疑うような口調で彼は訊いた。「電話で俺は、〝明らかな自殺〟と言ったはずだ」

ベネデッティが小さく笑った。「警視、あなたにはあなたの方法があるでしょうが、私には私の方法がある。あなたが死体のある現場へ来なければならないからといって、この私をイーゼルから引き離してやろうというわけでもないでしょう？　つまり、ここにはあなたにも気になる点があるわけですよ。私たちは事故や自殺に見せかけた殺人事件を扱っているわけですから、あなたが私を呼んだとなると、あなたが気になっている点というのは、一見明らかな自殺が他殺だという点ですよ」

「たしかにこれは他殺だ」警視は言った。「まったく、他殺などでなければいいのに。そうすればこの男は、HOG《ホッグ》の第一候補者になっていたんだが」

「誰だか知っているんですか？」ロン・ジェントリイが訊いた。

ビューアル・テイサムの口が開いた。「ここへ来てすぐにわかったよ、《クーラント》紙からね。警視も知っている」

「で、誰なんです？」ロンは訊いた。

「いや、いや、まず、なぜ他殺だとわかるか、教授の考えを聞いてからだ」

「私に挑戦する気かね、警視？」教授は楽しげに言った。

「いや、俺の見方をチェックしたいだけだ」

「なるほど」見開いた死体の目から、ベネデッティは調べはじめた。「もしこれが自殺なら、よほど死にたかったにちがいないな——表情は穏やかだし、目も開いている」

教授は死体から目を離し、弟子を見つめた。「ぼさっと立ってるんじゃない、ロナルド。必要なことを訊くんだ」

「はい、マエストロ」ロンは答えた。「死体の発見者は誰ですか、警視？」

「ここのマネージャーだ。客のひとりが火を出してな。くずかごが燃えた程度だが、ここの条例では、すぐに退避しなければならないことになっているんだ。ジャー——被害者はマネージャーに、ここに泊まるから邪魔をしないでくれと言ってあった——」

「だから客も少ないのにこんなに離れた部屋を取ったんですね？」

「そうだ。なんでも、仕事を片づけなければならないから静かなところがいいと言ったそうだ。一月十二日から泊まっていたんだ。だから——

とにかく、最初の警報ベルで出てこなかったんで、マネージャーが連れ出しにやって来たわけだ」

教授がワイア・チェアの背に、骨ばった手を置いた。死体運搬車の係員が言った。「おい、やめろ！」血まみれの頭が紙のうえを机の端に向かって滑りはじめたのだ。

「すまん」と教授は言ったが、まったくの空《から》返事だった。「さあ、つづけて、警視」

フライシャーが肩をすくめた。「これ以上言うことはない。マネージャーの名前はイキスというんだが、ここのドアをノックした。返事がないんで眠っているのだろうと思い、マスター・キーを使って入ったらこの有様だったというわけだ」

「この姿勢だったのですか？」ベネデッティが訊いた。「いや、私が頭を動かしてしまったんだ」

「ああ、そのとおりだ」

「だったらあなたの言うとおり、これは他殺ですね」

「そんなことはわかっている！」フライシャーは言った。「自殺と事故というのは、そう見せかけるのがむずかしいものだが、HOG《ホッグ》はみごとなんだ。自信を失くしちまうところだったよ。あんたが他殺だと思うのも、俺と同じ理由か？」
教授はうなずいた。「あなたの推理の根拠がこの椅子にあるなら、同じですね」
フライシャーがうなずくと、ロンの顔にわかったという表情が浮かんだ。そこで、ビュ
ーアルが口をはさんだ。「私にはまだどうもよくわからないな。みんな、教授のように謎
めいた言い方をしないでくださいよ」
「ごく単純なことなのですよ、ミスタ・テイサム」教授が言った。「死体の姿勢がわかり
ますか？」
「もちろんですよ。自分の頭を撃って、机に倒れたのでしょ？」
教授がもう一度椅子の背に手をかけた。頭がさらに一インチほど動くと、白衣の男がま
たぶつぶつ言った。
「この椅子は」老人は説明した。「スティール・パイプでできていて、バネのように動き
ます――というよりは、うしろへ傾くようにできているのです。机に使うような椅子では
ないのですよ（私の意見では、使うところなどなさそうです）。なぜって、ものを書くに
は机にかがみ込まなければならないでしょう。この椅子に坐っていたら、そうするのはた
いへんですよ。まっすぐに坐るだけでも、けっこうたいへんですからね。
ところが、この死体が発見されたときは、机にうつぶせになっていたのです。というこ
とは、引金が引かれたときにからだはまえかがみになっていて、机のうえにうつぶせにな

ったということです。机のうえに、頭がまっすぐに落ちたわけです。死体の姿勢は、かろうじて保たれていた――私がちょっと手を置いただけで頭が手前に動いたのは見たでしょう？　もう一度置いたら、死体は床に転げ落ちますよ」

「やめてくださいよ」鑑識の係員が頼み込むように言った。「落ちてできる傷のことまで、ドゥミートリに説明しなければならなくなってしまうから」

教授は彼を気の毒に思った。「もちろんだとも。もう、死体は要らない。警視？」

「さあ、死体を運び出せ」

死体運搬車の係員が仕事をはじめ、ベネデッティは話をつづけた。「さて、もし引金が引かれたときにあの男がまっすぐ坐っていたら、死体は床に転がっていたか、もっと可能性は高いと思うが、背もたれにもたれていたでしょうね。ちょうど、レスリイ・ビッケルがビーンバッグにもたれていたように。

これが、他殺だと推理する根拠です。もし自殺だと判断すれば、これから頭を吹っ飛ばすというときに、なぜ鼻が机に垂直になるほど無理にまえかがみになっていたかを説明しなければなりません！　そんなことは、筋の通った説明がつかないのですよ。ニッコロウ・ベネデッティとしては、ばかだと思われるようなことはごめんですからね」

教授が、またネコのように手の甲を掻いた。「さて、私も説明をしたのですから、どなたかご親切な方、殺された男が誰か、教えていただけませんかな？」

驚いたことに、口を開いたのはロン・ジェントリイだった。「ジャストロウじゃありませんか？」

「そうだ。知っていたのか？」フライシャーが言った。

ロンは首を振った。「いくつかのコラムでビューアルが彼の写真を載せていたのを思い出したんですよ。当時、私は犯罪関係のスクラップブックを作っていたんです。ハイ・スクールでね」

「きみのアカデミックな経歴は、むろんたいしたものだが」教授は言った。「死んだ男が何者か、まだ聞いてないぞ」

いつもとちがって、暗闇のなかにいるというのはどんな気分ですか、マエストロ？ ロンはそう思ったが、口には出さなかった。「ジャストロウ――ファースト・ネイムはたしかジェフリイですね――」ビューアルがうなずいた。「――彼は、以前警官でした。正確に言えば、カウンティの保安官補です。馘《くび》になるまでは、カウンティの道路で恐れられていました。彼は――」

「奴は地に堕ちたんだ」フライシャーが低い声で言った。「それを見つけたときにはがっくりきたよ」

「たしか、マリワナで罠にかけていたのですよね、警視？」

「そうとも。（スピード違反があろうがなかろうが）車をスピード違反だといって停め、乗っている者を降ろして車内を探す。そして、実刑になるだけのマリワナを〝発見〟するんだ。とくに、他の州のプレートをつけた車を狙っていた。それから、ぶち込んだりはしないと言って聞かせるわけだ。そのかわり、百五十ドル前後を受け取るという寸法さ」

教授が顎をなでた。「言い換えると、完璧な職務上不正取得ですな」

「そうなんですよ、教授」ビューアルが言った。「カネが足りないとぶち込むんです。裏で自白を取るのがうまくて。それに、車に女の子でも乗っていようものなら、まんまとやっちまうんです。言っていることはわかるでしょう？」

「もちろん、わかるとも。典型的だな」

「ビューアルがいなかったら、いまだにやっていたでしょうね」ロンは言った。

「警視の功績も忘れちゃいけない」記者が言った。

「いやいや」警視は言った。「ああいうろくでなしがいると、警官全員の評判が落ちる」

「まあ、とにかく」ビューアルが話をつづけた。「私がジャストロウのうわさを耳にしましてね——ある男の子が分署へ連れて行かれて、それ以後音信不通になったといううわさも聞きました——どこかへ逃げたんです。それで、うわさを確かめようと思いました。警視に話をして、いっしょに来てもらいました。南部のプレートのついた車を調達して、制限速度を二マイルだけオーバーして走らせました。ジャストロウに停められて、私が彼と話をしました。彼がカネを受け取る寸前まではいったのですが——」

「俺が大失敗をやらかしてしまったんだよ」フライシャーがうなり声で言った。「札入れからバッジは外しておいたんだが、身分証明書を入れたままでな。それを見たジャストロウが俺に気づいて、ぜんぶ冗談だと言いつくろいやがった」警視は、いまだに自分に腹を立ててでもいるかのように、拳で反対の手の平を叩いた。「とにかく、俺はやかましいと言って、テイサムにコラムを書けと言ったんだ。ぶち込むだけの証拠はなかった――他州から証言するためにわざわざ来る者などいなかったからな。だが、馘にはできた。年金も取消しにした。ビューアルは、その働きで保安官から感謝状をもらったんだ」

「すると、あなたとビューアルがその件ではいちばんかかわりが深いわけですね」ロンが言った。「だから、彼がＨＯＧ《ホッグ》ではないかと？」

「そのとおりだ」フライシャーは言った。「われわれに復讐していたと考えれば、つじつまは合うだろ？　それに、奴は元警官だ。ＨＯＧ《ホッグ》というのがなにかを表わしていると考えたのはショーナシイだ。それで、われわれは粗暴な警官に目をつけていたんだ。おまわり《ピッグ》とＨＯＧ《ホッグ》、わかるだろ？」

ベネデッティがにっこりした。「素晴らしい考え方だ。聞いたか、きみ《アミーコ》？」

「ええ、もちろん、マエストロ」ロンが答えた。「部長刑事、おめでとう、といったところですね」

「わかった、わかった。そんなに皮肉るな。あいつだって、俺たちと同じように一所懸命なんだ」

ロンは、笑わずにはいられなかった。フライシャーがいやな目を向けた。教授が言った。

「よければ、マネージャーと話がしたいんだが、警視」

「いいとも」警視はドアから頭を出し、ショーナシイに大声で伝えた。彼は、怯えきった男を連れて戻って来た。怯えきっているどころではない。そもそも落ち着いていることなどあるのだろうかという有様だった。

イキスは、比較的新しい経済階層の一員だった——フランチャイズ・マネージャーだ。彼らは、恐れを抱く上役をもつという神から与えられた権利を捨てることなく、所有者の責任と自分のカネを賭けるという危険を身につけたがるマゾヒストなのだ。

イキスは、恐怖というエクスタシーの状態にあった。彼は警察そのものを恐れていた。訛りのある男を恐れていた——悪魔の使者のように見えたのだ。目のまえの人々にきちんと対応できず、地域監督者のまえでカーペットに倒れ込んでしまうのではないかと恐れていた。長身の骨ばった外国人が、ジャストロウに来客はなかったかと訊くと、イキスは、「存じません」と、レストウヴァ・インへようこそとでもいうような愛想のいい声で答えた。「夜中まで、脇のドアには鍵をかけないのです。私どものモットーは、〝レストウヴァ・インにお泊まりになれば、我が家へ帰ったような気分です〟ということでして。人を家に閉じ込めたり閉め出すのは、気分を害するのです。社の手引きによりますと……」

社の手引きの説明のまえに、フライシャー警視が遮った。「わかった、わかった。来客はなかったんだな。電話はどうだ？」

「ありませんでした。ここにお泊まりのあいだ、電話はおかけにもなりませんでしたし、外からかかってもきませんでした。少なくとも、宿の交換を通しては。駐車場の公衆電話は使ったかもしれませんが」イキスは、なにかを言うべきか言わざるべきか決めかねているかのように、唇を噛んだ。地域監督者は、警察のことに口をはさむのを嫌がるかもしれない。しかし、会社はフランチャイズをもった男にすぐれた市民であることを要求している。彼は、レストウヴァ・インの栄誉のために、あえて話すことにした。

「警視」イキスが口を開いた。「警視、ホテル業界にいますと、人を見る目が肥えてきます。おわかりいただけますか？」

「もちろんだ」警視はそっけなく答えた。

「たとえば」ほっとした様子でイキスは先をつづけた。「先日のことですが、ある女性と男性がいらっしゃいまして、カードにウィリアム・スミス夫妻とお書きになりました。その名前ですが、偽名であることは明白でして。けれども、その男性があまりあたりをはばかる様子なので、本名を書いたにちがいないと思いました。つまり、世の中にウィリアム・スミスという人は数え切れないほどいるはずだと。それで私は——」

フライシャーはベネデッティのやり方とはちがい、「要するに、なにが言いたいんだ?」と、じれったそうに言った。

イキスは、涅槃《ねはん》の境地に達した。恐怖の頂点に昇りつめたのだ。神よ、警察の機嫌を損ねてしまった! それに伴う思考の混乱。「つまり……その……私には……それが……少なくとも私には、もっとも私とてもちろん……」

「早くしろ!」

「つまり、ジャストロウに来客がなかったことは明白なように思えるのですが」

「なぜだ?」

「もし誰かがいれば、自殺などさせるわけがないと思うんですが?」

フライシャーがうなり、両目をこすった。

教授が助け船を出してやった。「ありがとう、ミスタ・イキス。きわめて論理的ですな。私たちには思いつきもしませんでした」

それを聞いたイキスは気持ちを大きくもち、フライシャー警視を許してやることにした。警官というのは、いろいろとプレッシャーがあるものなのだ。「どういたしまして」イキスはにっこりした。「いつでもお役に立ちますよ」

外国人がまじめ顔で言った。「それはご親切に。ひとつお訊きしたいのですが、この部屋には、便箋は何枚用意されていますか?」

その答えは簡単だった。「レストウヴァ・インと印刷された便箋がビニールの袋に入って十二枚と、封筒が十二です。とてもいい宣伝になるのですよ」

「でしょうな。その袋は、どれくらいの間隔で取り換えますか？」

「お客様がお使いになっていなければ、メイドもそのままにしておきますが、使いきっていなくても少しでもお使いになっていれば、新しいものと取り換えます。〝心休まるレストウヴァでは、なにもかも最高です〟というわけでして」

「なるほど」教授は言った。そして、警視にからだを向けた。「そこなんですよ。ロナルド、警視に引出しの中身を見せなさい」

眼鏡をかけたブロンドの若者が引出しを開けた。イキスは、刑事だと思い込んでいたのだった。ロンが破れたビニール袋を出した。「便箋は八枚残っていますが、封筒はひとつも使われていません」

「これで」老イタリア人が言った。「死体の姿勢の説明がつきましたな。撃たれたとき、ジャストロウはなにか書いていたのです」

「たとえば？」ディープ・サウス出身の声がした。イキスは、彼がビューアル・テイサムであることに不意に気づいた。彼のコラムが大好きなのだ。が、それを口にする時ではない、と賢明な判断を下した。

教授は肩をすくめた。「なにを書いていたかなど、誰にわかるね？　たぶん、殺した者の名前でも書いていたんだろう。とにかく、便箋はもち去られている。ミスタ・テイサム、HOG《ホッグ》からの次の手紙に、レストウヴァ・インのレター・ヘッドのある便箋が使われても、私は驚かないね」

なんてことだ！　イキスはパニックのなかで思った。レストウヴァ・インでHOG《ホッグ》殺人だって！　地域監督者はかんかんになるだろう。

12

火曜日は波乱に富んだ一日だった。その日の朝早く、一睡もしていない教授がイノシシ狩りの絵を描き終え、次の絵を描きはじめていた。寝足りずにぼんやりしたロンの目には、ニューヨーク州の地図のように見えた。教授に訊いてそれが思ったとおりの絵だとわかると、なぜその絵を描くのかを訊いた。

「それはな」老人は説明した。「私はひとつの大陸を除いてあらゆる大陸を旅してきた。そして、地球上でもっとも異国風な土地の悪も扱い、手がけてきた。ところが、そうやって扱ってきた事件も、この州、この街ででくわしている事件には足元にも及ばないからだよ。これほど啓発的な事件もないんだ」

啓発的ということばが、知能犯に対するベネデッティの最大級の賞賛のことばだということを、ロンは知っていた。「ということは、この事件が事件としては一流の傑作になるということですか？」

「そのとおり。たとえHOG《ホッグ》が救いの手をさしのべてやらなければならないただの狂人だとしてもな。むろん、そうではないだろうが。この事件に較べたら、バスルームで首を落とされたなどという事件も、子どもの遊びだよ」

ロンは眼鏡を外して目をこすった。「歴史的な事件にかかわれるというのは、いいものですね、マエストロ。ところで、朝食はなにがいいですか？」

老人はキャンヴァスから顔をあげた。「たぶん私の思っているとおりだろうが、もし冷たいミルクをかけて食べるコーンフレークのようなものにするつもりなら、朝食を抜いて絵を描きつづけるよ」

「わかりました」ロンは言った。「のちほど、ぼくのオフィスで会いましょう」

ダウンタウンのオフィスでは、ミセス・ゴラルスキイが上機嫌だった。鼻歌まじりに手紙の返事を書いている。どうしたのだろう、とロンは思っていたが、はにかみながら教授は何時ごろオフィスに来るのかと訊くのをみて、なるほどと納得した。ロンはぶつぶつ言いながら、奥の自分の部屋へ引っ込んだ。

いくつか電話を返した。ジャネット・ヒギンズにもかけた。まえの晩、モーテルに呼ばれなかったことにご機嫌斜めだった。が、今日はロンと教授についてまわることになる。それから、オールバニイの友人へ。それによると、ミスタ・ハロルド・アトラーが自分に対するロンの非倫理的行為を、州の免許局に訴えたという。

ロンは時計に目をやった。長い一日になりそうだ。

ディードゥル・チェスターは、そうは感じなかったろう。午前中があっという間に過ぎたのだ。それでも、言いようもなくうれしそうだった。小さな鳥肉屋で見たこともないほどいい七面鳥を見つけ、野菜も冬とは思えないほど新鮮なものを見つけていた。明日の晩のパーティは素晴らしいものになる。新たな殺人の話題ができたのだからなおさら――いけない、と彼女は思った。ビューアルはそういう考え方を嫌うんだわ。でも、そのとおりね。だって、ビューアルかリッキーになにか起きたらどんな気持ちになるか、わかりきっているんですもの。

午前中の郵便配達が、ロサンジェルスの近くのモンロウヴィーアにある父親の家へ行っているリッキーからの手紙を届けた。ハイキングへ行ったという。リッキーがバックグラウンドにふたつの文化をもつのは素晴らしいことだ、ディードゥルは思った。大人になったら外交官かなにかになれるかもしれないわ。

手紙を封筒へ戻した。パーティに来る人たちに、切手を集めているかどうか、忘れずに訊こうと思った。

火曜日は、フライシャー警視に小さな勝利をもたらした。ビューアル・テイサムのいるところで、警視は文書と口頭、それにワシントン・DCへの裏工作を使い、郵政公社のニューヨーク州スパータ局に、ビューアルへの郵便物を押さえるようにさせたのだ。それだけ大騒ぎしながら、結果としては手紙が配達の二時間まえに警視の手に届くというだけのことだった。

ビューアルは、そのことを指摘するというへまをやった。

「そんなことは気にするな」警視が怒鳴った。「一分一秒が大事なんだ」

封筒は、それまでのものと同じだった。消印の日付がちがうだけだ。が、中身にはいくつかの相違点があった。まず第一に、ベネデッティが言っていたとおり、レストウヴァ・インのレター・ヘッドのある便箋が使われていたのだ。

第二に、メッセージがない。というよりは、書かれたメッセージがなかった。〝――HOG〟という見慣れたサインはある。が、そのうえに、赤茶色のしみがあるだけだった。あとの鑑識の結果、それは殺されたジェフリイ・ジャストロウの血液であることが判明した。

誰の目にも、メッセージは明らかだった。

ミセス・ゴラルスキイに呼ばれて受付のオフィスへ出て行くと、タクシーの運転手の帽子をかぶった男が、高名なベネデッティの肘をつかんでものすごい形相で立っていた。

「きみ《アミーコ》」老人が口を開いた。

「あんたがジェントリイか？」タクシーの運転手が鋭い口調で言った。

ロンは、ちがうと答えてやろうかとも思ったが、やめておいた。

「あんたが料金を払ってくれるのか？」運転手が詰め寄った。

ロンはため息をついた。いくらかを訊き、財布を出し、払った。男は、ぶつぶつ言いながら出て行った。

教授は首を振り、「なんという男だ」と言った。大まじめな口調だ。「私はこの国への訪問者なんだ。ブラジルのクルゼイロで払ってはいけないなら、最初にそうと言うべきなんだ」彼は、タクシーの運転手がつかんでいたツイードの上着の肘を払った。

「さて、ロナルド、今朝の具合はどうだ？　なにか進展はあったか？」

ショーナシイと電話をしていたロンは、事の次第を話して聞かせた。教授はぶつぶつとなにかをつぶやき、こう言った。「さて、それではドクタ・ヒギンズを拾ってこちらの仕事にかかろうか？」

ハービイ・フランクはよろこんでいた。今日の客は、仕事の邪魔をしていらいらさせるような間抜けた警官などではない。新聞に写真も載っていたベネデッティ教授なのだ。かわいそうなレスリイのことを思ったときになにをしたか、などといった胸の悪くなるような質問をして自分をHOG《ホッグ》だと疑うような真似はしない、理性ももちあわせた有名人なのだ。そういう質問は、腹にすえかねていた。警察はばかにするまでもなく、もはや充分に間抜けている。が、それにしても。

そこへゆくと、ベネデッティは頭が切れる。教授は事件に関してハービイの協力を頼んだ。ハービイなら、さまざまな考えをもっているだろうと思ったのだ。

ハービイは、同行した女性も気に入った。ドクタ・ヒギンズだ。彼に笑みを向けたが、気持ちのいい笑みだった。それに、人生におけるさまざまなことも心得ている。愚かな教授連が相手の言おうとしていることを理解できなかったり、嫉妬を感じたりして、ひじょうに頭のいい学生に平均〝C〟の評価しか与えないことがあるということも。

どう見てもお付きの運転手にしか見えないブロンドの若者も、良さそうな男だ。夏のあいだどこで働いているかを話したときも、体力があるのですねなどという皮肉は言わなかった。ハービイは、そこで事務員をしていたと説明することには、うんざりしているのだった。

教授は、葉巻を吸ってもいいかと訊いた。いつもなら自分のアパートメントでの喫煙を許さないハービイも、教授にはどうぞと答えた。彼は、灰皿がわりに紙コップをもってきた。

「ところで、ミスタ・フランク」老人が口を開いた。「同僚と私は、事件に対するあなたの考え方にとても興味をもっているのです」

「そうですか」ハービイは言った。「レスリイはとてもよく知っていましたので――つまり、なんというか、彼女にいわば尊敬されていましたので――事件にはとても関心をもっているんです。事件のことをコンピューターにプログラムしているのです。HOG《ホッグ》があと三回事件を起こしてくれれば、データが充分にそろうんですが」

教授が笑みを向けた。「HOG《ホッグ》が事を起こすまえに、あなたの考えを聞きたいと思っていたのですが」

「もちろん、かまいませんとも。けれど、いくらコンピューターを相手にしているせいで論理的に考えているとはいっても、水も漏らさぬほど正確だろうなどとは思わないでください」

「それはよくわかります」老人は言った。「捜査のこの段階では、考え方だけでもたいへん参考になるのです」

安心したハービイがつづけた。「思うに、たとえHOG《ホッグ》が――失礼、ドクタ・ヒギンズ――はっきり言っていかれているとしても、自分がいかれているとは思っていないでしょう。HOG《ホッグ》は、理由があってやっているのだと思っているはずです。

そこで、被害者たちからなにがわかるでしょうか？　ああしたまったく異なった人々を殺す理由をHOG《ホッグ》がもっている可能性は、ごく小さいものです。私が出した公式をお見せすることもできますが……」

三人が公式を見ずに彼のことばを信じたことに、ハービイはよろこんでいた。「つまりHOG《ホッグ》がなんらかの理由があって殺したのはひとりだけで、あとの人たちは煙幕として殺されたのですよ」

三人は、彼の一語一語を嚙みしめるように聞き、じっと見つめていた。ハービイは、博士論文に捜査のプログラミングを書こうか、などと思いはじめていた。

教授が口を開いた。「その可能性は、私たちも考えているところです。それについて、もう少し突っ込んで考えてはみましたか？」

ハービイはうれしそうにうなずいた。「もちろんです。ここで、もう一度被害者たちのことを考えてみましょう。今度は変則的な要素、他とはちがう点を探すのです。こうやってプログラミングをしてゆくのですよ。そうすると、なにがわかるでしょう？　HOG《ホッグ》は、HOG《ホッグ》の被害者のなかで、金持ちだったのはレスリイ・ビッケルだけです。彼女が死ねば利益があると考えたのです」

「けれど、彼女が死んで得をした者などひとりもいませんよ」口をはさんだのはロンだった。話についてゆくのが少々遅い。

「もちろんいません」ハービイは気持ちを抑えるようにして辛抱強く説明した。「彼はいかれているのですよ。混乱していたのです。彼女が死ねば得をすると思っていたのが、そうでないことを悟った。けれど遅すぎたわけです。そこで一度は姿を消したのですが、それをごまかすためにまた殺したのですよ」

「なるほど」老人が言った。「すると、テリイ・ウィルバーが犯人だと思っているわけですね」

「明白ですよ」そっけなくハービイは言った。「もっとも、ぼくは何度も会ったり声を聞いたりしていますが、あなた方はちがいますからね。ぼくのことばを信じてもらいたいですね。彼は……彼は……病気なんだ！　コンピューターで証明してみせることだってできる！」

ドクタ・ヒギンズが訊いた。「たとえば、どんなふうに外へ現われていましたか？」教授がつぶやいた。「いい質問だ」

「いかれたことをしていましたよ」ハービイは答えた。「レスリイをひどい目に遭わせて――人間扱いじゃなかった、わかるでしょ？」

「正確にいうと、どんなことをしたのですか？」ジャネットは訊いた。

ハービイが顔をこすった。「まったくいまいましい」彼は椅子に坐ったままそわそわしていた。「そう、口笛を吹いていた」

「口笛？」ロンがおうむ返しに訊いた。

「そうです！」ハービイは言った。「レスリイに会いに来ると、階段をあがって、まるで楽しげな鳥かなにかみたいに口笛を吹くんです。《今宵その夜》みたいな歌を唄うこともありました。そういういやらしいことをしていたんですよ」

「他には？」

「ありますとも、あの鍵束です。いつも、鍵束をじゃらじゃらさせながら階段をあがって行くんです。好きなときにいつでもレスリイのなかへ入れるんだ、と言いふらしでもするようにね――もちろん、彼女のアパートメントへという意味ですよ。吹聴しているみたいだった、まるで――まるであいつら――」

「寝るんだ、とでもいうように？」

ハービイはほっとした。こういう場面でのことば遣いは専門家に任せるべきだ。「そう。彼女と寝ていることを吹聴したくてたまらなかったんですよ。あの晩、奴が階段をあがって行くのを聞かせてやりたかった。あげくのはてに、売女《ホア》呼ばわりしたんだ！　考えただけでも腸《はらわた》が煮えくり返る！」

「だから」教授が穏やかに訊いた。「なんとしてでもテリイ・ウィルバーを探し出せというわけなんだね？」

ハービイは興奮のあまり口もきけず、うなずいただけだった。

「それなら、ミスタ・フランク」立ちあがりながら老人が言った。「きみの意見に大賛成だよ。協力をありがとう」

「それに」ドクタ・ヒギンズが言った。「もし――その――事件についてもっと考えが進んだら、私に電話をください」こう言って、名刺を手渡した。

ハービイは顔が痛くなるほど大きな笑みを浮かべた。三人の頭が切れることは、わかっていたんだ！

外へ出て、ロンは低い音で長い口笛を吹いた。その息が、冷気に白い短剣のように見える。ジャネットに顔を向けた。「自分の心理的な同類に会うというのは、どんな気分だい？」彼は訊いた。「まるできみが彼を創造したような感じだろうな。だから名刺を渡したんだろう？」

ジャネットの顔つきは硬く、目には専門家の輝きがあった。「彼には、ぜったいに助けが必要だわ」

「まったくだよ。男が恋人に会いに行くのがうれしくて口笛を吹いたり、唄ったり、走ったり、鍵束をじゃらじゃらやることさえも、彼は認めないんだからね。もしそれをこそこそやるようじゃ、変質者じゃないか」

「だからこそ、助けが要るのよ！」ドクタ・ヒギンズは言った。

「だが」ロンが言った。「高名なる心理学者の報告書が暗に示しているように、もしハービイ・フランクがHOG《ホッグ》だとしたら、彼を助けられる者はひとりもいないよ。そうでなくとも、きみが一度でも頭に触れてやったら、彼は一発できみに恋をするさ！　そのうえ、もしきみが彼を捨てたりしたら、もっと危険になる！」

「そうかしらね？」ドクタ・ヒギンズは言った。「あなた、どこで博士号を取ったの、ドクタ・ジェントリイ？」

「おい、おい、ぼくが言いたいのは、大量殺人犯かもしれない男にあまり近づくなということさ、いいね？　ぼくの頼みだと思って」

ドクタ・ヒギンズはまだ議論をつづける気でいたが、ロンの最後のひとことが、彼女の〝ジャネットの部分〟に快く響いたのだった。

「いいかい」ロンはつづけた。「彼は、きのうの朝きみがあれほど熱をこめてしゃべった犯人像とぴったりなんだ」

「私は専門家よ！」彼女が鋭く言った。「自分のしていることくらいわかってるわ！」

「でも、彼はぴったりなんだ、他の人たちと同じようにね。彼が夏のあいだなにをしているか聞いたはずだ！」

「鋳物工場で働いていたのよ！」はっとして、彼女が不意に話を変えた。「他の人たちって、どういうこと？　なにを言ってるの？」

ロンが答えるまえに、ベネデッティ教授の軽蔑するような声が言い合いにストップをかけた。「なかなかおもしろいな。もし私のライフワークが人間に潜む悪ではなくて愚かさだったら、きみらの話もずいぶんためになっただろうに。それより、するべきことがあるだろう？

よし、私がこの場で決着をつけてやろう。まず第一に、ロナルド、ドクタ・ヒギンズは自分であのみじめなハーバート・フランクをどうこうするつもりはないんだ。彼女がきみと言い合ったのは、恐ろしくて男性の同僚に任せることになるだろうなどときみに思われたくなかったからだし、きみのそのひどく勝手な態度のせいでもある。

第二に、これはふたりに言うんだが、これはアカデミックな話だ。ハーバート・フランクはＨＯＧ《ホッグ》ではない。明らかに情緒的な問題を抱えてはいるが、ちゃんとはけ口は見つけている。不毛で感情のないエレクトロニクスの世界と接触しているかぎり、彼は少しも危険ではないはずだ」

ベネデッティはこう言ったが、それでもロンは自分の妹をハービイ・フランクと高校の卒業パーティへ行かせてもよいような気分にはなれなかった。とはいえ、その老人の意見は的確なものだった。ジャネットは、信号のようにまっ赤になっている。ロンはにっこりした。精神分析医が自分の深層思考を表に出したかと思うと、愉快でたまらなかったのだ。

「もういいな？」教授が訊いた。「仲直りだな？ けっこう、けっこう。だが、はからずも、若い愚か者はよくしゃべるということがよくわかっただろう」

小さなディヴィ・リードがいたドライヴウェイやガレージに着いた血も、ありがたいことに前日のブリザードのおかげで雪に隠れてしまっていた。が、その現場に目を向けると、ジャネットの心には警察で見た写真が浮かんでくるのだった。思わず身震いした。

ドアを開けた男は、長い病みあがりのウェスタン映画のスターのような姿だった。陽焼けした顔が青白くなり、虚ろな表情をしている。訪問者にいぶかしげな目を向けた。

「なんの用だ？」

「あなたがミスタ・リード？」教授が、葬儀屋のような笑みを浮かべた。

「そう、私だ、用件は？」

教授はロンに、フライシャーが書いた捜査資格証明書を出させ、それぞれを紹介した。訪問者が捜査に関係している人間だとわかると、それまでの硬い表情をつくるのによほどの努力をしていたかのように、いっぺんに彼の表情が緩んだ。

「なるほど。どうぞ、お入りください」こう言って、彼は三人を部屋へ案内した。ジャネットには、警察の写真でその部屋に見憶えがあった。暖炉のうえの手作りの額。喉がぐっと締まるのを感じた。自分に言い聞かせた――あまり感情に走っては、プロとは言えないわ。

リードが言った。「飲み物のほしい方は？　いりませんか？　私が飲んでもかまいませんか？」それは、たんなる儀礼上の問いだった。訊き終わるころには、すでにウォッカの栓は開けられていたのだ。リードはウォッカを注ぎ、氷を入れて言った。「それで、教授？　ドアのところでは失礼しました。ひどい連中が何度も来たものですから。ある男など、私の――いや、ジョイスに、自分がゴースト・ライターになるから、息子を狂人に殺されるのがどんな気持ちかを本にしようなどと言うんです。一発殴ってやりましたよ。〝霊〟界でデイヴィと接触するなどという老婆も来ました。それに、親戚連中です。私たちの結婚式には顔も見せなかった連中が、デイヴィの葬儀にはやって来たのです。鬼のような連中ですよ」彼は頭を傾け、ソフト・ドリンクでも飲むようにウォッカを流し込んだ。手の甲で口を拭い、こう言った。「私はだめな男ですよ。昔からそうでした。けれど、今度スパータへ帰って来てからというもの、他の連中よりはましなんじゃないかと思っているんです」

ロンが口を開いた。「デイヴィが亡くなった翌日帰って来たのですね？　サンフランシスコから？　ということは、二十九日の木曜日ですか？」

「そうですが、なぜ？」リードが必死の思いで敵意を見せようとしているのが、ジャネットにはわかった。探偵の質問の真意を嗅ぎ取ろうとしていたのだ。

ところが、ロンの方は穏やかそのものだった。「たんなる確認です。ここへ来るのに、オートバイ・ショップを閉めなければならなかったのでは？」

「いいえ、共同経営者がやってくれていますから」

「どんなバイクを売っているのですか？」

「あらゆる種類です」

「ハーレイ＝ダヴィッドスンも？」

「ええ、警察当局と契約を結んでいまして、大型車もかなり売っています。本当は……なんてことだ！」

「どうしました、ミスタ・リード？」

リードはぽかんと口を開けている。それを隠そうと、またウォッカを飲んだ。ジャネットが見ると、ロンはいかめしい顔をし、ベネデッティはかすかな笑みを浮かべている。ジャネットには、なにがなんだかわからなかった。

老人が口を開いた。「どうぞお気になさらないでください、ミスタ・リード。たんなる偶然の一致ですから」

はた目にもわかるほど震えてはいるが、リードの気分も多少は落ち着いたようだ。「私も――思ってもみませんでしたので」

教授はその話を切りあげた。「よくわかります。ところで、少々個人的なことをおうかがいしたいのですが、かまわないでしょうか？」

「なんでしょう？　ええ、もちろんどうぞ」

「なぜ離婚なさったのですか？」

「それは、私がだめな男だからです。言ったでしょ。他の女性と関係をもったんです」

「浮気をしたのですか」

リードは鼻を鳴らした。「まあ、そうですが。でも、一晩かぎりの関係については、どうということも感じてはいません。ばかみたいに次から次へでしたから。たぶん、ジョイスも浮気のことは許してくれていたでしょう。でも、ばかな女のことが理解できなかったのです」彼はグラスをもち、そのなかへつぶやいた。「私もね」

「そのことで、敵はつくりませんでしたか？　あるいは仕事上の敵とか？　息子さんを殺して復讐をしたがるような人は？」

リードは重い気分で首を振った。「いいえ。女性はみんな、べったりではありませんでしたから。仮に私になにか愛情のようなものを感じていたにしても、私の他に男はたくさんいましたし。西海岸へ行くまでは、仕事もしていませんでしたから、そっちの方もありません。

ただひとり、私が憎まれるようなことをしてしまったのはジョイスでしょうが、彼女は憎んでさえいないのです」

「ミセス・リードは、今度のことをどう考えておられますか？」教授が訊いた。

「最悪です」リードは答えた。「元気を出させなければいけないのですが。なにか遠くにいるような気がして。でも、とてもひとりにはしておけません。彼女から目を離さないように、ずっとこのカウチで寝ているんですよ」

「いつまでこうしているつもりですか？」ロンが訊いた。

ジャネットは、リードの目にスパークが飛ぶのを感じ取った。「いいか」彼は言った。「私はだめな男だが、そんなにひどくはないつもりだ。きちんと落ち着くまでだよ！」

「ミセス・リードとお話はできませんでしょうか？」教授が訊いた。

リードは顔をしかめた。「それは、できればご遠慮願いたいのですが。やっとの思いで寝かせたところなのです」

ベネデッティは、申し訳なさそうな口調で言った。「それはよくわかりますが、ミスタ・リード、しかし、一刻でも早く犯人を捕まえることができれば、次の犠牲者を出さずにすむかもしれないのですよ。そうでしょ？」

リードはあきらめたようにうなずき、こう言った。「連れてきましょう」彼は奥へ姿を消した。

しばらくして、なにかを叫ぶ彼の声が聞こえてきた。

ジャネットがロンに視線を向けた。「なんですって？」

「ぼくには、〝たい！　たい！〟と聞こえたが」

ジャネットの耳にもそう聞こえていた。が、その謎もすぐに解けた。取り乱したリードが、叫びながらリヴィング・ルームへ走って来た。「ドクタ・ヒギンズ！　急いで！」立ちあがった彼女は、あとについて行った。

ジャネットは心理学者であって、精神科医ではない。医者でもないのだ。とはいえ、手に空になった睡眠薬のびんをもった昏睡状態の女性をまえにしたらなにをなすべきか、それくらいのことはわかっていた。彼女が応急処置をしているあいだに、彼女のあとをついて行ったロンが救急車を呼んだ。

それは、結末の可能性がふたつある、たった一行の対話《ダイアローグ》でできた、登場人物の少ない一幕ものの芝居だった。が、このありふれた芝居が何度演じられてきたにせよ、医者が待合室へやって来ると、観客の側にはこれ以上のサスペンスはない。今回は、ハッピー・エンドになった——「生命に別状はありません」医者がこう言い、幕が下りる。

彼女は生命に別状がないだけではなく、回復するのだ。決定的な心理的・肉体的ダメージをこうむるまえに発見されたのだった。ジョン・リードは泣いていた。あわてて病院へ駆けつけたフライシャーも、ぶつぶつ言いながら帰っていった。ビューアル・テイサムと他の記者たちも、原稿をまとめるべく帰っていった。

一件が落ち着くまで、教授は不思議とおとなしかった。ロンにはそういう教授が、またなにかに思い至った証拠であるように思えた。それがなにかを突きとめようとロンはいろいろほのめかしてみたが、失敗に終わった。

やがて、老人が言った。「ロナルド、家へ送り届けてくれ。もう証人には会わない。絵を描くことにするよ。送ってくれ、ロナルド」

ロンは、ジャネットのところへそう伝えに行った。「もう証人には会わないって、どういうことなのかしら？」彼女は知りたがっていた。

ロンは困ってしまった。「自分に腹を立てているということさ」彼は言った。「なにか重要なことに思い至ったということなんだよ――重大なことを見抜くということにかけては、人並み外れた本能をもっているんだ――ところが、なぜそれが重大なのかわからなかったり、ときには、なにに思い至ったのかさえ自分ではわからないことがあるんだ。彼は自信家だから、自分を責めるんだよ。そういうときにはいつも、仕事をやめて、それがわかるまで絵を描くのさ」

「長くかかるの？」

「エントライトの一件のときには三週間かかった。でも、ふつうは二、三日だ。それに、その時間が終わると、事件はたいていは解決するんだよ。いっしょに行くかい？」

「それがだめなの」彼女は答えた。「警察と病院にもう少し話をしなければならないのよ」

「わかった。それなら、明日会おう」こう言って、ロンは自分と同じくらいの大きさの彼女の手をとり、軽く叩いて別れた。

病院での仕事は、彼女が思っていた以上に時間がかかり、ジャネットが自分のアパートメントへ帰ったのは夜中過ぎだった。彼女は興奮して気が張りつめていたので、しばらくピアノを弾いた。そして睡眠薬を——一錠だけ——飲んで、ベッドに入った。買ったばかりの『シャーロットのおくりもの』を読むことなど、すっかり忘れていた。

13

火曜日が波乱に富んだ一日だとすれば、水曜日は、フライシャー警視のことばを借りれば、まさにとんでもない一日だった。

さまざまな角度から見て。

ロン・ジェントリイは、教授がニューヨーク州の絵を（フィンガー湖まで描いていながら）塗りたくってしまうのを見て残念でならなかった。老人の茶色っぽい顔には、パンこね台に生えたカビのように無精髭が目につく。事件のことに、本当に取り憑かれているのだった。ロンは、そういう恩師に朝の挨拶も遠慮していた。こっそりとオフィスへ出かけたのだった。

スパータ大学のキャンパスでは、ドクタ・ジャネット・ヒギンズが知らぬ間《ま》に教授会での熱のこもった論戦に巻き込まれていた。大学当局の抑圧政策、低賃金、すし詰めのクラスに対する不満、それに学生自治会のリーダーのそそのかしもあって、（学問の自由とスキーへ行く時間を勝ち取るために）教養学科の教授たちがスト突入を決定したのだった。

そのときに、ストの範囲を社会奉仕活動《オペレーション・アウトリーチ》、つまり自分たちの専門的知識を使って地域社会を支援している大学職員の活動についても対象とするかどうかの問題がもちあがった。答えはイエスだった。やがて、政治学科のラディカルな若者が、もしドクタ・ヒギンズがHOG《ホッグ》狩りから手を引けば、マスコミはこぞって非難するだろうし、世論も反感をもつにちがいない、と指摘した。が、そのラディカルな若者はやじり倒されてしまった。彼は、自分が扇動した人々がなぜ肝心なときに冷静になってくれないのか、と思った。彼は、『フランケンシュタイン』を読んだことがなく、自ら造ったものに滅ぼされるということを知らなかったのだ。

ジャネットは、四歳のときからアメリカ音楽家組合の組合員カードをもっていた。労働者の権利については頑固なのだ。が、そのときは自分の心にピケット・ラインを張り、静かに、と同時に固い決意をもってスト破りになっていった。彼女は集会所をあとにし、公安ビルディングへと向かった。

そこもまた大混乱だった。フライシャー警視も、これほど狂った日を経験したことは一度しかない。まだ若かったころカナダの酒の密売人や、ニューヨーク・シティのもぐり酒場のオウナーや、バッファローの強盗犯たちが、銃撃戦で市議会議長の愛人を市庁舎まえの階段で射殺し、パーシング・スクウェアの反対側に六時間たてこもった事件の日以来だ。

とはいえ、そのときは狂ってはいたが、同時に刺激的でもあった。が、今日はといえば、ただひたすら狂っているのだ。

人々は公安ビルにピケを張り、〝いますぐＨＯＧ《ホッグ》を捕まえろ！〟とか、〝スパータに安全を！〟といったプラカードをもって寒さのなかを歩きまわっている。この連中は、いったいなにが言いたいのだ？　今度の事件に関して、俺がなんの努力もしていないとでも思っているのか？　ＨＯＧ《ホッグ》班として知られるようになった三十五人の刑事ひとりひとりが、なにもせずに指をくわえているとでも？　そのばかげたプラカードを見た刑事たちが奮起して、殺人事件が起きていることを知らせてもらってありがとうと感謝するとでも？　愚か者めが。

そこへ女心理学者がのこのこ現われて、大学の頭でっかちの同僚たちが手を引けと言っているけれど、自分としては手を引くつもりはないなどと言うし。とはいえ、警視としても、同僚の反対を押し切るのはそれなりにかなりの覚悟が必要だということを認めないわけにはいかず、不承不承にもある種の敬意の念を感じるのだった。彼女が大いに役に立っていたというわけでもないが、それにしても。

警視がジャネットになんの進展もない報告書を見せているときに、ＨＯＧ《ホッグ》班のホウキンズが勢い込んで入って来た。自分のランチボックスに入ったサンドイッチが、部長刑事の階級章にでも変わっていたかのような顔をしている。

「ずいぶん浮かれてるな、ホウキンズ」消化不良にでもなったように憂鬱そうな声で、フライシャーが言った。「いい知らせでなければ、どやしつけてやるからな」

「いい知らせですよ」彼は熱をこめて言った。「少なくとも、ちょっとしたものです」

「それで？」

「つまり――アーロニアンと私が――第一の殺人のときのテリイ・ウィルバーのアリバイを崩したのです」

「話してみろ」

「私たちは、何度も何度も証人たちに当たってみました」ホウキンズは言った。「そして、とうとうあの晩見かけたのがウィルバーかどうか確信がないという男に行き当たったのです。その話をもって他の証人たちに当たり直したところ、誰も彼もが確信がないというのです」

「よし、ホウキンズ、よくやった」若い刑事はにっこり笑って出て行った。フライシャーもよろこんではいたが、はしゃいだりはしなかった。彼としては、「なるほど、でも確信はあるのか？」という質問をしつこくすれば、人は犬に毛が生えているかどうかさえ確信がもてなくなるということを知っていたのだ。警官が地方検事のような真似をはじめたら、捜査は黄信号だ――フライシャーは、誰かを逮捕することに専念し、アリバイのことは検事に任せた方がいいと感じていた。

ドクタ・ヒギンズが眉をひそめると、フライシャーはどうしたのだと訊いた。

「これまでの手紙を読み直していたのですが」彼女は答えた。「いままで気づかなかったことがあるんです……HOG《ホッグ》が正常な連続殺人犯とはちがうもうひとつの特徴が」

「正常な？」

「一般的な、ということです」

「なんだ、それは？」

「HOG《ホッグ》自身についてはなにも書かれていないということです」

フライシャーは不満げに言った。「彼の住所でも書いておいてほしいのか？」

「あなた、私を茶化すんですか、警視？」彼女は穏やかに言った。フライシャーはばつが悪くなって黙ってしまった。

「私が言っているのはこういうことです」彼女はことばをつづけた。「これまで私が研究してきた事件の場合、殺人犯はかならず自分のことを言っています。マッド・ボマーのジョージ・メテスキイは、会社に対する恨みを語っていますし――」

「奴は誰も殺しはしなかった」フライシャーが訂正した。「が、あんたの言いたいことはよくわかる。ニューヨーク市警は、元従業員の不満分子のファイルからメテスキイを割り出したんだ。奴らが捕まりたがるのも、そういうことのためだ」

ドクタ・ヒギンズはうなずいた。「極端な場合が、〝もっと殺してしまうまえに捕まえてくれ〟と書いたあの少年です。
ところが、HOG《ホッグ》の手紙には自分のことはなにも書かれていません。手紙では、自分のこ発信人が犯人だと
いうことと、まだ死人が出るということしか書かれていないのです。手紙では、自分のこ
とにはいっさい触れていないのですよ。麻薬中毒が悪だということと、たまたま事件にぶ
つかった記者が幸運だということ以外、自分の意見はなにも言っていないんです」
　この女、なかなかやるな、フライシャーは思った。彼は誠実な男なので、正直にそう言
い、最初に皮肉を言ったことを謝ろうとしたが、チャンスを逸してしまった。息遣いも荒
く、ショーナシイがオフィスへ飛び込んできたのだ。
「どうした、マイク？」警視は訊いた。
「本部長がおみえなんです！」
「ここへ？」フライシャーには衝撃的だった。スパータの市警本部長は過去のことをよく
憶えていてすぐにもちだす男で、政治が大好きだった。彼の政治行動の知識は、もっぱら
《ドラグネット》というテレビ番組から仕入れられている。そして、キャンペーンの時期
には奥さんの資産を使うこともできた（というより、現に使っていた）。彼は市長の旧友
でもあり、カリブの島々に警察の仕事を視察に行くときは、（フライシャー流の意味で）
最高の仕事をするのだった。
「いったい本部長がここでなにをやっているんだ？」フライシャーは大声を出した。

警視は、その日の《エクスプレス》紙の夕刊を見ていなかった。見ていれば、そんなことを口走りはしなかっただろう。《エクスプレス》紙はスパータの〝もうひとつの〟新聞だ。人々はそう考えていた――「ニューズスタンドへ行って、《クーラント》ともうひとつの新聞を買ってこい」《エクスプレス》紙の人間は誰も、二流紙と見られていることを気にもしていなかった。自分たちの新聞が存在するということだけで幸せだったのだ。スパータは、ふたつの日刊紙を支えるほど大きな街ではない。《エクスプレス》紙は、税金対策としてある大企業が経営しているのだ。が、存在していることに変わりはない。HOG《ホッグ》事件は《クーラント》紙が独占的に報じている。ビューアル・ティサムが警察に喰い込んでいるのだ。《エクスプレス》紙は、そこのところを突いていた。

一面の社説に、それはあった。見出しはこうだ、〈警察当局、HOG《ホッグ》事件を隠蔽?〉。のちの調査で千人の読者（その日の《エクスプレス》紙を見た者は、ふだんより数千人多かった）のうち、クエスチョン・マークに気づいた者はひとりもいなかった。その社説は多くのスペースをさいて、《エクスプレス》紙としてはHOG《ホッグ》のいわゆる千里眼に疑いをもっていると書いていた。彼はなぜそれほど詳細に知っているのか、なぜそうやすやすと警察の手を逃れられるのか。《エクスプレス》紙は、HOG《ホッグ》は〝警察の手の内を警官を通して知っている〟のではないか、と疑っていた。彼らは、真偽は別としてその社説を発表したのだが、このごく単純な考え方が警察の側にもあるのではないかと思っているのだ。「あるいは」彼らはこう結論していた。「警察としても、すでにそのことを知っているのではないだろうか？　とすれば、昼夜警察という唯一のニュースソースから情報を得ているひとりの記者を見、これだけの時間が経って多くの人間が死んでいるにもかかわらず公式筋の発表として〝進展なし〟という記事しか書かれていないのを見ていると、答えが隠蔽されているのではないかと疑わざるをえないのだ」

もし市長がこの社説を読んでいるときにヨーグルト以外のものを食べていたら、たぶん喉に詰まらせて死んでしまっていただろう。市長は、豚《ホッグ》が転げまわって遊ぶ小池にあの上院議員が沈んでゆく図を思い描いていた。彼は旧友の本部長を呼び、手を打てと命じたのだった。

本部長は、手を打つべく行動に出た。めったにないことだが警察本部へ姿を現わし、フライシャーに次のように命じた。二十分以内に記者会見をしてHOG《ホッグ》事件に関する最新情報を発表し、市警当局や、ニューヨーク州から選出される次期合衆国上院議員と関係のあるいかなる人物も、隠蔽工作などしていないと言明せよ、というのだった。本部長にとって、「さもないと」などと言う必要はまったくなかった。
ドクタ・ヒギンズは、失礼と言ってオフィスを出た。フライシャーは、その沈みかかった船からいかに脱出するかをネズミのように考えていた。

そのころ、ロン・ジェントリイはハロルド・アトラーが免許局に提出した苦情書類に目を通していた。ジェントリイは、アトラーに雇われているあいだに得た情報を、個人的な目的のために利用したと訴えられていた。彼はアトラーを中傷し、暴力的に脅したとされている。ひとつは当たっている、ロンは思った。

顔をしかめた。アトラーはなにがなんだかわからなくなっているのだ――彼が求めている事情聴取が行なわれれば、公にしたくないことまで公になってしまうではないか。おそらく、アトラーは自分がもう終わりだと思っているのだろう。アトラーにとっては、もはや自分を救うことより、ジェントリイに傷をつけることで頭がいっぱいなのだ。なにがどうなっても。ロンは、そのブローカーが哀れでならなかった。

電話が鳴り、ミセス・ゴラルスキイの声が耳に入った。「ドクタ・ヒギンズからです」

ロンは、つないでくれ、と言った。いつものカチャという音につづいて、ジャネットの声が聞こえた。「ロン！」そして、大きな物音！

「もしもし？」ロンは言った。「ジャネット？」

「もしもし？」

「大丈夫かい？　いまの音はなんだ？」

「えっ？　ああ、電話を落としただけよ。ロン、フライシャーがたいへんなの」

「今日の《エクスプレス》は読んだよ」

「彼をスケープゴートに仕立てあげているのよ」ジャネットは、本部長がやって来たことを話して聞かせた。「あなた、なんとかできないの？　フライシャーが、ぜったいに人に助けを求めるような人でないことくらいわかるでしょ？」

「それは買いかぶりだ。ぼくなど、吹けば飛ぶような存在なんだからね。なんとかできる人がいるとすれば、教授以外にはいないな」

ジャネットは、急いでと言った。

ロンは、ミセス・ゴラルスキイに自宅へ電話をかけさせた。むだだった。教授が絵を描くことに熱中しているときは、電話に出るなどということはぜったいにしないのだ。ロンは悪態をついて受話器を置いた。そして階段を駆けおり、雪のぬかるみを家まで車を飛ばした。

教授の姿は、まるで浮浪者だった。髭はのび放題、汚れきったシャツ、キャンヴァスを見つめる目つき。その眼差しさえみすぼらしく見える。ニューヨーク州の幅広の部分がさらに幅広になり、端が丸みを帯びている。狭く突き出た部分は、さらに細長くなっていた。

びっくり館《やかた》の鏡の部屋にでも掛ける地図のようだ。

教授は、ロンが入ってくる物音に気づかなかった。

「マエストロ？」

ベネデッティは、キャンヴァスから顔をあげなかった。「なんだ、ロナルド？　もうご帰宅か？　私は、今夜のミセス・チェスターのパーティには行かないことにしたよ」

「そのことで帰って来たんじゃないんです、マエストロ。市のお偉方が、フライシャーを事件から外そうとしているんです」

老人は笑った。「他に誰がいるというんだ？　この街で？」老人は、政治のことはわからないというふうを装っていた。

「他にいるかどうかなど、彼らにしてみればどうでもいいんですよ。立場が危うくなっているんです――だから、どうにもならないと知りながらも、なにかをしているんだという印象を世間に与えなければならないのです」

教授がストゥールから立ちあがった。「ロナルド」穏やかな口調で言った。「今度の事件は泥沼だ。分析をし、想像力を働かせもした。だが、なにもわからないのだよ。まったくどうしようもない《ブオニッディオ》。とっぴな推理さえ思い浮かばないんだ。推理さえその有様なんだから、証拠の方は言うまでもない。たぶん、これは私が扱ってきたなかでもいちばん奇妙な悪なんだろうな。それなのにきみときたら、つまらん警察のごたごたなどもち込んできおって。邪魔されることには我慢ならないんだ！　これまでにもしこんなことが一度でもあったら、きみは私の弟子ではなくなっていたぞ」

とうとうロンが爆発した。「少しは大人になったらどうなんですか？」

教授は頭をのけぞらせ、自分の鼻越しに見つめた。「ニッコロウ・ベネデッティは、そんなふうに言われる筋合はない」

「すみませんでした」ロンはぶっきらぼうに言った。「いいですとも、この無料スタジオで、心ゆくまで絵を描いて考えていてください。でも、哲学者として、現代の悪は白馬にまたがっていたのでは闘えないということを理解するようにしてくださいよ。現代の悪というのは、犯人が捕まらないからといってスケープゴートを仕立ててあげるような、人間の汚ない弱い部分と結びついているのですからね。それと、この特別な悪を研究する機会を誰が与えてくれたか、それもよく考えてくださいよ。

そして、もしフライシャーが外されたら、捜査が混乱して先へ進みにくくなるということもね。狂人にとっては、次の犯行のいい機会になるとは思いませんか、マエストロ？　でも、まあ、あなたにとっては、自分の変人ぶりに満足していることを証明するいい機会なんでしょうね？」

回れ右をして部屋を出て行こうとすると、背後から教授の笑い声が聞こえた。さっと振り返った。「なにがそんなにおかしいんですか？」

「自分の複雑な気持ちを否定する悩める私立探偵がさ」教授はもう一度笑ってため息をついた。「またもや、師、弟子に学ぶ、だな？　ちょっと待っていてくれれば、いっしょに行くよ。まず、顔を洗って髭を剃らねば」

フライシャーの記者会見はうまくいってはいなかった。彼は、新聞記者や放送記者に、それだけの規模の捜査に必要なさまざまなもののリストを発表することからはじめた。記者たちは、これを辛抱強く聞いていた。それから警視は、過去における世界中の類似した事件がどれほど迷宮入りになっているかをしゃべるという、戦術上の失敗を犯した。

「それは責任回避ですか、警視？」〈トップ40〉局の記者が訊いた。部屋中にどよめきが起こった。

どうも筋道立てて考えることができない、警視は思った。彼は、片手で市長、片手で本部長をいっぺんに絞め殺してやりたいという思いでいっぱいだったのだ。なすべきことはひとつだけ。警視は、記者たちに餌を投げつけた。「いや、責任回避などではありません。事実を言ったまでです。現に、われわれは今日捜査を進展させたのですから。アーロニアン刑事と、ええ」奴の名前はなんだっけ？「ええ、ホウキンズ刑事」そう、これだ。「私の部下であるこの両名が」このくらいなら神も許してくれるだろう。「四人目の犠牲者レスリィ・ビッケルのボーイフレンドで、現在行方をくらましているテリイ・ウィルバーのアリバイを崩したのです。われわれとしては、彼を第一容疑者として考えています」

警視は自分の墓穴を掘ったようなものだった——マスコミは、ウィルバーにインタヴューをしようとして見つからなかったときから、すでに彼を第一容疑者と見ていたからだ。《エクスプレス》紙の記者が言った。「ねえ警視、誰をかばってるんですか?」

フライシャーの腸《はらわた》が煮えくり返りはじめた。もう三十三年も警官をしている彼は、まえにもこういう質問を受けたことがあり、それをどう扱ったらいいかも心得ていた。が、その日の彼はいつもの彼ではなかった。いまいましい市長の身代わりなのだ。その記者に思ったとおりのことを言えば確実に首が飛ぶ。警視はもっていきようのない怒りを押し殺していた。

記者や傍聴者たちが叫びはじめた。「どうした?」「どうなんだ、フライシャー?」「黙っているということは、本当に誰かをかばっているということなのか?」「誰なんだそれは、フライシャー?」

そのとき、部屋の背後のドアから声がした。とりたてて大きな声ではなかったが、他の声を圧し、黙らせてしまった。

「警視さえよければ、私が答えましょう」

フライシャーは、彼にキスしてやりたいほどだった。「かまわないとも、教授」警視は心の底からこう言った。「こちらは、世界的に著名なニッコロウ・ベネデッティ教授です」彼は記者たちに言った。彼らにしてみれば、改めて紹介されるまでもない人物だったが。

ロン・ジェントリイをしたがえた教授が小さなひな壇へあがり、これみよがしにフライシャーと握手を交わした。テーブルのうしろに立ち、マイクロフォンの向きを直し、記者たちに話しかけた。

「愚か者！」彼は言った。「マスコミの愚か者と市当局の愚か者！　愚か者が流した悪意に満ちた中傷から、自分の名誉をここでこうして守らなければならない彼に、殺人犯を逮捕できるわけがないでしょう」

ロンの目に、傍聴者のなかにいるジャネットがとまった。彼女は、拍手したい気持ちを必死の思いで抑えていた。

ベネデッティはつづけた。「あなた方は、この事件の捜査にかかわっている誰かがHO《ホッ》G《グ》ではないか、そこが知りたいのですね？　警視が、あなた方のように愚かだとでも思っているのですか？　この事件が起きて以来、事件に関係している者全員が、このニッコロウ・ベネデッティさえも、警察の尾行を受けたことがあるのですよ。そして、全員が、いいですか、全員がです、少なくとも一回のHOG《ホッグ》の凶行時にアリバイをもっているのです。これで満足ですか？」

地域のテレビ局から来たウイッグを着けた女性は、満足していなかった。「フライシャーは、なぜ自分の口からそう言わなかったんですか？」

ベネデッティはにっこりし、手を掻いた。「それはですね」彼は待ってましたと言わんばかりに答えた。「誰かさんとはちがって、警視は自分の体面よりHOG《ホッグ》を捕まえる方が大事だと思っているからですよ。彼は、刑事たちが同僚に見張られているということを隠しておきたかったのです。もしHOG《ホッグ》がこの事件に関係している誰かだとすれば、きっと殺されてしまうでしょ？　それに、刑事たちの士気のこともありますからね。あなた方は、捜査のこの部分を台無しにしてしまったのですよ。

そこで、市民の皆さんにぜひ伝えてもらいたいことがあるのですが。今日は、二月四日の水曜日ですね――ニッコロウ・ベネデッティは――この面目にかけても、人間の血に溺れたHOG《ホッグ》を一週間以内にフライシャー警視の手に引き渡すことを約束します。このことを報じてください！」

記者たちは鉄面皮だった。教授の言った侮辱も、その約束に対して支払われる小さな支払いにすぎなかったのだ。彼らは、そのニュースを伝えるべく電話へ殺到した。

しかし、緊急の締切りがないビューアル・テイサムは、教授とフライシャーのところへゆっくりやって来た。「たいした演説でしたよ、教授」彼が言った。「人はふつう、私たち記者をああいうふうに叱りつけるようなことは怖がってしませんよ」

「みんなを非難したわけじゃないさ」ベネデッティがにっこり笑った。「あの〝愚か者〟ということばだって、あてはまる者に対してだけ向けたことばなのだから」

ビューアルもにっこりした。「そのこと、かならず明日のコラムで触れますよ。それと、ディードゥルのパーティを忘れないでくださいね、今夜七時三十分ですから」彼らがかならずと答えると、ビューアルはそこを去っていった。ロンは、やって来る晩を彼がどれほど不安に思っているかを考えながら、そのうしろ姿を見つめていた。やがて、ロンはジャネットのところへ話をしに行った。

一方、フライシャーはすっかり感激しきって笑みを浮かべ、教授の手を握りしめていた。が、不思議でもあった。「俺のやっていることがなぜわかったんだ、教授？」

ベネデッティは肩をすくめた。「私だったらそうしただろうからさ」

「本当は、知らなかったのか……？」

「むろん、知っていたさ。私はきみという人間を知っている、つまり、知っていたということだ」

ジャネットを連れたロンが、ふたりの話に加わった。

「教授」彼女が言った。「本気なんですか？　HOG《ホッグ》を一週間以内に捕まえるということ？」

「ニッコロウ・ベネデッティは、自分の面目を賭けるときはいつだって本気だよ」教授は言い切った。

「どうやるのですか、マエストロ？」ロンが訊いた。

「きみ《アミーコ》、じつは、それさえ思いついてはいないのだよ」

14

ビューアル・テイサムのフィアンセは美しく、料理もなかなかだった。たいしたものね、ジャネットは思った。でも何種類の楽器が演奏できるのかしら。こみあげる笑いを抑え、これ以上シャンペンを飲んじゃだめよ、と自分に言い聞かせた。ディードゥル・チェスターは、たとえ殺人事件の捜査のさなかでさえ、パーティはどうやったらいいかを心得ているんだわ。

殺人。そのひとつのことで、ジャネットの酔いも醒める思いだった。この何週間かで、一時間もＨＯＧ《ホッグ》のことが頭から離れていたのはそれがはじめてだった。テーブルに着いているときはそのことをもち出さないという暗黙の了解があったので、(文字どおり光り輝く) ディードゥルは巧みに話題を変えていった。

映画の話になったときは、結局出席することにしたベネデッティ教授が、熱烈な西部劇ファンだということがわかった。ビューアルは、現実とはほど遠いといって西部劇を批判した。

「だからどうだというのかね？」ベネデッティが反論した。「あれは歴史のドキュメントではなく、娯楽作品なのだよ。私の祖国で作られる映画が、ローマの剣闘士の生涯を正確に描写しているとでも思っているのかね？　映画というのは幻想なのだよ。それも、私たちの知覚の欠陥のせいで成り立っているんだ。映画に、気晴らし以上のものを求める必要があるのかな？　現実の生活には、もっともっと深い幻想があるんだ」これはおもしろい話だった。

ジャネットには、話の方向がまた変わり、今度は全員を結びつけている事件の方へ行きそうなことが読み取れた。話の舵をとっているのは教授だった。

それに対する抵抗はさしてなかった。話が事件の方へ進むと、ディードゥル・チェスターの目がいっそう輝いた。ビューアルも、彼女の気に入ることとならなんでも気に入ってしまうのだ。楽しそうではなかったが、ロンでさえそれを避けられないものとして受け入れていた。まるで、不愉快なものに直面する覚悟をきめているような顔つきだ。

やがて、ディードゥルがずばり訊いた。「本当に犯人を捕まえるんですか、教授？」

老人は肩をすくめた。「HOG《ホッグ》を捕まえるには、五つの疑問を解かなければならないのだよ」こう言って、教授は骨ばった指を出した。「第一、標示板を吊るしていた金具からもち去られた一片の意味を知ること。第二、あの一連の殺人のなかで、ビッケルとジャストロウだけがなぜ事故でなく自殺に見せかけられたか。第三——これは声を大にして言いたいのだが――テリイ・ウィルバーを捜し出すこと。私の直感では、彼こそが事件の鍵だ。第四、答えはわかっているようにも思えるんだが、ウィルバーはなぜあの本に傷をつけたか。第五、もしあればだが、我が若き同僚の調査のどれが捜査に関連があるかを見きわめること。フライシャー警視がここでそれを聞けないのは残念だな」教授はため息をついた。

「幻想だよ。政治家というのは、事件を抱え込んだ警官はみじめなものだと信じ込んでいる」

ディードゥルが言った。「調査って？　なにをつかんだの、ロン？」

ビューアルがかすかに笑みを浮かべた。「ロンはね、事件に関係している人たちからそれとなく話を聞いて、こっそりいろいろ訊き出しているんだ」

「きみには見抜かれていたのか」ロンは言った。

「俺もバーバラ・エレガーとは話をした。それからあとは、他の人たちをちょっと調べるだけですんだ。だが、きみの狙いはさっぱりわからないな」

ロンは、なにかを探ろうとするかのような視線を彼に向けた。ロンのわけのわからない発言には慣れているはずのジャネットが、腹立たしげに言った。「でも、なにを探り出したというのよ？　いったいどういうことなの？」

ロンが彼女に目を向け、教授が口を開いた。「ブタだよ、ドクタ・ヒギンズ」

「ブタ？」ディードゥルは信じられないといった表情を見せ、半ば笑いかけていた。

「ブタだ」ロンは言った。「ジャネットは知っているけれど、教授がここへ来るあいだ、ずっと大学の図書館にいたんだ。たぶん、この街の誰にも負けないくらいブタについては詳しくなったよ」

「でも、なぜ？」ディードゥルはどうしても知りたかった。

「殺人犯について私たちが知っている唯一のことといえば、手紙に〝HOG《ホッグ》〟とサインしてくる、それだけだからだよ。つまり、なぜ〝HOG《ホッグ》〟なのか、ということなんだ。奴にとっては、なにかを意味しているにちがいない、そうだろ？」

ビューアルは疑わしそうな顔をした。「それは少々考え過ぎじゃないか、ロン？」

ディードゥルが、ふざけて彼に平手打ちを喰らわせた。「まあ、話の腰を折るようなことは言わないで。手紙に〝勇気〟なんてサインをしてよこすよりはましだわ」

笑いが起きた。ロンは言った。「そのとおり、ぼくも考え過ぎだと思うんだが、HOG《ホッグ》の奇跡にも近い逃げ方や当てこすりのような手紙を考えると、この事件そのものがふつうじゃないだろ？

だからHOG《ホッグ》、つまりブタの線を考えてみたんだ。ブタそのものからそれに関連したことまでね」

それについてどう思うか、とビューアルは教授に訊いた。

「賛成だね」老人は答えた。「あらゆる知識には価値がある」

ロンはにっこりした。「目を見張るものがあったよ。ブタというのは、動物界では虐げられた少数派なんだ。不当な虐待を受けている。人間にとっての重要性を考えるとなおさらそう感じるんだ――現実的にもことばのうえでもね。どこにでも登場するものだから」

「不当なというのはどういうこと？」ディードゥルが訊いた。「以前から、ブタというのは不潔で汚ない動物だと思っていたけれど」

「本当はそうじゃないんだ、ディードゥル。ブタは汗をかかないし、その皮膚はとっても感じやすいんだ。だから泥水のなかで転げまわるんだよ、太陽から守って冷たくしておくためにね。

ブタというのはとても経済的な動物でね、ブタほど飼料が早くたんぱく質に変わるものはないんだ。それに、役に立つのは肉だけじゃない。業界には、使えないのは鳴き声だけという言い方さえあるくらいだ――皮膚はレザーに、脂肪からは石鹸や化粧品、骨からは肥料、剛毛からはブラシ、という具合なんだ。

調べてわかったんだけど、生物学的には、ブタは人間によく似ているんだ。だから、重傷の火傷のときには、よくブタの皮膚が移植される。目も人間の目に似ている。消化器官も霊長類でない動物のなかではいちばん人間に近い。ブタも人間も食べてしまう食人種は、人間の肉はブタ肉の味によく似ていると言っているそうだ。人間の肉を表わす食人種のことばは、直訳すると〝長いブタ〟という意味なんだ」

「お料理にブタ肉を使わないでよかったわ」ディードゥルが言った。

「ありがとう。そこが次のポイントなんだ。

誰でも知っているけれど、信者にブタ肉を食べることを禁じている宗教がある――なかでも、ユダヤ教とイスラム教は有名だ。これには合理的な理由があってね――料理のしかたが悪いと旋毛虫症を起こす。たぶん、そのためにそうした宗教の先駆者たちはブタ肉を禁止したんだろう。でも、(ぼくが読んだ本によれば)少なくとも理由の一部は、ブタの解剖学的構造の特異性に基づく迷信だそうだ。まず第一に、牛や羊や山羊や他の動物とちがって、ブタには人間のように胃がひとつしかない。第二に、ブタは偶蹄で歩く。

こういうことがわかったうえで、ブタ肉を食べた者が旋毛虫症にかかるのを見た古代人が、ブタを悪魔や鬼の化身と考えるようになっても不思議はない」

二秒ほど沈黙がつづいた。誰もが降霊術の会にでも出席しているかのように、ディードゥルのコーヒー・テーブルを囲んでいる。ジャネットは、知らぬまにぶつぶつとつぶやいていた。「そうね。精神病の症例にぴったりだわ」

「新約聖書にさえ、その影響が見られるんだよ」ロンは話をつづけた。「ビューアル、イエスは悪魔をブタのからだに移して、悪魔に取り憑かれた者をふたり救っただろ?」

「まあ、そうだ、その話はそのとおりだよ、ロン」ビューアルは認めた。「だが――」彼は教授に顔を向けた。「奴がどれほど狂っていても、自分を魔王ベルゼブブだと思っていることは考えられないでしょ？」

教授は真剣な顔つきになった。「私の考えなどどうということはないが、HOG《ホッグ》が悪魔の資格を充分にもっているということだけは言っておこう。子どもや老人を殺しておいて、あとからほくそ笑んでいるのだ。この悲劇からくる苦悩。どれをとっても、私が耳にしてきた悪魔のどれよりも邪悪だ」

ビューアルは反論しようとしたが、ドクタ・ヒギンズがそれを遮った。「心理学的には筋が通るわ、ビューアル。殺人犯は、権力意識から満足感を得ているの。彼にとっては新しい経験ね。快感を味わっているのよ。自分を神だと勘ちがいするというのは、古典的な精神病なの。もしHOG《ホッグ》が信心深ければ、少なくとも宗教の教義に通じていれば、彼は悪魔になることを選ぶわ。神として彼は人々の生命を奪い、サタンとしてのちのちまで人々の魂を苦しめる力を手にしているの」

ドクタ・ヒギンズが長々としゃべりつづけるのを聞いていた女としてのジャネットの部分は、自分のしゃべっていることにいささかぎょっとしていた。これは、食後のおしゃべりにはふさわしくないわ。

彼女のコメントの効果は、さざ波のようにテーブルに拡がっていった。

「たいしたものだ」ロンが小声で言った。

「もう一度〝素晴らしい《ブラーヴァ》〟と言わなければならないな」教授が言った。「本当に」

ビューアルはいらいらしていた。「今夜はこれくらいで充分だろう。われわれの共通の関心事が事件にあることはわかっているが、ディードゥルのことも少しは考えてやってくれないか？」

「まあ、ビューアル——」ディードゥルが言いかけたが、ロンが口を開いた。「いや、すまない。雪ダルマ式に話が大きくなってしまった。どっちにしても、役には立たない話だった」

ビューアルも気を静め、こう言った。「いや、俺も悪かった。ただ、的外れのような気がして」

ロンが眉をあげた。「最初はぼくもそう思った。だが、HOG《ホッグ》というのが、事件との関連で出会った誰かかもしれないという前提に立って、新しい知識を取り入れて関係した人たちにあてはめてみたんだ。思ったよりかなりうまくいったよ」

ディードゥルが息を詰めた。「その誰かを見つけたの？」

ロンはシャンペンに口をつけたが、気が抜けていた。顔をしかめた。「誰も彼もさ」

15

ロンは眼鏡を拭いた。「少なくとも、ほぼ誰も彼もをね」こう言ってみんなの顔を見渡した。

教授を除く誰もが、みな一様に当惑したような顔をしている。ロンは、そこからなにかを読み取ろうなどということはしなかった。教授がいつも言っていることだが、みごとな嘘つきにかかると、人間の顔というのは途方もない武器になるのだ。

当然のことながら、みんなは彼の言っていることの意味を知りたがった。

「そう、さっきも言ったように、ブタとかそれに関連したことはどこにでもあるんだ。ちょっと想像力を働かせば、誰もがそれに関係してくる。だから、自分の考え方に自信がもてないんだ。おもしろい考え方ではあるけれどね」

ディードゥルはじれったくてしかたがなかった。「それで？　ただ坐っていないで、話してよ」

ロンはまえかがみになってひざに肘をつき、両手を組み合わせた。「いいとも、まずこれを犯罪のための犯罪と考えるんだ。

こう考えるようになるまでに、少しひまがかかった。最初の事件についてのHOG《ホッグ》の手紙で、ぼくは混乱してしまった——バーバラ・エレガーのペッサリーのことが書いてあったからだ。だが、彼女は死ななかった。HOG《ホッグ》の最初のふたりの犠牲者はキャロル・サリンスキイとベス・リンだった。ふたりとも合衆国生まれではあるけれど、祖先はそれぞれポーランドと中国《チャイナ》だ。

最初の手紙の話とそのことを読んだときに、ピンときた。それで調べをはじめたら、百科事典のなかにカラー写真入りで載っていたよ。ポーランド＝チャイナというのは、ブタの一種なんだ。原産地はオハイオ州で、肥るスピードの速さで有名らしい。その名前がどこから来たかは訊かないでほしいね」

ジャネットは半信半疑という顔をしていた。「ちょっとこじつけ臭いわ」

ロンはにんまりした。「それは最初に言ったはずだよ。でも、そこから出発したんだ。スタンリイ・ワトスン老人の場合は、直接的な結びつきはどこにもなかった。唯一関係がありそうなのは、ハイ・スクール時代のことなんだ。ワトスンはたいしたフットボール選手だったんだ。あるときなど、一試合のうちに四回もタッチダウンをしている」

「ピッグスキン——つまりフットボールの球——というわけか、ロン？」ビューアルは笑った。「それが結びつきと言えるなら、ニューヨーク州の男の半分は結びつきをもっているぞ」

ロンはうなずいた。「ぼくも含めてね――ぼくはIフォーメイションの近視のフルバックだったんだ。四シーズンを通じて六回ボールを手にしたよ。というわけで、ワトスンのフットボール選手のことは除外しなければならないんだ。

それで、二件の殺人事件のあと、困ってしまった。一件はぴったりなんだが、もう一件があまりにも弱かったからね。

三件目と四件目――つまり四人目と五人目の殺人は、同じ晩に起きた。まずレスリイ・ビッケルだ。ここのところをよく聞いてくれ。彼女は、あの晩盗んだカネで買ったヘロインで死んだ。ハロルド・アトラーが管理していたカネだが、所有者は彼が教えていた商業クラスの学生だった。そしてそのカネは、コーヒー豆と肉の副産物への投機でつくったカネだ。なんの肉の副産物だと思う？」

ディードゥルが答えた。「ブタの脚？」

みんな笑ったが、教授はやわらかい笑みを浮かべるだけだった。

「近いよ」ロンは言った。「だいたいがブタの腸だったんだ」

「食用小腸《チトリンズ》だな」ビューアルが言った。

「食料品店に並ぶとそう呼ばれているな」ロンは認めた。「だが、彼らが投資したのはペット・フード会社と製薬会社へ、という指定のあるものだったんだ」

「おかしな組合せね」ジャネットが言った。

「ぼくもそう思った」ロンは言った。「ブタの腸からヘペリンという薬が作られるということを知るまではね。それは、静脈炎の治療に使われるんだ——血栓を溶かすらしい。これは、最高の結びつきだった。こじつけでも比喩的な結びつきでもない——本物の、実際に生きているブタがからんでいるんだからね。少なくとも、その一部がからんでいるんだ。それに、ビッケルとアトラーを同時に結びつけるからね。

この殺人には、ハービイ・フランクもからんでいる。彼が夏のあいだ、（事務員として）鋳物工場で働いていたことを知るまでは、ずいぶん考えたよ」

「まあ！」ジャネットはこう大声をあげ、すぐばつが悪そうに言った。「そういえば、あなた、そのことを言っていたわね」ここで頭を掻いた。「でも、まだわからないわ」

「鋳物工場には、インゴットになった金属がもち込まれるんだ」ロンは言った。「工場の人に聞いたんだけれど——その金属がなんであれ——そのインゴットはピッグと呼ばれているそうなんだ。〝銑鉄《ピッグ・アイアン》〟というわけだ」

ベネデッティがこれほど長いこと口をきかずにいるのは、おそらくはじめてのことだろう。ここで彼も沈黙を破り、口を開いた。「その殺人事件にはテリイ・ウィルバーがからんでいることも忘れないように、きみ《アミーコ》」

「そう、私もその点には興味をもっているんですよ」ビューアルがのろくさい口調で言った。「ウィルバーはどう結びつくんだ？　まさか、またフットボールじゃあるまいな？」

「そうじゃない」ロンが言った。「彼がフットボールをしたことがあるかどうかも、ぼくは知らないんだ。ウィルバーの場合は、彼がもっている童話がからんでいるんだよ。ミセス・ツーッチオに、自分の〝計画〟のためと言っていた本なんだが。それがどんな計画かは知らないけれど、その話は知ってるだろう？」

ディードゥルとビューアルはうなずいた。

「それなら、その本がどれほど痛めつけられてぼろぼろにされているかは知っているわけだ。ウィルバーがもっているいちばん大きくて痛めつけられていない本が、E・B・ホワイトの『シャーロットのおくりもの』だということも。その本のことは知ってるかい？」

「もちろんよ」ディードゥルは言った。「小さいころからもっているわ。リッキーにも読んであげたのよ」

「どういう話だい、ディードゥル？」ロンは訊いた。

「シャーロットというクモの話よ。巣にことばを書くことができて、それで――まあ……」

「それで」ロンがあとをつづけた。「ウィルバーという名前のブタが殺されて食べられそうになるのを救う話だ」

ビューアルは、ロンがそのことを警察に言ったかどうかを訊いた。

「いや、まだだ。すべてが偶然の一致ということもあるからね。まあ、偶然の一致だとしても、それほどひどい偶然ではなさそうだが」

「他のことは偶然かもしれないが」ビューアルが言った。「同じ名前のブタの出てくる本をもっているということは……」

「それに、他の本はみんなめちゃめちゃにしたということも……」ディードゥルはジャネットに顔を向けた。「すごく変じゃない？」

「そこのところがわからないんだ」ロンが言った。「学校の記録では、彼はそれほど本など読まなかったらしいし」

「教授は、どう思います？」ディードゥルが訊いた。

「警察に話した方がいい時期だと思うね」老人が言った。「もし私が話したら、彼らはもっと重大にとるだろうな。そのことは、あとで話し合うとしよう」

ロンは、それを聞いてほっとした。ビューアルや、ディードゥルや、ジャネットの目を見つめ、自分が本気でそう思っているかのようにしゃべるのはたいへんなことだった。こんなことをフライシャーに言ったら、とんでもないことになってしまう。

彼は話をつづけた。最悪の部分はまだだ。「それから、デイヴィ・リードの殺害だ——」

「あれはひどかったわ」言うまでもないことなのだが、ディードゥルはこう言った。

ロンは彼女のことばを無視した。「デイヴィ・リードの父親はオートバイを販売している。商売のかなりの部分は、彼が住んでいるカリフォルニアの警察当局が相手なんだ」

「警察官はおまわり《ピッグ》と呼ばれているわ！」ディードゥルがうれしそうに言った。

ロンは首を振った。「きみは先走りをしているよ、ディードゥル。そうじゃないんだ。この場合に問題になるのは、この国のオートバイ警官はほぼ一〇〇パーセント——それに、オートバイ狂いのかなりの割合の者が——ハーレイ＝ダヴィッドスンのエレクトラ＝グライドに乗っているということなんだ。パワーも値段も車並みという、とんでもないオートバイだ。その気になれば、時速百三十マイルは出る。ところが、それをブランド・ネイムで呼ぶ者はほとんどいない。チョッパーとか——ホッグと呼ばれているんだ。

そして、最後の殺人だが——」

「いまのところは最後だ」教授が訂正した。

「いまのところは」こう言って、ロンは背をもたれた。「いまのところ最後に殺されたジャストロウの結びつきは、まったくダイレクトなものだ。それこそ、さっきディードゥルが言ったとおりでね。それに、ジャストロウが殺されるまえに、ショーナシイも言っていた。

ジャストロウは以前保安官補だったんだが、悪い奴だった。どっちかというと、彼は〝ピッグ〟ということばに新しい意味をつけ加えてくれたんだ」

「なるほど、それで全員だな」ビューアルが口を開いたが、ロンが言った。

「まだ終わってはいないんだ。捜査をしている側にも、HOG《ホッグ》と結びつく者はいるんだよ」

ジャネットが赤くなり、グラスをカーペットへ落とした。空にはなっていたが、グラスの脚が折れた。ロンは、彼女がそこに思いつくまで二日待っていたのだが、そういう反応を示すとは思ってもいなかった。

が、ジャネットがしゃべりはじめると、顔が赤くなったのは当惑のせいではなく、怒りのせいだということがわかった。

「もちろんよ！」ジャネットが鋭い口調で言った。「もちろんだわ！　まず、私がいるわ。私はアーカンソーの生まれよ。それに、アーカンソー大学へ行ったわ。誰でも知っているように、アーカンソー大学の運動部のニック・ネイムは〝ザ・レイザーバックス〟よ。それに、レイザーバックが野ブタの一種だくらいのことは誰でも知ってるわ。そうでしょ？」

ロンはただうなずくだけだった。彼女は、なにをそう興奮しているんだ？

ディードゥルが言った。「すごいじゃない！」ロンは絞め殺してやりたい気分だった。

「私はどう？　どう結びつく？」

ビューアルは、そういう彼女に甘かった。「いいかい、きみ……」

「いいんだ、ビューアル」ロンは言った。「チェスター・ホワイトも、ポーランド＝チャイナと同じようにこの国原産のブタの一種だな」

　ディードゥルがうれしそうな顔をした。

「それで、警察ということになると」ジャネットはなにを怒っているのだろうと思いながら、ロンはつづけた。「ちょっと問題があるんだ。たとえばフライシャーだが、ドイツ語では〝肉屋〟という意味なんだよ。肉屋ならブタとはおなじみだし……」

　ビューアルが笑った。「フライシャーは肉屋じゃないぞ」

「そのとおり。ショーナシイのことを言えば、マイクル・フランシス・パトリック・ショーナシイ――これはちょっとこじつけだが、パディ・ショーナシイ、つまり、パディはパトリックの愛称だし、警官とかアイルランド人という意味もあるから、アイルランド人パディはおまわり《ピッグ》だ、ということになる」

「あなた、少々想像力が必要だ、と言ったわね」ジャネットが穏やかに言った。

「ぼく自身のことを言えば、フットボールをやっていたことや、ぼくの仕事を警官と同じように考えて〝おまわり《ピッグ》〟と呼ばないかぎり、恥ずかしいけれど、なにも結びつかないんだ」

　ディードゥルは、ゲイムでもしているかのようにこう言った。「もしあなたのことを、〝私立探偵《プライベート・インヴェスティゲイター》のジェントリイ〟と呼べば、イニシャルをとるとPIGになるわ。ぴったりじゃない？」

ビューアルがまた笑った。「フライシャーの名前を翻訳して結びつける気なら、その説も受け入れなければならないな」

ビューアルのフィアンセが、皮肉っぽい視線を向けた。「あなたはどうなの、ビューアル？」こう訊いて、ロンに顔を向けた。「教授にも結びつきはないんじゃない？　これじゃ不公平ね？」彼女は笑みを浮かべた。「ビューアルと教授を外しちゃだめよ」

ロンがベネデッティに目を向けると、その黒い目はつづけろ、と言っていた。

「外れるのは教授だけだよ、ディードゥル」ロンは穏やかに言った。そして、記者の方へ顔を向けた。「きみが言うか、ビューアル？　それとも、ぼくが言おうか？」

16

ビューアルには、いずれ来ることがわかっていた。その晩だけでなく、すべてがはじまったとき以来、いや、それ以前からさえもだ。ずっと心の準備をしてはいたが、悩んでもいた。ついに来てしまったが、まだ心の準備は万全というわけではなかった。自分を恨んだ。自分の弱さのせいだと思った。自分にそんな弱さがあるとは思ってもいなかったのに。

「きみが言ってくれ」ビューアルは答えた。ロンの調べあげたことが、彼が隠しとおしてきたことではなく、今夜しゃべってきたようなたわいもなくばかげたことの延長かもしれない、という期待をもったのだった。が、そういう期待も、自分で打ち砕いていた――もしそれがばかげた話なら、他の連中のときと同じようにもっとさりげなく切り出されていたはずだ。

ロンが口を開いた。「まず第一に、きみの本当の名前はピーター・ビューアル・チャンドラーだ……」

ビューアルには、これだけで充分だった。あのくだらない期待を打ち砕いておいたのは正解だった。「テイサムというのは、母の結婚まえの名前だ」ビューアルは言った。

「知っている」ロンが言った。ビューアルと教授の視線が合った。光の具合で、気をつけていなければ落ち込んでしまう窪みのように、ふたりは見えた。老人の表情は落ち着きを失ってはいるが力強く、視線を外すときにビューアルは、叱責を感じ取った。

「きみは、ノックス・カウンティの裕福な旧家の出だ」ロンはつづけた。「その家系からは、成功した福音伝道者が何人か出ている。有名な、と言ってもいいだろう。福音伝道者の成功は救われた魂で計られると思うんだが、そうだろう？

とにかく、きみの父親のチャンドラー大祭司と、その兄のW・K・チャンドラーはふたりとも伝道者になった。もっとも、ふたりはあまりうまくいってはいなかったが——」

「そのことなら、ビューアルに聞いたわ」ディードゥルが言った。「彼のお父さんは、手の届く値段で自分の土地を借地人に売ってやりたいと思っていたの。でも、ビューアルの伯父のウィリイは反対だった。それに、お父さんは、北部へ説教に来たときに、いろいろな人種が混ざった聴衆に説教をしたんだけれど、伯父さんはそれを聞いてものすごく怒ったのよ」

ロンはうなずいた。「そして、そういう説教の旅から帰る途中、チャンドラー大祭司のバスが出かせぎの人を乗せたトラックと衝突して、彼と奥さんが亡くなってしまった。最初、ビューアルは母方の祖母と暮らしていたんだが、政治力とカネを使って伯父が後見人の座についた。当時はいくつだったんだ、ビューアル？」

「九歳半だ」こう言って、ビューアルはとげのある含み笑いをした。「悲しみの数を口にしないでくれ、というやつさ。我が人生で最悪の数なんだ」ビューアルはまえかがみになり、ジャネットに向かって指を振った。「どんなに研究しても、ドクタ、権力を誇る人間のことはわかるまいね。私にはよくわかっているんだ。神の真似をしている人間のこともわかるまい。ノックス・カウンティでは、ウィリイ・チャンドラーは神なんだ。彼が魂を苦しめるのを見たし——感じもした。彼は私に、あの事故を彼が起こさせたんだと信じ込ませようとしていたんだ。このことは知っているか？ 何年も先まで、それが嘘だということがわからなかった。いつも親父の死を口にしては、言うことをきけと言っていた。

だから、このＨＯＧ《ホッグ》事件も、ちっとも目新しくはないんだ。悪魔の研究がしたければ、教授、ノックス・カウンティへ行ってウィリイ・チャンドラーのことを調べればいいんですよ」

ビューアルは、こう言うことでこれほどすっきりした気分になるとは思ってもいなかった。まるで——まるで宣誓証言のようだった。父親が死んでからはじめての体験。彼は、神の真実をではなく、ウィリイ・チャンドラーの偽りを証言したのだった。

「彼は悪魔だったんですよ、教授——いまは死の床にありますが、それでも変わっていません。いつ死んでも不思議はない状態ですが、彼のために涙などぜったいに流さない者がひとりはいますよ」

「彼についての情報はよく入ってくるようですな、なるほど」教授が言った。

「ええ、入ってきますとも。追い出された日から絶えず注意を払っていますからね。自分の信念に忠実かどうか、とくに遺言を残さないという信念を守るかどうかを見守っているのです。それというのも、そうすることが私の復讐になるからなのです。両親の魂にかけて、彼が死ぬのを待ってノックス・カウンティを立派な正義の土地にするという誓いをたてました。もっと以前にそうなっていなければいけなかったのですが。そのときがきたら、伯父の守護者《ガーディアンズ》たちを追い払うつもりでいます」

「守護者ですって？」ジャネットが言った。

ビューアルの懸念は、自分の誓いを聞いてもらうという安堵の念にかき消され、なくなっていた。彼が説明した。「アメリカの守護者《ガーディアンズ・オヴ・アメリカ》という組織だよ、ジャネット。クー・クラックス・クランやアメリカ・ナチ党といった醜悪な集団への、伯父の連帯の表明なんだ」

「六〇年代のはじめに、彼が組織したんだ」ロンが口をはさんだ。「公民権運動への激しい反動だよ。一九六三年に、ふたりのメンバーが、ノックス・カウンティで黒人の投票権獲得運動をしていたロード・アイランドのふたりの女性に暴行して殺害した罪で、裁判にかかった。ところが、陪審員の意見を不一致にして、評決に達するのを妨げる戦術をとったんだ。他にも、うわさはいろいろあるが、ぜんぶうやむやになったらしい。チャンドラーは、いつも表面には出てこなかった」ビューアルが鼻を鳴らした。ロンはつづけた。「それ以後、彼らは全国規模で運動をはじめたんだ。たとえば通学バスの問題とか感情的な問題に介入するのさ。そして、相手に対する憎しみをかき立ててゆくんだ」

「それは、むろん恐ろしいことだけれど」ディードゥルが言った。「それとビューアルと、どういう関係があるの？」

「この一件を調べてくれた友人によると、その組織がノックス・カウンティでつくられたとき、南部守護者の聖なる秩序《ホリイ・オーダー・オヴ・ガーディアンズ・オヴ・ザ・サウス》と呼ばれていたんだが、そのイニシャルを並べるとHOGSとなるんだよ」

ビューアルが立ちあがり、部屋にあるカウンターへ行った。背の高いグラスをとって氷をいっぱいに入れ、そこへ汚れなき神の水を注ぎ、席へ戻った。「ぜんぶ合わせても、“Mother”（見さげはてた奴）というスペリングにはならないだろ？　でもな、ロン、きみが同業者を雇って俺の過去を調べあげたと聞いても、どうということはない」

ロンは、肩をすくめた。「それほど悪意があるわけでもないし、大袈裟なことでもないさ。きみに罪があるかどうかなどという問題でもない——名前を変えているのも適法だし」

「それに、殺人事件のときは、たいていフライシャーといっしょにいたしな。つまりはそういうことなんだろ？」

ロンは、わざわざ否定したりはしなかった。「教授に、完璧を目指すなら細かくやれと教わったんでね。HOG《ホッグ》との結びつきを考えはじめたら、みんなのことを調べたくなったまでさ。

だが、問題は、なぜぼくがそれを調べあげなければならなかったか、ということなんだよ。自分でも言ったように、きみはよく情報を集めている。HOG《ホッグ》とHOGSの結びつきなど、思いもよらなかったなどとは言うなよ。とすれば、いったいなにを隠しているんだ?」

ビューアルは水を飲みほして、グラスを置いた。彼は、これを恐れていたのだった。次のひとことで、すべてが水の泡になってしまうかもしれない。

祈るような口調で言った。「ディードゥルだよ。ディードゥルのことを隠していたんだ」

ビューアルは、彼女の顔に心の傷を読み取った。ぜったいに目にはしたくないと思っていたものなのだ。それを吹き飛ばすために、早口に言った。「ディードゥル、わかるだろ? もしぼくらのことがウィリイに知れたら、ぼくの——ぼくらのノックス・カウンティの計画はつぶれてしまうんだ。もしぼくに相続させないために遺言を書く気にさせるものがあるとすれば、ぼくらのことだ。知れたら、かならずそうなるよ」

「ビューアル」ディードゥルは言った。「もちろんわかっているわ」彼女はビューアルのところへ行ってしっかりと抱き、泣きながら言った。「あなたには我慢のできないことね」

「きみをあきらめることも、夢をあきらめることもできないんだ。きみが……わかってくれるかどうか自信がなかったんだ」

「わかっているわ」

「私にはわからないわ」ジャネットが言った。

「ミセス・チェスターの最初のご主人は」教授が説明をはじめた。「息子さんの父親でもある人だが、外交官だった――リベリアの国連大使だったんだ。ブラック・アフリカの国家だよ。私は、ミスタ・テイサムの言うとおりだと思うね。不埒《ふらち》なW・K・チャンドラー牧師なら〝ニガーの愛人〟と呼びかねない人と甥が結婚したり、混血の子どもがいるというこ とが知れたら、きっと信念を曲げてでも遺言をつくるだろうからね」

「しかし」ロンが言った。「ぼくらには言ってくれてもよかったのに。少なくともフライシャーには。彼がW・K・チャンドラーに手助けするとは思えないからな」

「漏れることを恐れたんだよ、ロン」記者は言った。「秘密は漏れるものだ。記者をやっていると、そのことが他の誰よりもよくわかるんだ。われわれが、警察がどういう捜査をするかを知っているようにな。だから、最初の手紙を受け取るまえに、これは大事件になるという確信ももてたんだ。事故を装うことがどれだけむずかしいか、俺にはわかっている」

ベネデッティが手の甲を掻いた。「それだけ警察のことがよくわかっているなら、捜査の最初の段階で隠していた事実があとになって明らかになると、実際以上に重要なことと見られてしまうということを悟るべきだな。できるだけ早く、フライシャー警視に事情を説明した方がいいと思うが」

「今夜にでもですか？」

「いますぐにだ」ベネデッティは言った。「私がついて行こう。私の口から警視に話してやるよ」

みんなはそれぞれに別れを告げた。別れの挨拶が済むまでに、やや時間がかかった。ディードゥルが、それぞれに別れのキスをしていたのだ。頬をすり寄せ、空気に軽くキスをする。楽しく時を過ごしたあといつもロンが抵抗を感じるのは、社会習慣というものだった。自分のおしゃべりのせいでいささか緊張感が漂った今日などは、始末に悪かった。

教授はビューアルと警察へ行くことになり、ロンはジャネットを送って行くことになった。が、雪でぬかるんだ歩道で、ジャネットがこう言った。「いいわ」

「いいって、なにが？」彼らがディードゥルのところへ来てから気温が多少あがり、星や月の輪郭が少しぼやけていた。また雪になるのだろう。最高だ、とロンは思った。とうとう、氷に閉じ込められた古生物マストドンのようなHOG《ホッグ》を捕まえるのだ。

ロンは、彼女の返事を聞き逃してしまった。「すまない、なんだって？」

ジャネットの声は、氷に閉じ込められていた。「車で送ってくれなくてもいい、と言ったのよ」

「なぜ？　べつに気にしているわけじゃないんだろ？」

「気に？　とんでもないわ」これ以上見え見えの嘘を、ロンは聞いたことがなかった。

「私も容疑者のひとりだということが本人にもわかったんだから、これ以上私の反応を見る必要はなくなったでしょ？　あなたの探偵としてのエネルギーをむだ遣いさせたくないだけよ――」

ロンが両手をあげた。「なんてことだ――」

「きのう、ミセス・リードに手を触れさせてくれたなんて驚きだわ！　このかみそり《レイザーバック》が彼女の喉を切るんじゃないかと、心配しなかったの？」

「冗談にもならないね！」ふたりは大声を張りあげていた。

ジャネットが片足を力いっぱい踏み、雪のぬかるみが飛んだ。そんなことにはおかまいなく、彼女は言った。「まったく卑劣で素人だましな――」

「黙れ！」

彼女が本当に黙ってしまうと、ロンは少なからずびっくりした。が、やがて、ジャネットが黙ったのもロンがそう言ったからではなく、彼がぬけぬけとそんなことを言ったことへの怒りからだということがわかったのだった。

彼は歩きはじめ、口を開くチャンスをうかがっていた。「まったく、ジャネット、いったいなにをそんなにピリピリしてるんだ?」ジャネットはロンに背を向けたが、ロンはしゃべりつづけた。「誰もきみがHOG《ホッグ》だなどと思ってはいないさ。まったく。きみはチームの一員なんだぞ! 教授がきみを受け入れたんだから!」

「ありがたいお話ね」ジャネットは苦々しげに言った。

「ありがたい話さ!」彼の方も腹を立てはじめた。「知っているかどうか知らないが、きみとぼくは、ベネデッティが西半球で信頼しきって受け入れたたったふたりの人間なんだぞ。彼は、殺人犯かもしれないような人間に自分をさらすような人じゃない!」

反応はなかった。彼が話しかけている相手は、背中と、風に吹かれている髪だけだった。

「ぼくは、きみだけを選んで話したわけじゃないだろう? 教授以外のみんなに、なんらかのばかげた結びつきを見つけたんだ!」

足を力いっぱい踏みつけると同時に、彼女はさっと振り向いた。「まえもって言ってくれてもいいでしょ!」この作戦のドラマティックな効果も、思いがけない事故で目減りしてしまった。力いっぱい踏みつけたジャネットの足が、ぬかるみに隠れた歩道にあいた穴の縁にひっかかったのだ。脚がねじれ、彼女は、「キャー!」と叫びながら切り倒されたカバの木のように歩道へ倒れ込んだ。

ロンは必死で笑いをこらえた――こらえてはいたが、それもジャネットがやっとの思いで歩道に坐って、「突っ立って笑いをこらえたりしないで！」と叫ぶまでだった。大笑いのあまり眼鏡が外れ、それをつかみ取ろうとちょっとしたアクロバット・ダンスをするはめになったのだ。これを見たジャネットも、坐り込んだまま笑いはじめていた。

「私もとんだおっちょこちょいね」

「きみにゼッケンを掛けなければ」ロンが言った。「〝怒っているときは危険〟と書いてね。大丈夫かい？」

「足首をねじったみたい」そこをさすりながら、彼女は言った。「立たせて」

ロンが脇へしゃがむと、ジャネットはその肩に腕をまわした。ふたりは立ちあがった。

「歩けるかい？」ロンは心配になった。

ジャネットは一歩踏み出し、よろめいた。「だめだわ」ロンはもう一度肩を貸した。

「かがみ込まなくてすむくらいきみの背が高くて助かったよ。車のところへ行くまでに背中が曲がってしまうところだった。病院へ行ってレントゲンを撮ろうか？」

「いいえ――痛いっ――ただの捻挫よ。よくやるの」

「わかった」ロンは言った。「きみは医者だしな。本当を言うと、こうしているのがうれしいんだ」ロンは、ジャネットが顔を赤らめるのを期待して、こう言った。期待どおりになった。が、そのことばは本心でもあり、彼の顔に笑みが浮かんだ。

まるで、コミカルな二人三脚のようだった。ジャネットがバッグから鍵を探すあいだそのからだを支え、ドアを開けてからはカウチまでかつぐようにして連れていってやった。ジャネットはカウチに沈み込むと、もがくようにしてコートを脱いだ。そのあいだにロンが、彼女の傷めた左足のしたにオットマンを滑り込ませた。

広い部屋だった。ロンはそこが気に入った。ソファは明るいグリーン、二脚の椅子はそれよりやや濃い色だ。カーテンはソファと同じ色だった。カーペットはくすんだオレンジ。一方の壁は全面棚になっていて、ステレオとポータブル・テレビが置かれている以外はほとんど本で埋まっている。一方の壁には、古びたタイプライターの置かれた机。部屋の中央には、祭壇を思わせるように漆黒のグランド・ピアノが輝いている。手入れが行き届いている。ピアノの脇からはそれを補うような木の——赤味がかった——豊かな輝き。スタンドに立てかけられたマーチンのギターだ。左右の手で生命を吹き込まれるのを待っている。

ジャネットはバスルームを指さし、薬戸棚に包帯があるはずだ、と言った。そこへ行ったロンは、包帯だけでなく、ガーゼ、テープ、消毒薬《マーキュロ》、塗り薬などがぎっしり詰まっているのを見て吹き出してしまった。フットボール・チームのトレーナーの部屋のようだ。適当な大きさの包帯を選び、それをもってリヴィング・ルームへ戻った。

ジャネットは、やってやるというロンのことばをはねつけた。「経験豊かですからね」こう言って、くやしそうににんまりして見せた。

ロンが椅子に腰をおろした。「今日話したことをきみに言わなかったのは、自分でもあんな話を信じてはいなかったからさ。誰にも言う気はなかったんだけれど、教授がそそのかすものだから――たぶん、ぼくに嫌な気分を味わわせたかったのさ。いや、ビューアルにかな。ときどき、ああいうことをするんだ」

彼女は首を振った。「説明してくれなくてもいいの。私の方が子どもじみていたわ、本当に」こう言って笑った。「心理学者であることの強味なんてこの程度のものよ――つまりね、心理学者だからといって、ばかげたことをしないですむわけじゃないの、あとからそのことを知的に説明することができるだけ」

「それだけでもたいしたものだよ」こう言ってから、ロンは話題を変えた。「あれ、素晴らしいギターだね」

「ありがとう。最後のピアノ・リサイタルを開いた翌日に買ったの」

「なぜピアノをやめてしまったんだい、ジャネット?」

彼女は頭を掻いた。「説明しにくいんだけれど、たぶん、音楽を深く愛しすぎていて、それを仕事にしたくなかったのね」

「よくわからないな」

「つまり、ピアノを弾くとき……練習するときもなんだけれど……弾かなければならないからピアノに向かうというのが嫌なのよ。人前で弾くことで、自分の存在を正当化しなければならないというのが嫌なの——そうしなければならないと思うと、弾くことがただの骨折り仕事に思えてくるのよ。ときにはそういうこともあったわ。そうなると、弾くことで感じる楽しみが、ぜんぶ台無しになるの。わかる？」

「わかるような気がする」

「あなたはどうなの？」ジャネットは訊いた。「なぜ探偵になったの？　何週間も、あなたのことを知ろうと考えていたのよ」

ロンは笑った。「きみも教授もそうなんだな。教授は、ぼくのことを知ろうとして何年もかかっていると言っているよ。そんなにわからない人間かい、ぼくは？」

ジャネットは見つめるだけだった。

「わかった、わかったよ。答えるから、その冷たい心理学者の目はかんべんしてほしいな。それは『盗まれた手紙』の謎解きのようなものさ——つまり、ぼくがあまり単純なものだからわからないんだよ。謎が嫌いだから探偵をしているんだ」

「つまり、謎が好きなのね？」

「いや、嫌いなんだ。好きなのは答えさ。人生なんて混沌としていて謎だらけだ。中東ではなにが起こるか？　エネルギー危機についてなにができるか？　なぜ人々は互いにひどいことをし合うのか？

最後の問いはベネデッティの問いだ――彼は〝悪〟の正体を研究しているからね。

でも、ぼくという人間はもっと単純なんだ。だから、ぼくに答えの出せる重要な問いはたったひとつしかない――単純な答えのある唯一重要な問い、それは誰《フーダニット》がやったかなんだよ。だけど、答えを見つけるのがやさしいと言ってるわけじゃないよ。答えを見つけてしまえば、それは厳然とそこにあるということなんだ。

ねえ、ちょっとちがうな。カウチに坐るべきなのはぼくの方だよ」

ジャネットは笑った。

「ギターをよく見てみていいかい？」ロンが訊いた。ジャネットが、「もちろんよ、どうぞ」と答えるとロンはコートを脱ぎ、もうひとつの椅子に置いてあるジャネットのコートのうえに重ね、ギターのところへ行った。

ジャネットは、ロンの弾くギターを聴きたくてたまらなかった。彼女は、技術はどうあれ、楽器を弾く弾き方で、その人の性格を知るための重大なヒントが得られるという理論の持ち主だった。彼女は何本ものテープをもっていて、いずれ、ハリイ・トゥルーマンとリチャード・ニクソンのピアノ・スタイルを比較した論文を書くつもりでいた。

ロンがギターを抱え、チューニングしてから弾きはじめた。Ａマイナーのキーでコードを弾いていった。いかにも彼だわ、とジャネットは思った。好奇心が強く、いささか不気味な感じ。やがて、彼は曲を弾きはじめた。

その演奏に、ジャネットはびっくりした。思っていた以上に、はるかに繊細なのだ。曲は、初期のビートルズの曲、《アイル・フォロー・ザ・サン》だった。自分の腕に見合った簡単な曲だ。技術的には、まあまあといったところだ。指の押さえが悪くて、フレットからビビリ音が出ている。が、フレーズィングは表現に富み、なによりも、彼自身、弾くことを楽しんでいたのだ。

ジャネットには、ロン・ジェントリイが最初に思っていたような詮索好きな、捜査機械のような人間ではないことが確信できた。少なくとも、それだけしかない人間ではない。もしベネデッティ教授がギターでも、他のどんな楽器でも弾くとしたら、もっと氷のように冷たく完璧に弾くにちがいない、と彼女は思った。ロンがそういう人間でないことを知ってとてもよろこんでいる自分に、ジャネットはびっくりした。

ロンが弾き終えると、ジャネットは小さく手を叩いた。顔を赤らめるロンに、彼女はまたびっくりしていた。

ロンは恥ずかしそうだった。「ただのお世辞じゃないふうを装ったりするなよ」彼は言った。「ぼくの演奏なんか、こういう素晴らしい楽器よりも、十三ドルのステラの方がお似合いなんだからね」

　ジャネットが反対側の壁を指さして言った。「あのグレイのケースを取ってくれる？」ロンは、それを彼女に渡した。ジャネットはそれを開け、目下の楽しみになっているカスタム＝メイドの十二弦ギターを取り出した。三週間分の給料を少し超えるほどの値段の楽器だ。HOG《ホッグ》事件に取り組むようになってから、それを手にするのははじめてだということを不意に思い出した。ストラップをかけ、チューニングをし、ロンを見あげた。「なにを演《や》りたい？」と訊いた。遠近両用レンズの入った眼鏡の奥で、目がきらりと輝いた。


　それは、たぶん、誘導尋問だった。その出発点を台無しにしたくなかった。ロンは楽しかった。ジャネットは仕事にしたくないほど音楽を愛し、ロンは演奏したくてたまらないほど音楽を愛している。

　ロンは、彼女が好きだった。そのぎごちなさ、開放感、そして短気なところまで好きだった。そして、自意識の強い精神分析医という、基本的なパラドックスが好きだった。ベネデッティ風の全能、フライシャー風のシニシズム、ディードゥル風のくだらない話、ビューアル風の改革運動、こうしたものにはいささかうんざりしていた。

　背の高い、やせたジャネットは、恋に落ちたといってもよいような幸福感と快さをロンに与えていた。彼はにっこり笑い、こう答えた。「先にはじめて。ぼくの知っているのが出てきたらいっしょに弾くから」

ジャネットはその答えがうれしかった。彼女は（一九六〇年から六三年の）フォーク・シーンのツアーをはじめた。ロンの好きな時代だ。甘いコントラルトの声で唄いすすむ。ディラン、ピーター・ポール＆マリー、ライムライターズ、そして、名前の思い出せない人たち。

休暇よりも楽しかった。はじめて、ロンは死体を探すこと、死体を見つめることを忘れることができた。ジャネットにそう言った。彼女がよろこぶことはわかっていた。

「ねえ」ギターを外しながら彼女が言った。「最後に私が——キャッ！」

「どうしたの？」

「私ってなんてばかなの！」右手を頭の脇にあげている。

ロンにはまだわからなかった。「いったいどうしたんだい？」

「恥ずかしいわ！」ロンの顔に浮かんだ鋭い表情を見ながら、彼女は言った。「なんでもないの。ギターのストラップにイアリングがひっかかっちゃって！　耳が裂けてなければいいけど」手をおろして指先を見つめ、また耳に当ててからもう一度見た。「ロン、血が出ているかどうか見てくれる？」

にこにこし、やれやれといったふうに首を振りながら、ロンはカウチの彼女の脇へ坐った。そして、濃いグレイ＝ブラウンの髪をあげて、耳たぶを覗き込んだ。「少し赤くなっているけど、ちゃんとつながっているよ。よかったよかった」

「ほっとしたわ。ときどきね、いい心理学者に診てもらった方がいいんじゃないかと思うことがあるのよ」彼女は、うんざりしたように首を振った。「なんという間抜けでしょ！」

ロンは彼女にキスをした。ロンとしては、ジャネット・ヒギンズ博士についてはなにも困った部分などない、ということを印象づけようとしたのかもしれない。とにかく、キスに関しては自分と同じだということがわかった。熱っぽく、積極的なのだ。

が、やがて、ジャネットは鼻声を出して唇を離した。「ふたりとも、眼鏡に傷をつくっちゃうわ」

ロンは大まじめな顔をしてジャネットと自分の眼鏡を外し、そっとコーヒー・テーブルのうえに置いた。「どこまでいってたっけ？」

やがてふたりは、ベッドルームへ行く雰囲気になっていることを悟った。「歩けないわ」

「抱いていってやるよ」ロンはこう言うと、ジャネットが抱いていくには大きすぎると言うまもなく、彼女をカウチから抱きかかえていた。ジャネットはとっさに手を伸ばし、眼鏡をふたつつかみあげた。

科学的好奇心と生物学的必要性から、〝ドクタ・ヒギンズはときどき男に抱かれて〟いた。しかし、彼女の情感が宿るジャネットの部分はまだ処女だった。それで、〝偉大なる瞬間〟が近づくにつれ、頭のなかをカエデの種がくるくるまわりながら落ちてでもゆくように、小さなつまらない疑問が渦巻きはじめたのだった。彼はなにを考えているのかしら？　私の丸い鼻をどう思っているのかしら？　ぺっちゃんこな胸をどう思っているのかしら？　骨ばった肩を、大きな手足を、間抜けぶりを、どう――

そのとき、ロンがこう言った。「きみの背中は女神のようだよ」このひとことで、ジャネットは、うまくゆくわ、と思った。

17

電話のベルが鳴ると、ジャネットは罪の意識を感じながらはっとして目を覚ました。手を伸ばしたがすぐにあきらめ、電気をつけて受話器を取った。耳に当てるまえに、デジタル時計に目を走らせた——六時三十何分かだった。

「もしもし」

「もしもし、ドクタ・ヒギンズ？　ショーナシイ部長刑事ですが」

「はい」

部長刑事はややためらっていたが、一気にこう言った。「申し訳ないんですが、ジェントリイはいますか？」

二段構えで顔が赤らんだ。その赤らみも、首から下を隠すものがなにもないことを悟ると、いよいよ濃くなった。

ロンも目を覚ましていた。ジャネットは送話口を手で押さえて言った。「ショーナシイだけど、出る？」

ロンは笑わなかったが、灰色の目が輝いていた。「ここにいることはバレているんだ」

「そうね」ジャネットは小さく笑った。「バレてるわ」こう言うと送話口に向かって、

「いまかわります」と言って、ロンに受話器を渡した。

内容はわからなかったが、悪い知らせのようだった。二、三語のあいだにロンの表情が険しくなった。彼は、「素晴らしい」と苦々しげに二度言い、「本当に素晴らしい！」そして、「わかった、十五分で」と言った。

ロンは受話器をジャネットに返し、「眼鏡をとってくれないか？」と言った。

眼鏡を渡しながら、彼女は訊いた。「なんですって？」

「わからないんだ」彼は服を着はじめた。「だいぶあわてていたよ。教授がイーゼルに向かっていて、警察が見せたがっているものを見に来ないらしい。それでぼくにまわってきたんだ」彼は肩をすくめた。「よかったよ。もうすぐライセンスを失くすんだから」

当然、ジャネットはそのことを心配し、理由を訊いた。ロンは、アトラーのことを話して聞かせた。「たいしたことはないよ。ライセンスを取ったときも、かなり法をルーズに解釈して取ったんだから」

「どういうこと？」

「自分のライセンスを取るには、保安組織の捜査員か、ライセンスをもった探偵の助手として三年間働かなければいけないことになっているんだけれど、ぼくの場合は、オールバ

ニイの役人に、ベネデッティは特別扱いということで、学生時代の三年間でいいことにさせてしまったんだ。二代まえの州政府のころだけどね」

それを聞いたジャネットは、教授会で成績優秀者のひとりとして認められていたころのことを思い出した。「私も行くわ」こう言って、彼女は起きあがろうとした。

「いや、だめだ」ほぼ服を着終わっていたロンは、そっと彼女を横にした。「事がなんであれ、かならず知らせる――約束するから」彼女に毛布をかけた。「ここにいてその脚を治すんだ。いいね、ファニーフェイス？」彼女になにも言うひまを与えずに丸い鼻のてっぺんにキスをし、ロンは出て行った。

ファニーフェイスですって？　ロンが出て行くドアの音を聞きながら、ジャネットは幸せに思った。ロンに言われたことなどかまわずにベッドから抜け出し、足を引きずりながら鏡のまえへ行った。まえから、ジャネットは鏡を敵だと思っていた。無情な鏡。

目を細めて見入った。眼鏡を忘れていた。自分に文句を言いながらベッドサイド・テーブルへ戻り、眼鏡をかけてからもう一度鏡のまえへ行った。鏡に背を向け、肩越しに自分の姿を見つめた。きれいな背中だ。じつにきれいな背中だ。

それから、顔を見つめた。いつもほど悪くない。なぜだろうと思った。〝幸福感〟のせいではない。ジャネットは、幸福感というものを信じていないのだ。やがて、微笑みのせいだということを悟った――不安、そして、あるいは絶望感を顔に浮かべずに鏡に映る自分を見たのは、それがはじめてだったのだ。微笑みというものは、ずいぶん顔を変えるものなのだ。

フライシャーは、交通課のがんばり屋がショーナシイに電話でうわさ話などしなければ、死体が発見されたそのときに現場にはいなかっただろう。

警視は、自分のオフィスで報告書を読んでいた。最新の報告書だが、もう目を通すのも八回目だ。新しいことはなにひとつわからなかった。ボルト・カッターの行方もわからない。もしそれが発見されれば、当然、金具の切り口と較べることもできるのだが。いや、銃とはちがう——切り口と比較しただけではなにもつかめはしない。手がかりにはならないのだ。

ジャストロウに関する報告書もあった。警察では、彼がスパータで不祥事を起こしてから数年のあいだの行動を調べていた。彼は西へ流れて行っていた。まずシンシナティ、それからシカゴ。バッジもないのに、相変わらず金銭強要を働いていた。最後の三年間は、そのためにシカゴの刑務所に入っていた。そして、クリスマスのころに釈放された。最初に読んだとき、フライシャーはちょっとおもしろいなと思った。

が、いまの警視にとっていちばんの関心事は、死ぬころにはどれほど疲れきっているだろうか、ということだった。あの市長め。

それにショーナシイの奴、ヒルのように俺にぴったりとくっついていやがる――いや、そうじゃない、そんなことはどうでもいい。いてくれているのだ。

「ありがとう、ショーナシイ」

「どういたしまして、警視」部長刑事も疲れていた。「なにがですか？」と言い加えるまでに、二、三秒かかった。

「いや、いいんだ、気にするな。それよりどうしたんだ？」

「交通課のウィンケルからたったいま電話がありまして、ヒューロン・ストリートのショッピング・センターでの火事の群衆整理をしているそうです」

「それで？」

「ウィンケルの話だと放火だといううわさらしいのですが、燃えたのはクロッククラウンド・マーケットなのですよ」

「最初にブタのお面を売りはじめたあの店か？」

「はい、そうです」

「放火だって？　うちの課と関係があるかもしれないと思っているのか？」

「見に行ってもいいんじゃないかと」

クロッククラウンド・マーケットは、現代的なスーパーマーケットだった――ハーブからファン・ベルトまで、およそなんでも売っている。背が低く床面積の大きいいかにも今ふうの店で、最近古い市条例が廃止されたおかげで二十四時間営業をしている。早朝でも、思いのほか繁盛している——家へ帰る途中の夜勤の人々、徹夜して食べるものがほしい学生、不眠症の人々、早朝に買い物をするのが好きな人々。

そうした人々（と、駆けつけてきた人々）が広大な駐車場に群がり、スパータ消防局が炎と闘っているのを見つめている。大火災ではなかったが、始末に悪かった——大量のプラスティックやゴムの製品があり、悪臭が発せられているのだ。

フライシャーが覆面パトカーをおりた。消防車のホースから漏れる水が凍りつき、スケートでもするような恰好で歩いた。一度、滑って転んだ。ショーナシイが手を貸して起こそうとしたが、大声で怒鳴った。「ひとりで起きられる！」そして、白い消防士の帽子をかぶった男のところへ無事にたどり着いた。

フライシャーと消防隊のチーフが挨拶を交わした。「おまえが火事の見物好きだとは知らなかったな、ジョウ」

「いまはそのとおりさ。ここは、HOG《ホッグ》で儲けはじめた最初の店なんだ。たぶん、奴の方で恨みでももってたんだろうよ」

チーフは、ハンドマイクで指示を与えてからフライシャーに顔を向けた。「知らなかったのか？」

「なにを?」

「放火犯は、もう捕まえたんだよ。未成年者がふたりだ」

フライシャーはびっくりした。「そうか? ずいぶん早いな」

チーフは笑った。「俺たちが着いたときに、ふたりともマッチと芝刈り機の燃料の空き缶をもって火事を見ていたんだ。俺たちの捜査力は、ざっとこんなものさ」

「どこへ連れて行った?」警視は訊いた。

チーフがレスキュー隊の車の方を顎で示した。「警察へ連れて行くだけの人手がなくてな」

「みんな無事に店を出たのか?」フライシャーは知りたかった。

「そう思う。二、三人に内部を見に行かせたんだが、なにせ煙がひどくてな。誰かいたとしても、自力で脱出しているはずだ——従業員は全員無事が確認されているし、家族連れや友達同士も確認されている」

「それはよかった」フライシャーは、店の正面の巨大なガラスに開けられた穴から煙が吹き出すのを見つめていた。これが、たんなる偶然とは思わなかった。もはや、偶然など信じなくなっていたのだ。

「その未成年者とやらに話を聞きたいんだが」

「おまえの仕事に口出しをする気はないが、規則は知っているだろう? 親の承諾なしに事情聴取などしたら――」

「わかってるさ、なにもかもパアだ」フライシャーは氷のうえにつばを吐いた。「まったく、未成年者というだけで罰することもできないといわんばかりの規則だよ。十四歳の殺人犯が、大手を振って通りを歩いているんだ」

彼はレスキュー隊の車のキーを受け取り、ショーナシイと乗り込んだ。ふたりの子どもは、自分たちのしたことをうれしそうに話していた。そばかすだらけの赤毛の少年はこう言っていた。「あんなに早く燃えあがるとは思ってもいなかった！」その相棒、黒髪の鼻たれ小僧が言った。「カー用品の所ではやるなと言っただろ。スプレーだのオイルだのがあるんだから……」

ふたりは警視に気づいて話をやめたが、小さく笑っていた。フライシャーは脅しつけて黙らせようとした。彼らのまえに仁王立ちになろうとしたのはいいが、天井に頭をがつんと打ちつけてしまった。フライシャーが、せいぜい十五歳だろうと読んだふたりの少年は、大笑いした。

フライシャーはしゃがみ込み、ふたりを睨みつけた。うしろのショーナシイも同じようにしゃがみ込んだ。子どもたちはややしばらく笑っていたが、やがて警官を横目でちらちらと見はじめた。冷たい視線に出会い、ふたりは黙り込んでしまった。

「こんなことをしでかしたというのに、楽しそうで羨ましいな」フライシャーが言った。

少年たちはたいへんなことになるということに気づいてはっとした様子だった。

警視は最初の尋問をショーナシイにやらせた。赤毛の方はウィリアム・スミスという名前だということがわかった――それを証明する物ももっていた（あんたの言うとおりだな、イキス、とフライシャーは思った）。それと、鼻たれ小僧の方はマーク（クの部分がKでなくて〝C〟だ）・グッドサイト。ふたりともショッピング・センターの並び、五ブロック先に住んでいて、九年生だった。

「なぜあんなことをしたんだ？」フライシャーが訊いた。

スミスは憤慨した。「なぜやったというのは、どういう意味なんだい？」

グッドサイトが鼻をこすった。「誰かがやらなきゃいけなかったのさ」彼はわけありげに言った。

「なぜだ？」フライシャーはさらに訊いた。

「この店は、人が殺されることで儲けているからさ」グッドサイトは答えた。

「お面をかぶった奴が、俺の小さないとこを学校から追いかけてきたんだ。それ以来よくうなされているんだよ」スミスが言った。

「俺の弟もさ。ゆうべ母さんが、あんなものを売っている店は誰かが燃やしちまえばいいんだ、と言ったんだよ。だから、ビリーと俺は早起きしたんだ。いい考えだと思ったからね」

「なんだと！」フライシャーは、怒鳴りざまその少年につかみかかろうとした。が、ショーナシイがそれを押さえた。「おまえの母さんに、床からソックスを拾えと言われたらどうする。きっとぐずぐずしてやろうとしないんだろう！ ところが放火はちがう、そうだろ？ 楽しいからな！ この——」

ショーナシイが口をはさんだ。「あのう……」

フライシャーは口をつぐみ、すっきりさせようと激しく頭を振った。こういうばかげた事件を相手にするにはもう年だ、と警視は思った。睡眠は足りないし、そこいら中にばか者はいるし。

「わかったよ、マイク。もう大丈夫だ」警視は言った。ふたりの少年に、それ以上訊きたいことはなかった。「さあ行こう」と言おうとしたとき、外で激しく叩く音がし、チーフが叫んだ。「おい、ジョウ、来てくれ。どうやら、あんたの出番のようだ！」

フライシャーは心底不愉快になって悪態をつき、少年の方を向いてこう言った。「おまえの母さんはさぞかし鼻が高いだろうよ。ちょっとした入れ知恵で人が死んだんだからな」

ショーナシイの電話で呼び出されたロン・ジェントリイが現場へ着いたときには、消火作業も終わり、みんなベネデッティの無礼を口々になじるだけの余裕もできていた。

「いいですか」ロンが口をはさんだ。「彼とは何年もの付合いなんです。彼がなんと言ったか当ててみましょうか、〝私には、同じことの繰り返しに費やすひまはない――〟」

「繰り返しでなく、〝余分なこと〟と言いました」ショーナシイが訂正した。

「なるほど、余分なことか。それから、〝邪魔しないでくれ！〟と言って、ぼくのことを当てこするように言ったんでしょう？　ぼくのいるところを教えて、ぼくの邪魔をしてやれ、とね。そうでしょう？」

ショーナシイは、そんなところだということを認めないわけにはいかなかった。するとロンが言った。「いいでしょう。だったら、教授が気むずかしくなったからといって、ぼくに文句を言うのはやめてください。それで、死体は？」

彼らが発見した死体は、グロリア・マーカス、ミセス・ズィーマ・マーカスだった。彼女は、スパータ最大のオフィス・ビルディングの清掃作業員だった。夫の朝食をつくるために家へ帰る途中、クロックラウンド・マーケットへ寄ることがよくあったのだ。夫の方は、街で小さな時計の修理屋をやっている。ふたりのあいだに子どもはなく、ミセス・マーカスは四十五歳だった。

彼女の死体は、タヒチ・デライト・フルーツ・ポンチの二十八オンス罐の山の下敷きになっていた。その罐は、一時間半かけて片づけていた高さ十八フィートのピラミッド型ディスプレイの残りだ、と従業員のひとりが悲しそうに言った。脱出できなかったのは、彼女だけだった。消火作業を終えてから、店内をくまなく調べてまわっているときに発見したのだ。

検屍官事務所のドクタ・ドゥミートリによると、被害者は、店内にあった過フッ化炭化水素素材でできた製品が燃えて出た有毒ガスによって死亡したとのことだった。が、ミセス・マーカスの頭部には傷があり、そのために意識不明になって煙にまかれたのだろう、という。

「彼の話だと」フライシャーは言った。「事故でないという証拠はなにもないそうだよ」穏やかな口調だったが、その手が固く握りしめられているのにロンは気がついた。

「事故だったろうことはわかりますよ」ロンが口を開いた。「煙と警報ベルと混乱のなかで——たぶん彼女はパニックに陥って、やみくもに走って罐の山にぶつかった。それで罐が崩れて頭に当たったというわけです」ホースをまたぐように立っていたために、消防士がそれを片づけるときにすばやくジャンプしなければならなかった。「おっと！　どこまで話しましたっけ？」

「事故だろうという根拠の話だ」警視が苦々しげに言った。

「そうでした、ありがとう。ところが逆に、もしこれが殺人だとしたら、突破口になるかもしれません」

「どういうことだ？」

「ＨＯＧ《ホッグ》が朝の五時三十分ころに、この店をうろついていたと思いますか？　火が出たときに、ブタのお面にプライスを貼っていたとでも？」

「いいや」フライシャーは言った。それは、ロンが耳にしたことのあるなかでも、もっとも気の抜けた〝いいや〟だった。

「としたら、もう一度あのふたりの少年から話を聞いて、母親以外に放火をそそのかした者がいるかどうか、確かめるべきですよ」

18

「事件と関係があるとは思えませんね」その朝、ロンは教授に言った。「事故にきまっていますよ。もしHOG《ホッグ》の仕業だとしたら、よほど特別なものであの子どもたちを買収したか、またもや奇跡をやってのけたかです！」ロンはシリアルを口に入れた。「まったく、ぞっとしますよ、マエストロ」

ベネデッティは紅茶に口をつけ、同感だとでもいうようにうなずいた。ロンは、恩師との口論を覚悟で家へ帰ったのだった。が、そのとき教授は、すでに絵を描くことの熱中から醒めていた――少なくともしばらくのあいだは。教授はしたにいて、テレビでオーディ・マーフィの《情無用の拳銃》を観ていた。気晴らしにはもってこいだ。

「おはよう、きみ《アミーコ》。楽しい夜だったかね？」その顔に浮かんだ表情は、いつもの意地悪い表情とはまるでちがっていた。豊かな魅力と豊かな知性をもっているにもかかわらず、女のこととなると、教授の心は悲惨なほどひねくれてしまうことをロンは知っていたのだ。

なぜそれほど楽しそうな顔をしているのだろうと思いながら、ロンはキャンヴァスを見に二階へ駆けあがった。ニューヨーク州は消えていた――広い部分はまん丸になり、細長い部分はいよいよ長くなっている。滑らかな端が、下から上の部分へ移っていた。地図だとばかり思い込んでいたために、なにがなんだかわからなかった。が、やがて、それは地図などではなく、青を背景に描かれた金の鍵だということに気がついた。ロンは肩をすくめた。なにを意味するにせよ、その気になったときに説明してくれるだろう。

ロンがしたへおりると、老人が言った。「ロナルド、この国ではご婦人に花を送るのに、その代金を電話料の請求書の方へまわしてもらうことができるのを知っていたかね？　失礼ながら、ゆうべ招待してくれた彼女に送ったんだよ」

うちの電話だ、とロンは思った。まあ、いい。「ぼくらからのブーケですね、マエストロ？」

「とんでもない！」教授がきっぱりと言った。「ニッコロウ・ベネデッティは、そういう中途半端なことはしない。ミセス・チェスターは、今朝、私ときみからそれぞれにきれいなブーケを受け取るんだ！」

ロンはにんまりした。「ぼくのことを考えてくださってどうもありがとう、マエストロ」

「どういたしまして《ノネ・ニエンテ》」教授はばかていねいに答えた。

ロンはボルト・カッターとジャストロウのこと、それに火事とその余波のことを話して聞かせた。

「……十代のふたりの放火犯があんなに道徳的だなんて、あなたにだって信じられないことだと思いますね」ロンは言った。「フライシャーは、一時間半たっぷりふたりから事情聴取をしたんです。あそこに火をつけろと言った者も、手助けした者も、カネを渡した者もいませんでした。自分たちの考えでやったんです――社会のためにね。フライシャーは、そういう人間がいるのなら、正直に話せば許してやると言ったんですが、それでもふたりは誰もいないと言ってましたから。それで、ビューアルは納得していました――彼とはダウンタウンで会ったんです。フライシャーがふたりに見逃してやるチャンスをやったのに、ふたりともそれをはねつけたんですからね」

「きみの言うとおり、HOG《ホッグ》からの報酬がとてつもなく大きかったのかもしれない。警察は、手紙を押さえる手筈は整えたのか？」

ロンはボウルを傾け、残りのミルクを飲んだ。「フライシャーは、もう手紙を当てにはしていないんです。あの店でブタのお面を売っていたということだけを頼りに、火が出たときに店内にいた十一人の客と三人の店員について調査をはじめました。あなたは、昨夜ぼくがしゃべったHOG《ホッグ》＝ブタの結びつきの話から、なにか思いついたんじゃないですか？　それで思い出した。ビューアルの件について、警視の反応はどうでしたか？」

「いまのところは、彼の人生を複雑にしているひとつの要因というふうにとっている。彼はすでに、この事件の裏に〝アメリカの守護者〟がからんでいる可能性について調べていたよ」

ロンはびっくりした。「報告書には書いてありませんでしたよ」

老人がにんまりした。「あんまり〝とっぴなこと〟なんで、恥ずかしくて言えなかったんだよ。警視はそう言っていた」にんまり顔が真剣になった。「だが、どうということはないと思うね。それより、テリイ・ウィルバーを見つけ出すいい考えがあるんだが」

ロンは、市外局番401をダイアルした。何百回とダイアルしたことのあるような気分だった。リチャード・ビッケルは、ロード・アイランド州プロヴィデンスでいちばんつかまえにくい男だ。いなかった。会議中なのだ。お呼びできません。しかし、娘さんの殺害のことなのですが。申し訳ありませんが、ミスタ・ビッケルは記者とはお話しになりません、カチャ。

ロンは別なアプローチを試みた。彼のトリック・カタログに載っている手を片っ端から使って、ビッケルの電話帳に載っていない自宅の電話番号をつきとめた。女性が電話口に出た。が、答えはそっけなかった。ミセス・ビッケルは、お医者様の指示により誰ともお話しになれません、とくにあのことについては。この番号をどのようにお調べになったか存じませんが、もう一度かけてこられるようなことがあると、面倒なことになるでしょう。

「では、気が変わられたら私の方へ電話をしてくださるようにお伝え願えますか？」

「気が変わられるようなことはないと思いますが」

「しかし、もし……」

「わかりました、では」

このとき、教授は二階で眠っていた。ロンはくやしかった。老人が徹夜をしてなにかに思い当たり、ロンはそれがなにかを突きとめようとしているのだ。が、思ったよりはるかにむずかしかった。問題になっているのがビッケルではないだろうことが、ロンにはわかっていた。自分が、命令の一語一句までひたすら忠実にしたがおうとすることで頭がいっぱいになった、命令系統の中間点にいる門番のようなものに思えた。そういう人間に店へ使いを頼むときは、帰って来いという命令まで出さなければならない。

やりきれない思いをしながら、ロンは、まず第一にベネデッティの考えがそれほど素晴らしいものなのかどうかを疑いはじめていた。結局、その出発点を考えなければだめなのだ。出発点は、テリイ・ウィルバーと彼の鍵束についてのハービイ・フランクとの話だった。

ハービイとの話で、教授が注目した〝ひとつの重要なこと〟というのはこれだった。教授は、テリイ・ウィルバーと鍵にひっかかりを感じ、それが昨夜キャンヴァスのうえに形となって現われたのだ。

レスリイ・ビッケルは、自分のアパートメントの鍵をテリイに渡していた。たぶん、あくまでも推測だが、彼女は自分のもっている鍵のスペアを作り、それを全部ウィルバーに渡したのだ。これはありうる。とすれば、彼女がどこの鍵をもっていたかを探り出すことだ。警察がやっているようにウィルバーが立ち寄りそうなところを探すのではなく、レスリイが立ち寄りそうなところを探した方がいいのではないか。もし警察が、それに心当たりのありそうな者を見つけることができれば。

訂正。もし自分がそういう人間を見つけることができれば。このことに気づいているのは自分だけだ。なんらかの理由で（たぶん、うぬぼれのせいだろうが）、教授はこのことについては警察を介入させるなと言っていた。といっても、警察に知らせたからといってなにがどう変わるわけでもないが。ロンはもうすでに三人のちがう秘書に三回、自分は警察官なのだがと主張したあとなのだ。

ロンはひと休みしなければと思い、市外局番ではなく、市内の番号をダイアルした。

一回目のベルで相手は出た。「もしもし？」

「もしもし、ファニーフェイス」

「ロン」彼女はうれしそうに言った。

ふたりは話をした。恋人同士の口調で、火事のことや死人のことを話した。これで、ふたりの結びつきはいよいよ強くなった。約束どおり、ロンは不調に終わった電話のことまで、最新情報を伝えた。教授は警察に話すなと言っただけだ——ジャネットについてはなにも言わなかった。

彼女は、ロンの心中を察した。「でも、その秘書だかなんだかが、なぜあなたに電話をつながなかったかはわかるわ。あなたが、〝警察だ〟と言う場面を考えればなおさらよ。でも、秘書はそうだったかもしれないけど、ビッケル自身はむしろ警察とは——」

「それだ！」ロンは叫んだ。「ジャネット、愛してるよ。きみの美貌も頭もね。またあとで電話する。それじゃ」

もう、電話番号は憶えてしまっていた。「プロヴィデンス・シーフードです」交換手が言った。

「ディック・ビッケルのオフィスへつないでくれ」ロンはぶっきらぼうに言った。なにごともていねいに事が運べるのはベネデッティだけだ、と彼は思った。たぶん、生まれつきもっているものなのだろう。

ビッケルの秘書だかなんだかが受話器を取ると、ロンが言った。「ディックを頼む」

「どちらさまでしょうか？」

「下っ端に用はない。ディックを出してくれ。おまえに教えた方がいいと思えば、彼が言うさ」

声は多少震えながらも、口調はしっかりしていた。「申し訳ありませんが、ミスタ・ビッケルは会議中ですので、ご用件をおうかがいいたしましょうか?」

「そうしてくれ」ロンは大声を出した。「コン・フーズとの合併を、よくもまあ隠そうなどとしたものだと伝えてくれ、友人にまでな」

「ええ……少々お待ちいただけますか?」

ロンは時間を計った。愛想のいいバリトンの声が耳に入るまで二十五秒だった。「コン・フーズとの合併だなどと、いったいどういうことなんだ?」ロンとしては、ビジネスマンが自分の周囲に張りめぐらせた壁を壊すには仕事の話がいちばんだということを、もっと早く悟っているべきだった。カネ儲けのチャンスをボスに知らせないビジネスマンなどいはしないだろう。

「ディック?」

「なんだ?」彼が言った。「どうしろというんだ?」

第一段階が終わり、ロンは嘘をついたことを詫びた。そして、五分もすると、彼はロンの用件を納得していた。「みんな、私がこの件に関してはきみに協力したくはないだろうと思っているようだな」ビッケルは残念そうに言った。「少し考え方を変えなければいけない者が、まわりには何人かいるようだ」

「それがいいですよ、ディック」ビッケルはロンに、ずっとディックと呼んでくれと言ったのだった。

「それで、ロン?」

「はい?」

「ウィルバーを見つけたら、知らせてくれ。私は——彼と話がしたいんだ。それで……」

「彼はHOG《ホッグ》ではないかもしれませんよ」ロンは指摘した。

「それでもいいから」

「わかりました」ロンは答えた。「でも、もし彼がHOG《ホッグ》だったら、最初に話すのは教授ですよ」


フライシャー警視の疲労は極限といってもいいほどだった。最後にいつ家へ帰ったかも思い出せない。それがいつだったにせよ、思い出せるのは眠れなかったということだけだった。酷使された頭は、機能を停止してしまっている。頭のなかが拳のように固く締まってしまい、いつもの感覚とずれてしまっていることが感じ取れるようだった。目は活動しているのだが、それが送りつける信号の解釈を頭が拒否している。そんな状態の頭が、なんの役に立つというのだ? 彼は、炎の先端を見るような無意味な色と飛び跳ねる模様の世界のなかを歩いていた。

耳の状態のいいことに、彼はわれながらびっくりしていた。大丈夫かと訊きつづけるショーナシイとテイサムの声は、はっきりとわかるのだ。

「むろん、大丈夫だよ！」語気鋭く、彼は答えた。「もし俺がだめになったら、いったい誰がこの捜査の指揮をとるというんだ？　本部長か？　冗談じゃない！　ベネデッティか？　奴は、もう興味も失くしているんだ！」

「その点については、定かではないのですよ、警視」とビューアルが言った。

「だったら、どこにいるというんだ？　俺たちがずっとここで待機しているというのに、どこへ行っちまったんだ？　何人目だと思う、もう六人目の犠牲者なんだぞ」

「七人目です」ショーナシイが訂正した。

フライシャーはしまったと思ったが、ほぞをかむようないらいらの数週間後とあって、日付がごっちゃになり、事件もそれといっしょにごちゃごちゃになってしまっているのだった。フライシャーは、むろん、HOG《ホッグ》を一週間以内に捕まえるという大ぼら以外、きのうの記者会見での教授の助け船などすっかり忘れていた。奴はそう言っておいて、家へ帰ってキャンヴァスになど向かっているんだ、と警視は思った。

メイン・ルームからひどく泣き叫ぶ声が聞こえてきた。マーカス老人だ——朝からずっとその調子なのだ。彼の美しいグロリア、素晴らしいグロリアは、もういない。マーカスの悲嘆の叫びは、フライシャーには電気目覚まし時計と同じだった。いらいらする。

「ショーナシイ」警視が言った。「行って黙らせてこい。さもないと、撃ち殺してやる」

ショーナシイは出て行った。

フライシャーは、ティサムの声を出しているぼんやりした影にかすんだ目を向けた。

「ビューアル、この事件のせいで俺が死んだら、おまえが死亡広告を書いてくれ、いいな？」

「そんなことは言わないでくださいよ、警視」記者は、ひどく居心地が悪そうだった。

「これが、俺の最後の事件だ」フライシャーはつづけた。「俺は、ここで死ぬんだ。今朝あの店にいたばかどもの報告書を読みながらな。それも、最後の一ページを読みながらだ」

「ただの過労ですよ、警視――死ぬほど疲れている、それだけですよ」

「死ぬほど疲れているだと？　俺はな、疲れて死ぬんだ」力が残っているからではなく、たんなる神経衝動からフライシャーは立ちあがり、あたりを歩きはじめた。

「そのうちにいい知らせが来て、元気が出ますよ」ビューアルが励ますように言った。

「あの手紙について、鑑識がなにかつかむかもしれませんし」

手紙。そう、殺人があってからほんの数時間後に、彼らは手紙を受け取っていた――郵便局が協力し、あちこちから集められた郵便物をひとつにまとめるまえに、最新の手紙を見つけ出していたのだった。今回の手紙は、ステイト通りとハリマン通りの角のポストに投函されている。公安ビルの正面にあるポストだ。泣きっ面に蜂のような侮辱だ。こう考えていると、またベネデッティが思い浮かんだ。

「それにしてもあのクソ教授め！　奴は手紙のことを気にもしないのか？　言うべきことはないのか？」

「彼は手紙のことは知らないんですよ」ビューアルが言った。「ジェントリイのところの電話はずっと話し中だったんですから」

「そうだ、おい！　そこに突っ立ってないでもう一度かけろ！」

ビューアルはぶつぶつとなにかをつぶやきながら、電話を探しにオフィスを出た。

フライシャーは目をこすりながら、オフィスの中央に立ち尽くした。しまった、と彼は思った。本当にあんなことをしてしまったのか？　本当にビューアルを部下よろしく命令にしたがわせたのか？　おまけに、機嫌までとられたんだ。おまえ、かなり調子が悪いぞ、ジョウ。

なにか建設的なことをするんだ。おまえは警視なんだぞ。捜査が仕事なんだ。もう一度手紙を読もう。現物は鑑識へまわっているが、コピーがあるじゃないか。早く読むんだ。

フライシャーにとって、これほどつらいことはかつて一度もなかった。が、頭にむち打って手紙を読みはじめた。形式としては、これまでの手紙と同じだ（血痕のついていた手紙は別だが）。

テイサムへ――

これは、連中がお面を売る広告代わりになるんじゃないか？　俺は、あの女が雪と寒さから逃げるのを手伝おうとタヒチ・デライトを使ったんだ。人助けが好きなもんでな。それじゃ、この次まで。

——HOG

俺が手伝ってやるよ、おまえを、この野郎、とフライシャーは思った。彼はもう一度読んで記憶に焼きつけようと思ったが、うまくゆかなかった。アルファベット・スープのように、文字が泳ぎまわっていたのだ。

やがてなにもかもが泳ぎまわりはじめ、フライシャーはがっくりひざをつき、両手を机にかけてバランスを取った。あんまりだ、と彼は思った。立ちあがろうとしたが、脚が伸びきらないうちに意識を失い、床へひっくり返ってしまった。

19

負傷者の数も、死者の数に迫りつつあった。足首を捻挫したジャネットは、戦闘力《オール・ド・コンバ》を失っていた。杖を使って歩く練習をしている。ＨＯＧ《ホッグ》事件とさまざまに絡んだ人間が四人、セント・エラスムス病院に入院している。バーバラ・エレガーとビザーロ、ジョイス・リード、そして四人目はフライシャーだ。なんという四人の組合せだろう、ロンは思った。

ロンと教授はフライシャーを見舞いに病院へ来たのだが、警視がたまりにたまった休暇を取り戻すかのように気を失ったままなので、やはり見舞いに来ていたビューアル・ティサムとショーナシイ部長刑事と話をすることになった。

「医者に話は聞いたのか？」ロンが訊いた。

「ああ」部長刑事が答えた。「大丈夫だが、とにかく過労がひどいらしい。まるまる三週間も、ＨＯＧ《ホッグ》事件ばかりか他のことも一手にやっていたんだからな」

「それはわかるが、きみとビューアルだってそうじゃないか」

ビューアルが顔をしかめた。「忘れないでくださいよ。フライシャーは、私より二十歳

「この事件が、彼に取り憑いているんです。ときには、あなたも取り憑かれるでしょう？」

「もちろんだよ」教授は答えた。「それに、今度はあの間抜け《チューコ》にも〝取り憑き〟そうだな。本部長のことだよ」

「ええ、彼がじきじきに指揮をとるんです」いかにも嫌そうな笑みを浮かべてショーナシイは言った。「私まで追い払ったんですよ。『ラファティ』——俺の名前さえ知らないんだから、間抜けめ——『ラファティ、二、三日休暇を取りたまえ。月曜日に出て来るといい。それまでには、私が事件を解決しておくよ』こうですからね。そして、私の尻を叩いて笑うんです」そしてショーナシイは、本部長に名誉毀損で訴えられそうなことを考えた。

教授がその空想を遮った。「きみのくやしさはわかるよ、部長刑事、しかしかえってその方がよかったと思うが。この週末、なにか予定はあるのかね？　ないのか？　それはけっこう。だったら、私の若い同僚といっしょに行ってみたらどうかな？」

「どこへですか？」

「テリイ・ウィルバーのいるところだよ。まちがいないと思っているんだが」

ビューアルが大きな声を出した。「知ってるんですか？」

教授は肩をすくめた。「私にはある推理があってね。ロナルドがそれを確かめてくれることになっている」

「どこにいるんですか?」記者は訊いた。「これは大ニュースだ。大勢の人が、ウィルバーがHOG《ホッグ》だと思っているのですからね」

「私の推理では、ウィルバーはアディロンダックの山小屋に閉じこもっている。レスリイ・ビッケルの父親が狩猟に使っているところだ」

今度はショーナシイが声をあげた。「どこにあるんですか、それは? 警官を集めて、奴を引きずり出してやる!」

「だめだ」ベネデッティは言った。「警察には介入してもらいたくない。(たぶん彼は銃をもっているだろうから)撃ち合いで殺したくはないし、自殺されたくもないのだよ。テリイ・ウィルバーの謎が解けなければ、この事件の謎も解けなくなってしまう。

たぶん、私は浅はかだったんだ」老人は黒い目を細めた。「きみには義務というものもあるだろうが、頼むからこの件に関しては私の願いを聞き入れてほしい。場所はロナルドが知っている。出発直前にロナルドが明かすだろう。これでいいかね?」

ショーナシイのそばかすだらけの顔に、にんまりした笑みが浮かんだ。「家で待つことにしましょう。でも、家内はこのやり方に文句を言うでしょうね」

「ディードゥルもですよ」ビューアルが言った。「私も行きます」

教授が彼に視線を向けた。「かなり危険なことになるかもしれませんよ、ミスタ・テイサム」

ビューアルは笑った。「冗談じゃありませんよ」その顔が真剣そのものになった。「いいですか、教授、私はこの事件にその発端からかかわっているんです——だからこそ、H《ホ》OG《ツグ》も私に手紙をよこして仲介役という妙な名誉をくれたんですよ。テリイ・ウィルバーが最後だとすれば、その最後に立ち会わなければ」

黒い目と青い目が、長いこと見つめ合っていた。やがて、老人が口を開いた。「なるほど、それならいっしょに行きなさい」


ディードゥルは、大きく目を見開いた。「それ、どこで手に入れたの？」息を詰まらせるように、彼女が訊いた。

ビューアルは、ワイアット・アープか誰かがもっているような銃を磨いている。「お爺さんの銃でね、米西戦争のとき、ケトル・ヒルの戦いで使ったものなんだ。家を出るときにもってきたんだよ」

「でも、つまり、なぜ磨いたりしているの？」

「汚れているからさ」

「でも私に言ったでしょう、教授は——」

「教授は、殺人犯のいる小屋のドアを自分でノックするわけじゃないし……それに、もし必要とあらば我が身を守れと言ったんだ。ショーナシイも、自分の銃をもって行くんだよ」

「あなたをそんな危険なところへ行かせるのは反対よ。私とリッキーはどうなるの?」

「なあ」ビューアルは穏やかに言った。「心配することはないよ。銃が必要になることなどあるまい。大丈夫さ」彼はディードゥルを抱いた。「そこにはいないということだってありうるんだ」ビューアルは安心させるように小さく笑ってみせたが、その目には不安感が浮かんでいた。彼女の頭をのけぞらせ、指の先でその顎を軽くはじいた。「荷物の準備を手伝ってくれ、いいね? あそこはかなり寒いはずだ」

「ずいぶん杖の使い方が上手《うま》くなったね」ロンが言った。

「少なくとも、歩きまわれるようにはなったわ」ジャネットは答えた。「荷物の準備を手伝いましょうか?」

「もう終わったよ。今夜はひまなんだ。教授は次の絵を描くことに夢中でね」

歩く練習を終えたジャネットが、椅子に腰をおろした。「今度はなにを描いているの?」

「まだわからない」

「嫌だわ」彼女は言った。なにかがまちがっている。荷物の準備の手伝いをうまくかわされたような気がした。まるで……ロンが戦争かなにかへ行ってしまうような感じだ。考えるのも嫌だった。人生で（やっと）彼にめぐり逢えたと思ったら、こんなことになって——が、彼女は無理やりそういう思いを断ち切った。

なにか思いついたように、ロンが指を鳴らした。「ワセリンはあるかい？」

ジャネットは考えた。「なぜ？」

ロンは上を向いて笑った。「ジャネット」首を振りながら言った。「大丈夫だよ、いいね？」眼鏡を外し、目をこすった。「ワセリンが要るんだ。うちにはないんだよ」

彼女は顔を赤らめて（これはいつまでも治らないのだろうか？）、ワセリンならあると答えた。どうしても行かなければならないのかと訊きたかったが、自分を抑えた。〝イエス〟という答えにきまっているのだから、そんなことを訊いたところでどうなるものでもない。そのかわり、「銃をもっていってほしいわ」と言った。

「役に立たないよ」ロンは答えた。「銃なんか一度も撃ったことがないんだ。人を撃つようなはめになんか、一度もなったことがないし」

ジャネットは、なんと言っていいかわからなかった。彼女は、私立探偵というものは、ちょうど看護師が体温計をもっているように、銃をもっているものだとばかり思っていたのだ。「それじゃ、気をつけてね！」ジャネットが鋭く言った。

「大丈夫だよ」またロンが笑った。

彼が朝、ファニーフェイスなどと冗談めかして言っていたが、今度は真剣に自分が言わなければならないときが来た、とジャネットは思った。しっかり彼の目を見つめ、「愛しているわ」と言うのだ――まだだめだわ。そうなったら、ロンもなにか言わなければならなくなる。彼の言いそうなことは山ほどある。「さよなら」か、「ええっ」か、「そいつはすてきだ」か、彼女が聞きたいと思っていることばか。彼女は、そうした可能性に賭けて一か八か口に出してみるだけの心の準備ができていなかった。まだよ。ふたりのような関係をなんと言うのかは知らないが、そういう関係がとても気に入っていたので、急展開させるようなことはしたくなかった。

ロンが時計を見た。

「明日は早いんでしょ?」

「五時に出る。長いドライヴだからね」

「何時に家へ帰るの?」

彼はもう一度時計を見た。「もうすぐ」

「そんなにすぐでもないでしょ?」彼女は訊いた。その顔にはかわいい、ものほしそうな、はにかんだ、少女のような笑みが浮かんでいる。ジャネットは、自分ではそれに気づいていなかった。彼女には手管というものがないのだ。

ロンは、その笑みには勝てなかった。「そう、そんなにすぐじゃないよ、ファニーフェイス」

日の出のなかを東へ向かいながら、ショーナシイの魔法びんからみんなでコーヒーを飲んだ。ロンは太陽に目を細め、ハンドルから手を離してサン・ヴァイザーを下ろした。度の入ったサングラスをもっているのだが、出るときにはそのことなど思いつきもしなかった――スパータ市民は、まぶしい思いをするほど太陽を見る機会が少ないのだ。

走りはじめたころ、三人は世間話をしていた。ショーナシイがその日の《クーラント》紙をもっていて、スパータのマイナー・リーグのホッケー・チームのこれからについてしゃべっていたが、その話もすぐに途切れて、あとは黙ったままだった。

ロンはシラキューズで高速道路から81号線に入り、ウォータータウンまで北上してそこでまた車を東へ向けた。太陽もフロント・ガラスのうえまで昇っていて、もうさほどまぶしくはない。

目的地である小さなモーテルまで十五マイルほどの地点で、ロンが口を開いた。「ビューアル？」

記者は窓から外の雪景色を眺めていた。なにもかも雪に覆われている。演出過剰のクリスマス・カードのようだ。

「ビューアル？」

彼が窓の外から視線を移した。「なんだ？」

「このあいだの晩、べつに悪意があったわけじゃないということを言っておきたかったんだ。あの話のせいでなにか迷惑がかかったとしたら、申し訳ないと思って」

ビューアルは紳士だった。「どういうことはないさ」彼は言った。「ディードゥルがどう思うか気になったくらいのものだ。謝る必要なんかないさ。この事件がきみにとってどういうものかはわかっているんだから」

「それを聞いて安心したよ」

彼らは、さらに数マイル進んだ。途中、動物が木々のあいだから車のまえに飛び出し、進路を突っ切った。

「なんだ、あれは？」びっくりしたショーナシイが訊いた。ロンもビューアルも、彼が眠っているのだと思っていた。

「わからないな」ロンが答えた。「あっという間だったから」

「俺もあんまり詳しくなかったら、ピューマだと思っていたかもしれないな」ビューアルが言った。

「それはまずありえないな」ロンは言った。「かつては北アメリカ中にピューマもいたんだが、この東部ではほとんど絶滅しているよ。とはいっても、このあたりの山のなかには、まだまだ自然が残っている。ワシや、クマや、オオカミだっているんだ。いろいろな肉食動物がな」

「ブタ《ホッグ》以外はな」ショーナシイがこう言い、みんなが笑った。

「あのな、マイク、それでちょっと思ったんだが」ロンは言った。「なあ、ビューアル、HOG《ホッグ》は今度の事件をきみに向けていると思ったことはないか？」

　ビューアルはびっくりした。「俺に？」

「手紙を受け取っているだろ」ショーナシイが指摘した。

「それに、最初の殺人の唯一の目撃者でもあるし」ロンが言い加えた。

「だが、最初の手紙を憶えているだろ？」ビューアルが筋の通ったことを言った。「奴は、俺が目撃者だったから最初の手紙を俺に送りつけてきたんだ」

「それはそうだが」ロンは言い返した。「あれは、奇跡的な犯行だった。逃げるのも奇跡的だった——陸橋にもどこにも足跡を残さなかったんだから。たぶん、きみが見ていることを期待していたんだ。それから、あのジャストロウだ。彼の過去のなかで、きみの存在は大きかった。それと、伯父さんのウィリイとG　O　A《ガーディアンズ・オヴ・アメリカ》、以前のH　O《ホリィ・オーダー・》G　S《ガーディアンズ・オヴ・ザ・サウス》もある。誰かがきみに関することをそろえたのかもしれない」

「いや、それは無理だ」ショーナシイは言った。「あんたは、HOG《ホッグ》があの日ビューアルがあそこを通ることを知っていたんじゃないかと言っているようだが、まあ、仮に知っていたとしよう。奴は、あの女の子たちがあそこを通ることは知っていた。だが、二台の車がほぼ同時に、つまりビューアルが事故を目撃できる程度にうしろから走って来ることまでわかるはずがない。そんなことができるのは、神様だけだ」

なるほど彼の言うとおりだ、ロンは思った。

ビューアルが言った。「ジャストロウについていえば、俺はスパータで二十五年記者をやっているんだ。新聞社にいるといろいろな人間に会うだろう？　スパータの人間を適当に七人選んでも、そのうちひとりは知っていると思う。伯父のウィリイに関しては、きみがこのあいだの晩しゃべったとおりだ。だが、その気になって調べれば、誰にだってHOG《ホッグ》との結びつきはあるさ」

ロンは、この有様を教授に見られていないでよかった、と思った。どれもこれも論破されてしまったのだ。たぶん、頭がゆるんでいるんだ、彼は思った。あるいは、ただおかしくなっただけか。事件に取り組んでいるときは女性を近づけないという教授のやり方は、たぶん正しいのだろう。が、そのことを深く考えているひまはなかった。看板が目に入ったのだ――マク・ドゥーガルズ・アディロンダック・イン。そのしたには、釣、狩猟、ガイド、ビール、食事とあり、いちばんしたにだらしのない字で〝スノウモビル〟と書かれている。

「さあ、着いた」ロンが言った。

ロンが傷だらけのベッドサイド・テーブルに置かれた古い真空管式のラジオをつけると、ややしばらくしてから鼻にかかったような声のアナウンサーが、ひどくなれなれしい口調でしゃべっているのが聞こえてきた。「……今日の北部の天気は晴れで涼しいでしょう。最高気温は華氏マイナス十五度」——涼しいだと、冗談じゃない、ロンは思った——「けれど、風が強く体感気温はマイナス五十五度くらいでしょう」

しばらく、ロンは快適なスパータに残ればよかったと思っていた。スパータではマイナス十度以下になることなどめったにない。が、つまらぬことを考えるな、と自分に言い聞かせた。するべきことがあるのだ。

まえの晩、ロンはビューアルとショーナシイが言ったとおりの装備をもったかどうか調べ、即席で寒さに備える服装のことを講義しておいた。

ふたりは、長いことスパータに住んでいるのだから、寒さに備える服装など講義されなくてもわかっていると言っていた。ロンは、スパータにいれば寒さから逃れられるようなビルがたくさんあるが、ここではそんなものはないし、ちゃんとしておかないと指の二、三本はあっという間に凍傷でなくすことになる、と言い聞かせたのだった。

ロンは、自分の講義のとおりに着込んだ。まず、ゆるいフィッシュネットのTシャツだ。そのうえからふつうのコットンのTシャツ。またフィッシュネット、そのうえにまたコットンのシャツ。着ぶくれはするが、重くはない。大半の人は重さと暖かさを同じものと考えているが、ロンは、寒さから守るのは織物ではなく、織物のあいだの空気だということを心得ていた。皮膚と外気のあいだに充分な空気を閉じ込めておけば、その空気が体温で温まり、寒さから守られるのだ。

ロンはさらに、上下に保温性の下着を着け、厚手の白いソックスをはいた。それからシャツとズボン、空軍が開発した極寒地用の防寒具。このジャケットの部分は、スノーケル・コートとして広く知られている。そのうえに羊毛のついた防水ブーツ。これでほぼできあがりだ。

彼は廊下へ出てふたりを調べに行った。必要なものはスパータで買うなり借りるなりしても、着方をまちがえるといけないと思ったのだ。

ふたりとも正しく着ていた。ロンは自分の部屋へ戻り、最後の仕上げをした。ジャネットのワセリンを顔、とくに鼻のまわりと唇によく塗り込んだ。目のところに楕円形の穴のあいた、黒のスキー・マスクをかぶる。眼鏡をマスクのうえからかけ、そのうえに濃い黄色のスキー・ゴーグルをする（眼鏡のうえからきちんとできるゴーグルを探すのは、たいへんだった）。羊毛のついた長手袋。これで万全だ。

ビューアルとショーナシイももう終わっているだろう。ただ自分とちがい、ふたりとも武器をもっているにちがいない、とロンは思った。ふたりともそれを使わないですむように願っていてくれ、たとえ使わなければならないとしても、早撃ちなどしないですむように。

マク・ドゥーガルは、快くスノウモビルを貸してくれた。パワフルな大型だ。（ロンにとってありがたいことに）三人が三人とも操作法を知っていた。二台のスキー＝ドゥーズも一台のジョン・ディアも、イグニッション・キーがついている。ロンはうれしかった。人里から何マイルも離れたところで、かからないエンジンのロープを何度も何度も引っぱることくらい心細いことはない。

「いいか？」ロンの問いに、ふたりともうなずいた。「よし、行こう」三人はかすかなガソリンの臭いを凍《い》てついた空気に残し、けたたましい音とともに出発した。

「あれだ」ビューアルが言った。そのことばが、息に含まれる水分で瞬時にウールのスキー・マスクに凍りついた。ロンに教えられたとおりに着ていた彼は充分暖かったが、それを見れば外気がどれほど冷たいかは一目瞭然だった。スノウモビルで走っているときの風は、彼に当たって左右に分かれるというよりは、慣性のために裂けるといった感じだった。

「ああ」ロンが答えた。「ビッケルの道順説明はおみごとだな」

当然のことながら、ロンはマク・ドゥーガルのガイドの申し出を断わったのだった。むろんビューアルもそれに同調したが、そのあたりで道に迷うことを多少心配していた。自然についてのロンの思いは正しかった。ここは神の国なのだ。

三人は驚くほど広く、（ここまでの道のりを思うと）驚くほど平坦な庭の端にいた。反対側には、屋根に積もった数フィートの雪の重みに耐える、がっしりした石造りの山小屋が建っている。建物のうえやそれの周囲の雪、庭の吹きだまりが、風の力で彫刻でも施されたかのように美しい。

「どう思う？」ビューアルが訊いた。

「外に足跡のようなものがあるぞ」ショーナシィが言った。

「だいぶ時間が経っている」ロンは悲観的な口調だ。「それに、煙突から煙も出ていないし。ここにいたとしても、もうどこかへ行ってしまったのかもしれない。暖かい思いをしていたんだろうな」

「煙が出ていないというのは、手がかりにはならないさ」ショーナシィが言った。「義理の兄貴がこういう山小屋をもっているんだが、ガス・ストーヴが置いてある。夏の終わりに満タンにしたガス・ボンベを家の裏手に置いておくんだ」

「なるほど」ロンはうなずいた。彼はスノウモビルのエンジンをかけ、建物の方へ向かった。

建物へこっそり近づこうとしてもむだなことくらいは、ビューアルにもわかっていた。スノウモビルの音は隠しようもないし、歩いて行くには雪が深すぎる。スノウモビルは、ボートが水上を滑るように、雪上を滑って行くように作られているのだ。スノウシューズがなければ雪にもぐってしまうようなところへ、それは人を連れて行ってくれる。

風は建物の方から吹いていて、それが風よけになっていた。そのせいで、山小屋の正面には雪が積もらず涙の形の模様ができている。そこでビューアルがスノウモビルをおりた。雪はふくらはぎまでしかない。

撃ち合いになった場合に備えて、三人が横に拡がって近づいた方がいい、とショーナシイが言った。ロンを中央に、左にショーナシイ、右にビューアルという形で近づいた。

ビューアルは恐ろしかった。自分でもそれがよくわかった。とんでもないところへ来たという思いがした。HOG《ホッグ》の影がスーパーハイウェイにはじまり、街なか、郊外の通りと移り、とうとうここまで来たかと思うとぞっとした。ここには道路もなく、あるのは雪のなかの不気味さだけだ。

ロンがドアへ行き、力いっぱい叩いて叫んだ。「ウィルバー！」

内部から恐怖におののくような、ためらいがちになにかをこするような音が、ビューアルには聞こえた。ジャケットのファスナーを途中まで下ろす。寒さなど感じなかった。

「ウィルバー！」

あのジェントリイは頭も切れるが、たいした勇気だ、ビューアルは思った。彼はベルトから祖父の銃を引き抜いた。手に握ったそれが震えている。目を閉じ、心の底から祈った。祈りが終わるころには、震えも止まっていた。

ロンがもう一度叫ぶ。返ってくるのはなにかをこするような音だけだ。なにをやっているんだろう？　ビューアルは自問した。「彼のあとから入るから、ついて来い、ビューアル」彼が言った。

鍵はかかっていない。ショーナシイが飛び込んだ。「動くな！」いつでも撃てるように銃をもったビューアルが、息を詰めてそれにつづいた。

ドアを入ると、銃口をさげたショーナシイが目に入った。部長刑事の顔に浮かんだ苦々しげな表情が、スキー・マスクとゴーグルを通してさえ見て取れる。

「なんてことだ」部長刑事が言った。

山小屋に入ったとき、ロンは暖かい温度変化を感じなかった。感じ取れる唯一のちがいは、風がないということだけだった。うしろ手にドアを閉めると、ショーナシイが撃とうとしなかった、こするような物音の正体が目に入った。

アライグマだった。部屋の隅で、三人の人間をいぶかしげに見つめている。

「あれでじゃれていたんだ」冷たい暖炉のまえの床にある寝具の山を指して、ショーナシイが言った。

ビューアルはけげんな顔をした。「冬眠中だと思っていたがな」

「それはそうなんだけれど」ロンが言った。「ときどき目を覚まして物を食べるんだ。クマと同じさ。たぶん、食べ物を探しにやって来たんだろう」ロンはアライグマに目を向けた。「怖がってるよ。逃がしてやろう」ドアを開けて、脇へどいた。アライグマはものすごい勢いで部屋を突っ切ると、外へ飛び出て行った。

ロンは、山小屋のなかにざっと目を走らせた。大きなワン・ルームだが、なかなかいい部屋だ。レンジと冷蔵庫（あのなかの方が暖かいだろう、彼は思った）、ベッドが三台、寝具がはぎ取られている。木をそのまま使った粗造りのテーブル、木製の椅子二脚、向こう側の壁際に、メタリック塗装の施された大きな四角い物。ガス・ヒーターだ。真新しいもののように見えるが、怒りをこめて蹴られでもしたかのような大きなへこみが周囲にある。そのまわりの床には、マッチの燃えかすがたくさん散らかっていた。

「ここにいるあいだに、少し調べてみよう」ショーナシイが言った。「あれをつけて暖まるというのはどうだ？」彼は答えも待たずにヒーターのところへ行った。

ロンは、失望感のことは考えないようにした。それより、自分たちの姿がどんなに奇妙かを考えるようにした。アライグマが怖がるのも無理はない。大声で笑うと、マスクに着いた氷の層がひとつふえた。

ショーナシイは手こずっていた。「いったいどうやってつけるんだ……あっ、なるほどね」ヒーターの操作スイッチなどを覆うパネルの内側に、操作法が書かれていたのだ。

「点火法」ショーナシイが読んだ。「〃一、マッチをつける。二、緑色のボタンを押してガスを出し、ガス調節ハンドルのロックを外す〃。よし、緑色のボタンてのはどれだ？ ああ、これか。横向きについてる」彼はそれを押した。「〃三、ガス調節ハンドルを右へいっぱいにまわす〃。なんだ、誰かがハンドルをへし折っちまってるぞ！」

が、操作できないほどではなかった。少々苦労はしたが、まわせる程度の折れ残りがあったのだ。「〃四、矢印のある穴へマッチを落とす〃。危いところで間に合った！ 手袋に燃え移るところだったぞ」こう言って、マッチを落とすと、ボッといって火がついた。

ヒーターは驚くほどよく効いた。室内温度を考えれば、ジャケットまでとはいかぬまでも、マスクと手袋を取れるようになるまではあっという間といってもよいほどだった。

「俺は、こいつを片づける」こう言うと、ビューアルはアライグマがじゃれていた毛布やシーツのところへかがみ込んだ。掛けぶとんの端を引きあげたとたん、彼は電気ショックでも受けたかのように叫び声をあげて飛びのいた。

ロンは戸棚を調べて、その山小屋が最近使われた形跡があると確信したところだった。

「どうした？」

「見ろ！」こう言って、記者が指をさした。ふたりは、指の示す方へ視線を向けた。寝具の端から靴がのぞき、男の足が見えた。

ショーナシイとロンが、ビューアルのところへ行った。苦労して死体から毛布を引き離した――凍死したうえに、凍《い》てついて固くなっていたのだ。寝具をどけると、体格のいい若者の死体が現われた。丸くなって静かに眠っているように見える。

「テリイ・ウィルバーだろ?」ロンが訊いた。

「確かにそうだ」ショーナシイが答えた。「クソッ、生きたまま連れて帰りたかったのに」

「みんなそう思っている」ビューアルが言った。

「なにが起こったかは、すぐに想像がつくな。奴はこれを引っぱってきて火のまえで横になった。ところが火が消えてしまって、眠ってるうちに凍死したんだ」

ロンは木製の椅子に坐っていた。強く頭を振った。「ちがう、事はそんなに単純じゃない。まず第一に、この山小屋には薪が一本も残っていない。第二に、この大きなテーブルに、椅子が二脚ということはあるまい。彼が椅子を壊して燃やしたのは明らかだ。

それから、三台のベッドからもってきた毛布と掛けぶとんにくるまって、火のまえで横になった。そうやって、寒さをしのいだんだ」

ビューアルがじれったげに口をはさんだ、「しかし――」

ロンはうなずいた。「そのとおり。問題は、ウィルバーがなぜそんなことをしたかだ――子どもにも扱えるこんなにいいガス・ヒーターがあるのに、なぜわざわざ暖炉に火を起こしたかだよ――ヒーターを使えば、母親に抱かれているように暖かいのに。

逆の言い方をすれば、テリイ・ウィルバーはなぜ凍え死ぬようなやり方を選んだか、ということだ」

20

ロッジへ戻ると、ディードゥルからの伝言が届いていた。マク・ドゥーガルが緊急だというので、ロンはビューアルに電話をさせた。ただし、山小屋でのことはしゃべらないようにという条件をつけた。そのことを最初に耳に入れるのは、ベネデッティでなければならない。

ビューアルの電話は短かった。三分かそこいらだろう。そのあいだに、うれしそうにそうかと言うのが三回聞こえ、笑いも耳に入り、「そいつは素晴らしい！」ということばもあった。これを耳にしていたロンは気分が悪くなった。

マク・ドゥーガルのアンティークの電話を囲む仕切りから出て来たときのビューアルは、十歳は若く見えた。ロンを抱き、うれしそうに背中を叩いた。

「やったぞ、ロニイ！」ビューアルは言った。「俺たちが出発した直後に、ディードゥルに知らせがあったらしいんだが、ここのことを知らなくて教授に訊いたんだそうだ」彼は笑った。「教授はきみからの電話を待っていたから、彼女と電話でしゃべるのをしぶったんだそうだ。電話をあけておきたいんだ！」ビューアルは、ショーナシイの背中も叩いた。

「たいしたものだとは思わないか？」

部長刑事は、ロン以上にはしゃぐような気分ではなさそうだった。「彼女に届いた知らせというのは、なんなんだ？」彼がそっけなく訊いた。

ビューアルは有頂天だった。「我がいとしの伯父ウィリイが、とうとう悪魔のところへ行ったんだよ。もう何年もそんな状態だったがな」

「そうか」ロンは言った。ふつうなら、人の死をそれほどよろこぶとは、とでも言うところだが、事情を知っているロンにはビューアルの気持ちがわかった。ヒトラーが死んだとき、悲しむ者はいなかった。ビューアルにとって、伯父のウィリイは彼のヒトラーだったのだ。

「とすると、彼には知られなかったんだな？　ディードゥルのことは？　遺言は残さなかったんだな？」

「そのとおり」ビューアルが微笑んだ。「俺は金持ちになったんだ、ロン。そのカネのおかげでいいことがたくさんできる」彼は手を叩き、窓際へ行って外の雪を見つめた。やがて、ロンとショーナシイのところへ戻って来た。「だが、俺がいちばんうれしいのはなんだかわかるか？　嘘をついたりしなくてすむようになるということだ。もう、こそこそしないですむんだ――」

「そんなにひどくはなかったんじゃないか、ビューアル?」ロンが訊いた。「どうやら、監視されていたようなこともなかったようだし」

ビューアルは、少々どきりとしたようだった。「ああ――むろん、むろんそうだとも」

こう言って、笑みを浮かべた。「ディードゥルの話だと、向こうの当局者たちが俺を捜しはじめているらしい。つまり――あれだよ――そう、そんなふうに思っている者などひとりもいないのに、自分の思い込みで必死に隠れている、そんなところかな」

「たぶん、そんなところだろうな」ロンは言った。彼の心に、テリイ・ウィルバーの鮮明なイメージがわいた。そして、隠れ家で彼の身に起きたことも。ビューアルに簡単におめでとうと言い、教授へ電話をした。


ロンは、二十フィート離れたところからビクスビイ・ビルディングの他のオフィスへ電話をするよりも、長距離電話の方がいつもよく聞こえるのはなぜだろう、と思った。そんなことを考えはじめたのも、教授が早口でわけのわからないイタリア語の呪文を唱えはじめていたからだ。その呪文は、テリイ・ウィルバーが死んだとロンが言ったとたんにはじまったのだった。こんなことは、はじめてのことだった。このモノローグは、ロンが状況説明をしたことからはじまっている。

ベネデッティが不意に黙り込んだ。ロンはびっくりした。

「マエストロ？」

「ここにいるよ、きみ《アミーコ》」その口調は、どこかへ行ってしまいたいとでもいうように寂しげで、穏やかだった。

教授が大きなため息をついた。あの橋のうえで愛人の夫から逃げたヴェネチア人のようだ、とロンは思った。探偵は恩師に訊いた。「さて、どうしましょうか、マエストロ？」

「もう一度聞かせてくれないか《ラ・ストーリア・ウナ・ヴォルタ・ピユ・ペル・ファヴォーレ》」彼は答えた。「ウィルバーが凍死したことは確かなんだな？」

「傷痕はありませんでしたから、マエストロ。病気や毒殺ということもないではありませんが、ウィルバーは若くて健康ですし、それにあんなところで誰がどうやって毒殺するのですか？　どこまであてになるかわかりませんが、死体をたくさん目にしてきたショーナシイも、凍死のようだと言っているんです」

老人はもう一度ため息をついた。「わかった《バスタ》、・もういい《バスタ》。部長刑事のことばを信じよう。ヒーターの外側にへこみがあって、ハンドルが折れてはいたが、ちゃんと使えた、そうだったな？」

ロンは電話に向かってうなずいたが、はっと気づいて答えた。「ええ、マエストロ。ハンドルは折れていましたが、ショーナシイは十五秒でつけましたよ」

「混乱が見えてくるよ、きみ《アミーコ》。気に入らないな。ニッコロウ・ベネデッティには、混乱以外のものはなにも見えてこないよ。悪魔のやつ、今日を祝日にするだろうな、ロナルド」

老人はあきらめかけている。ロンは、そういう彼を責められなかった。泣き出したい気分だった。

「燃料はたっぷりあったのか?」ベネデッティは絶望的だというような声で訊いた。

「九八パーセント入っていましたよ、マエストロ。山小屋を出るまえに調べたんです」教授が、一週間でHOG《ホッグ》を捕まえるなどということさえ言っていなければ、とロンは思った。それこそが教授にとっては最悪なことだった。誰でも、ときには失敗するものだ。取り返しのつかないほど不名誉なことではない。

しかし、ロンは、説明のしようのない恐怖としか言いようのない一連の事件の、最後の説明のしようのない恐怖を放り出すことはできなかった。「気休めになるかどうかわかりませんが、ショーナシイもビューアルもウィルバーが奴だと確信しています」

「HOG《ホッグ》か?」教授は訊いた。

「もちろんですよ! 他になにがあるというんですか?」

「根拠は?」

ロンは鼻を鳴らした。「推論ですよ、マエストロ。HOG《ホッグ》は明らかに頭がおかしいんです。パネルを開けて、点火法を読んで、マッチで火をつけさえすればヒーターがつくのに、消えてゆく暖炉のまえで横になって凍死するなんて、これ以上頭のおかしいことなどない

――」

いまになってもロンは、その瞬間電気ショックのようなものを受けたと言い張っている。ベネデッティ教授の脳の電流《インパルス》が、電話を通して届いたというのだ。ジャネットは、それはテレパシーだなどとまぜ返している――ロンの精神波長が老人のそれとぴったり合ったというのだ。教授は、そういうふたりにこう言って説明している――その瞬間、ロンは教授が意識的にしていたことを無意識的にしていた、つまり、事件の謎を解いていたのだ、と。

「帰って来い」教授が言った。

「なんですって?」ロンは仰天した。

「帰って来るんだ」教授がもう一度言った。「すぐに」

「ウィルバーのことを、警察にも知らせていないんですよ」

「警察なら、ショーナシイに任せておけばいい。私にはきみが必要なんだ」

「たぶん、ビューアルもぼくといっしょに帰りたがりますよ」

教授は、しばらくそのことを考えていた。「いっしょに連れて帰るんだ。ただし、帰りの車で、この電話の話の内容をしゃべるんじゃないぞ。待っているからな」

「すぐに出ます、マエストロ」

「よし《ヴァ・ベーネ》」老人は言った。「それと、きみ《アミーコ》」彼は自信たっぷりに言った。「悪魔の祝日は、別の日にしてもらおう」

ロンとビューアルが着いたとき、スパータの空は夜明けまえの光でわずかに明るくなっていた。ウォータータウンの南でトラックがスリップし、そこへ他の車が玉突き衝突したために、二時間ほど余分にかかってしまったのだ。

「どこでおりる？」ロンが訊いた。「新聞社か？」

ビューアルは目をこすった。「いや、いい。おまえが教授と話をしてから原稿を入れるよ。ウィルバーの死は、どのみち《クーラント》紙のスクープだ。詳しいことは、明日の俺のコラムに書いてもいいいんだ。その方が、新聞もたくさん売れるさ」

「だったら、どこがいい？」

「俺のアパートメントへ頼む。疲れきったよ、寝るしかない――ディードゥルへ電話をして、無事に帰ったことを伝えて、目が覚めるまでたっぷり眠るさ。起きたらコラムを書いて、それから弁護士を雇って資産を調べるとしよう」

「事件から手を引くのか？」

「とんでもない。最後まできちんとやるさ。だが、テリイ・ウィルバーの死で、俺たちはHOG《ホッグ》の死を見届けたんだ。そういう気がするね」

「だといいな」ロンは言った。ビューアルは、教授の突拍子もない考えを知らないし、彼がロンを呼び戻したのだということさえ知らないのだ。自分の好奇心を満たすまえに他人の好奇心を刺激したくなかったロンは、ショーナシイに、ビューアルが大事な用事で帰らなければならなくなったので、ふたりで運転を交替した方が安全だから自分も帰る、と説明したのだった。警察に説明するには、警官のショーナシイの方が適任だし、とも言った。

州警察と地元の警察が、自分が帰ってしまったことをどう思うかなどおかまいなく、ロンは、まくし立てれば抜け出せると踏んだのだ。ふたりは、ぶつぶつ言いながらも同意したショーナシイを置いてロッジを出た。

街へ入るまえに、ふたりは最初に女の子たちが死んだあの未完成の陸橋のしたを通った。ロンは、隣りに坐っている男が身を震わせるのを感じ取った。ビューアルもまったくいろいろたいへんだったな、とロンは思った。教授は自分の言っていることがわかっているのだろうか、事件はもうすぐ解決するなどと。だろうか、だって？　なんと信頼の薄いことを——教授は、いつだって自分の言っていることをわきまえているじゃないか。訊いてみればいい。

なにが見えていたのか？　HOG《ホッグ》とは誰なのか？　テリイ・ウィルバーはスパータから姿を消し、七人の死者が出てからアディロンダックへ逃亡した——教授が、そこを捜せと言ったその日にだ。ロンは、降服しようとする本能にむち打ってこうしたことを認めた。しかし、ウィルバーでないとすると、あの本はいったいなにを意味するのだろう？　彼の〝計画〟とはなんだったのだ？　それに、なぜあんなふうにして死んだのか？

わからないことは山ほどあった。自問するより、教授に訊いた方がいい。ビューアルを降ろして家へ帰るまで、ロンは無理やり別なことを考えようと努めた。

家へ入ると、教授とは思えぬため息が耳に入った。誰だろうと思う間もなく、首に両腕が絡まり、ほっとした心理学者のキスを受けていた。

「心配してたのよ」ジャネットが言った。

「なぜ?」ロンは訊いた。「べつにかまわないけれど。ここでなにをしているんだい? それもかまわないけどね。リヴィング・ルームへ行って、そのことを話し合おうか?」

彼女が笑みを向けた。「だめ。私はそうしたいんだけれど、だめなの。帰ったらすぐに二階の教授のところへ行くことになっているの。絵を描いているわ。私は、二、三時間まえに呼ばれたのよ——起こされちゃったわ。もうすぐあなたが帰って来るから、そうしたらHOG《ホッグ》事件の最後の詰めをすると言われてね。私も同席したいだろうからって」

「きみはチームのひとりだと言ったはずだよ。脚の方はどうだい?」

「悪くないわ。杖を使えば歩ける。あなたは? なにかあったんじゃないかと心配してたのよ。遅いんですもの」

「なにかあったけど、ぼくにじゃない」彼は81号線での事故のことを話した。「教授から向こうでのことは聞かされたかい?」

ジャネットはうなずいた。「テリイ・ウィルバーのことね。私——どうもよくわからないわ。ぜんぜん筋が通らないんですもの」

「この事件で筋が通ることがあるかい？」

「ないわ。肉体的にも心理的にも信じられないわ」寂しげな笑みを浮かべた。「恐ろしくない？」

「ああ。他にはどんなことを言っていた？」

「ウィルバーがHOG《ホッグ》だと言ったわ」

「彼がそう言ったのか？」ロンはびっくりした。理由はひとつならずある。第一に、彼は本気でそう信じてはいなかった。第二に、事件の結論をあっさり言ってしまうなど、およそベネデッティらしくない。遠回りしながらゆっくりと結論に向かってしゃべるのが好きなのだ。ロンは、教授の言ったとおりのことばをジャネットに訊いた。

「こう言ったわ、『テリイ・ウィルバーの死で事件は終わりへ来たんだよ。ウィルバーは、自分が殺人犯だということを知っているから逃げたんだ』とね」

まさか、とロンは思った。「教授に会ってこなくちゃ」彼はジャネットから腕を放し、階段を駆けあがった。

老人は、やっと地平線に頭を覗かせた太陽の弱々しい光で、イーゼルに向かって線を描いていた。顔をあげてロンに笑みを向けた老人が言った。「おはよう、きみ！《ブォンジョルノ・アミーコ》　ちょうどいいところへ帰って来た。ちょうど描き終えたところなのだよ」彼は絵を示した。

ロンはそれを見つめた。くすんだ半透明のパープル＝グレイを背景に、黒と白の球がぶつかっている。衝撃でへこみ、こわれて飛び散る様が詳細に描かれていた。割れ目からは赤い色が吹き出している。これも美術館入りするのだろう——なかなかいい作品だ。簡素だが、なぜか力強い。そして、かすかに不気味だ。

「なんですか、これは？」

ベネデッティの笑みが大きくなった。「なにかって？　むろん、殺人犯の心の内部だよ」

ここで、ジャネットが杖をついて階段をあがってきた。ロンの背後で彼女が言った。

「テリイ・ウィルバーの、ですか？」

教授が顔をしかめた。「とんでもない。HOG《ホッグ》のさ」

21

一秒刻みにジャネットの頭は混乱していった。「テリイ・ウィルバーの死で、この事件も終わりだ」「テリイ・ウィルバーは殺人犯だった」そしてこれと矛盾するように、「テリイ・ウィルバーはHOG《ホッグ》じゃなかったんだ」教授はうれしそうに言っていた。どう考えてもつじつまが合わない。

そして、そのことばを説明しようとはしなかった。教授は、謝るような口調で彼女に言った。「私の同僚は、まだ私の弟子だということを忘れないようにしてください。彼のためにも、自力で結論へ達するチャンスを与えてやらなければならないのですよ。いつもだと、彼に正しい方向だけ与えてやればいいんですが」

正しい方向というのは、明らかにセント・エラスムスの病院のことだった。ロンに、そこへ連れて行くように言ってあったのだ。彼はうしろの座席で葉巻をくゆらせていた。一度ジャネットが振り向くと、教授はウィンクを返した。ロンは、彼が道楽者だと言っていたけれど、あのウィンクはちょっとぎごちないわ、とジャネットは思った。ふざけているのでなければ。

ロンは、考え込んだまま顔をしかめて運転していた。その隣りに坐るジャネットは、妙に見捨てられたような気分だった。そこでやけ気味になり、なにかわけのわかることを考えようとした。朝のラッシュ・アワーがはじまる時間だというのに、スパータのダウンタウンの通りはなぜ人影もまばらなのかしら？　そうだ、日曜日なんだわ。彼女は、日付も曜日もわからなくなっていたのだった。二月八日、日曜日。教授によれば、HOG《ホッグ》事件の終わる日。いったい――

「売女《ホア》だ！」ロンが叫んだ。「そうだ！」

「なんですって？」びっくりしたジャネットが訊いた。

「いいぞ、きみ、最高だ《ブラヴィッシモ・アミーコ・ブラヴィッシモ》」教授が言った。「永遠には生きていられないという不愉快な事実を、受け入れやすくしてくれたな」

「でも、いったいなん――？」

「しーっ！」教授が言った。「私の若き友人は、いまその意味を考えているんだ――話のすきまを埋めようとしてね」

一瞬、言い返そうとした。ドクタ・ジャネット・ヒギンズを黙らせようとした者などひとりもいなかったのだ。彼女は片手を背もたれにかけて振り向き、老人にエチケットというものを教えてやろうと思った。が、彼のいかめしい顔、それにつづく小さな笑みを見せられ、彼女よりも大きな骨ばった手でその大きな手を軽く叩かれると、引き下がるほかなかった。

ロンが考え込んでいるのが、ジャネットにはよくわかった。その神経の集中からくる緊張が伝わってくる。病院の入口で呼びとめられ、教授が証明書を見せるようにと促さなければならないほどだった。

エレベーターでうえへあがっているとき、ロンが目を大きく見開いてつぶやいた。「そうか」

「わかったようだな、きみ《アミーコ》？」老人が訊いた。

「そうだったのか」ロンはもう一度言った。「なぜです、マエストロ？　裏になにがあったのですか？」

「さあな」

ロンが早口に言った。「だったら――だったらこれだって、他と同じで意味がないんじゃないですか！」

「今日中にわかるといいな」教授が言った。「とりあえず、やるべきことをやろうじゃないか、ええ？」

ジャネットは訊きたい心を抑えつけていたが、ふたりがなにを話しているのかわかるまでには何年もかかってしまいそうだった。エレベーターが止まると、きっと私、彼を本気で愛しているんだわ、とジャネットは元気なく思った。彼女は意気消沈してふたりのあとから廊下を歩き、ファン・ビザーロ、またの名を麻薬の法皇《ポープ・オヴ・ドープ》としても知られるジョージ・ルイース・バスケスの病室へ向かった。

「たぶん眠っていますよ」ドアのまえに立って警備している警官が言った。彼は、同時にふたりの主人には仕えられないという生きた見本のようなものだ、とロンは思った。三人を病室に入れれば病院側から嚙みつかれ、入れなければ警察の方から嚙みつかれる。警察への忠誠心が勝利を収めた。囚人の健康状態については全責任を負うという教授のことばに、警官が病室へ三人を入れたのだ。さいわい、病院関係者は誰も見ていなかった。

ロンが病室の蛍光灯をつけた。その光で、ベッドの男が眠そうに目を覚ました。ロンはやれやれと思った。その男に指一本触れたくなかったのだ。麻薬の法皇に目を向けたロンは、病院のベッドで動けない彼がどれほど他人に危害を加えているかを思い、ぞっとした。

バスケスが三人をちらりと見た。「なんの用だ？　何時なんだ？」

教授が手の甲を掻いた。「われわれに本当のことをしゃべる時間だよ。おまえのために、大勢の人生がめちゃめちゃになっているのだからな」

「やかましい」バスケスが言った。いまにもつばさえ吐きかねない勢いだった。

「おまえをやったのは誰だ、ビザーロ？」ロンが訊いた。

　ベッドからの答えはなかった。

「ウィルバーだろ？　だからおまえは彼がHOG《ホッグ》だと思い込ませようとしたんだ。だが、彼はHOG《ホッグ》じゃない、そうだな？」まだ答えはない。ジャネットがため息をついた。

「おまえら、頭がどうかしてるんだ」バスケスが口を開いた。「看護師を呼ぶぞ！」

　ロンはナースコールのブザーを取りあげ、ベッドに身を乗り出した。「あとだ。まず話をするんだよ」

「話さなかったらどうしようというんだ？」売人がせせら笑った。「脚でも折ろうというのか？」彼は、吊られている自分の両脚に視線を走らせた。

「おまえの臭いをかぐのさえ嫌なんだ、指を触れるなどとんでもない」ロンは言った。こういうことはロンの十八番《おはこ》だ。教授は、彼がバスケスにしゃべらせるだろうと信じていた。これは、本当のHOG《ホッグ》をむちで打つまえに縛っておかなければならないひものようなものだ（神も味方してくれるだろう、彼は思った）。

「しゃべらなければどうなるか、教えてやろう。まず最初に、おまえに対する訴えをぜんぶ取り下げさせるんだ」

「脅す気か？」バスケスが訊いた。

「まだ終わっていない。よく聞け。まずおまえに対する訴えを取り下げる。今日は日曜日か。そうすると、明日フランク・ポンパーノが逮捕される。火曜日はレオ・ハーツ。水曜日にはおまえの銀行口座をつくって二千五百ドル振り込む。それくらいの額が適当だろう」バスケスが汗をかきはじめ、目に狼狽の色が浮かんでいる。ロンはつづけた。「木曜日には、ロチェスターへ行ってマニイ・ギルを逮捕する――」

「おまえ、俺を殺す気か？　や、やめろ！」

「やめろ、だと？　金曜日に、おまえの口座にさらに六、七百ドル振り込む」

バスケスは震えていた。ロンは、大物の名前を挙げて、彼を〝一級〟のたれこみ屋に見せかけるぞと脅していたのだ。「奴らに殺《や》られちまう」彼は訴えた。

「あたりまえだ」ロンはつづけた。「おまえを金的に仕立てあげるんだからな、ビザーロ。おまえがめちゃめちゃにした人たちの人生を考えれば、かわいそうだがこんなことは取るに足らないことさ。土曜日の晩、ドアの外にいる警官の目になにかが入る。彼は看護師のところへそれを取ってもらいに行く。そのあいだ、警備の人間はいなくなるわけだ」

「ふん！」うんざりしたように教授が言った。「ふとんを汚してしまうまえに、やめておくんだ。知性のある大学出の男なんだろ。うじ虫《ヴェルメ》め。腰抜け《コダルド》が」老人は脅すようにベッドへ身を乗り出した。「さて、ジョージ・ルイース・バスケス、一月二十七日から二十八日にかけてなにがあったか、私が話すことにしよう。もしまちがっていたら、訂正してくれ。さもないと、この同僚を行かせておまえへの訴えを取り下げさせるからな。わかったか？」

バスケスがうなずいた。

「けっこう《ヴァ・ベーネ》」こう言って、教授はからだを伸ばした。「私の研究からわかったことだが、邪悪な者がすべて腰抜けというわけではないが、腰抜けはみんな邪悪なんだ。善人や正直な者は、男でも女でも、正直であるだけで英雄的なのだよ——こういった生活は」——教授はベッドを示した——「いまの世の中ではすぐに償われてしまう。

いや、話が脇へそれてしまった。レスリイ・ビッケルが死んだ夜だが」教授がもう一度バスケスに話しかけた。「レスリイ・ビッケルがアトラーのオフィスからカネを盗み、おまえからヘロインを買い、自分のアパートメントへ帰った。ここまではっきりしている。大急ぎでテリイ・ウィルバーがそこへ駆けつけたこと、彼女になにか叫んだこと、それから逃げ出してどこかへ姿を隠したこと、これもわかっている——きのうの午後見つかったがな」

バスケスが驚きの表情を見せた。

「そうとも」教授は言った。「見つかったのだよ。そして彼から、この事件を解くのに充分な話を聞いた——おまえがどういうふうにかかわっているかもな」

ロンは、老人のはったりが効くかどうか見ていた。それは、最高のはったりだった——真実なのだから。

「もっとも、重要な証人のハーバート・フランクによれば、ウィルバーはミス・ビッケルにひどく腹を立てていたそうだ——彼女に〝売女《ホア》〟と言っていたのだよ。つい最近まで気づかなかったんだが、叫んだことばというのは聞きちがえやすい。壁を通して聞くとなればなおさらだ。いちばん強い音節だけが耳に入ることになりやすいのだよ……」

リードの家で教授にピンときたのはこれだったんだ、とロンは思った。妻が自殺を図った直後にリードがそれを見つけ、ドクタ・ヒギンズを大声で呼んだが、彼らには〝たい〟としか聞こえなかったのだ。声を張りあげると、その分だけ発音が不明瞭になる。

「……それがわかってしまえば」教授は話をつづけていた、「なにがあったか考え直すのは容易なことだ。

レスリイ・ビッケルは手にけがをしていた。自分で血管に針を刺すことができなかった。他の血管に射つことにはためらいを感じた——皮下に射ってしまうミスをすれば、量が不充分になってしまう。

射たなければならないし、それには人の手が要る。彼女は、自分を愛しているテリイ・ウィルバーを呼んだ。思うに、ウィルバーはおまえが彼女をああいうふうにしたことを知らなかったのだよ、ミスタ・バスケス。

となると、ウィルバーが叫んでいたというハーバート・フランクが耳にしたことば以外のこともわかってくる。そのときの会話を再現してみせよう。『あなたの古い友達のせいで麻薬中毒になってしまったわ』とミス・ビッケルが言う。ミスタ・ウィルバーは仰天する。『このヘロインを射って。苦しくてしかたがないの』ウィルバーは苦悶と不信に駆られて彼女の名前を叫ぶが、彼女の苦しそうな様子を見かねて言われたとおりにする。

それがとんでもないしろものだなどということは、彼は知る由《よし》もない。彼にわかったことといえば、ぜんぶ射つまえに、レスリイが死んでしまったということだけだ。

彼は、おまえのせいだと思った。それで叫んだのだよ、おまえの名前をな、ミスタ・バスケス。彼は、おまえがプエルト・リコを出た直後からの知合いだ――おまえ自身、おまえの洗礼名をスペイン語の発音で呼ぶのは彼だけだと言っていたな。ハーバート・フランクは、〝ホア〟という音を誤解したんだ。彼が叫んでいたのは〝売女《ホア》〟じゃなくて、〝ジョージ〟のスペイン語読み〝ホア＝ヘイ〟だったんだ。この第二音節は消えやすい――息を吐く程度の強さしかないからな。

ウィルバーは殺人犯だ。彼はそれに気づいた。おまえのせいで、彼は自分の恋人を殺してしまったんだ。彼はバスルームの洗面台にヘロインを捨てて水を出しっ放しにし、おまえを捜しに出て見つけたというわけだ」

ジョージ・ルイース・バスケスの目が燃えていた。「奴はいかれてるんだ！」彼が猛烈な勢いで言った。「あんな奴は、もっとまえにぶち込んでおけばよかったんだ。あの教師、ティモンズのときみたいに俺に殴りかかってきやがって、誰も奴を引き離せなかったんだ。

俺を半殺しにしやがって、その報いを受けるのは当然だ」

「おまえは知っていた」ロンが言った。「ウィルバーがそうとは知らずに彼女を殺してしまったことを、おまえは知っていたんだ。それなのに、彼をＨＯＧ《ホッグ》に仕立てあげようとして俺たちにはなにも言わなかった」

「そうとも。警察が奴を見つけて撃ち殺してくれるのを待っていたんだよ、ジェントリイ。いずれおまえがそうなっても驚くなよ」

ロンがにんまりして見せた。「いつでもこいよ、ジョージ」

教授が言った。「なぜかはわからないが、ウィルバーはおまえを殺してしまったと思って罪を感じた――だから逃げたんだ。おまえのような人間を殺した者は勲章ものなのにな」老人がロンとジャネットの方を向いた。「さて、行くとしようか？　われわれの日曜日がすっかり汚されてしまった」

（心底そう感じてはいたが）気遅れしたようには見せまいとして、ジャネットはどうやってその結論に達したのかを、ていねいな口調で教授に訊いた。

教授は、彼女の顔を見ずに答えた。エレベーターの光に催眠術でもかけられているかのようだった。「テリイ・ウィルバーがＨＯＧ《ホッグ》のはずはないと確信してからは、簡単だったよ」

「私にわからないのは、そこなんですよ」ジャネットが言った。「彼がレスリイ・ビッケルを殺したのが事故だったにしても、彼がHOG《ホッグ》ではないということにはならないでしょ？　他の殺人をごまかすために、彼女のことまで手紙に書いたのかもしれないし。それに、あの本はどうなんですか？　それと彼の死に方も？」

　ロンに話しかけるとき、教授の黒い瞳が輝いた。「私たちは、ふたりとも間抜けていたな《シアーモ・トゥッテ・ドゥエ・イディオーティ》。あの童話が答えを叫んでいたのに、気がつかなかったんだ」

「叫びたいのは私です」ジャネットが大声を出した。ちょうど、エレベーターがロビーで止まってドアが開いたところだった。警備員が、教授とロンにいぶかしげな視線を送りながら、大丈夫ですかと彼女に訊いた。

「え、ええ、なんでもないの」ジャネットは答えた。ロビーを抜けて外へ出るまで、ロンと教授のまえを歩くジャネットを恥ずかしさが追いかけていた。

　ロンが、ドアの外で彼女に追いついた。「ぼくが説明するよ、ファニーフェイス」

「頼むわ」彼女は心からそう言った。

「いいかい、HOG《ホッグ》であるからには、ウィルバーは手紙を書かなければならない、そうだろ？」

「もちろんよ」

「ところが、テリイ・ウィルバーは字が読めないんだよ！　これは、火を見るより明らかなことなんだ」

教授がふたりに追いついた。「まさにそのとおり。学校の成績を調べたんだが——相当ひどい。だが、みんな（とくに、かわいいミセス・ツーッチオ）は、彼がカッコよくて明るい人間だと口をそろえて言っていますがね。

テリイ・ウィルバーは読書障害か、なんらかの学習障害にかかっていたんだ。これは、私よりあなたの領域だが、ドクタ、私の知っているかぎりでは、この障害は第一級の悲劇ですね」

ジャネットは、長い息を吐いた。「もちろんです。私が気づくべきでした——そのとおりです、教授、それは悲劇的です。なんらかの理由で、書かれたことばが理解できなくなってしまうのです。〝理解における盲点〟と呼ぶ学者もいました。この問題が注目されるようになったのは、ほんのここ数年のことなんです」

教授が苦々しげに口を開いた。「テリイ・ウィルバーにとってもっと悲劇的だったのは、なにができようとできまいと上の学年へあげてしまう〝進んだ〟時代に、学校《ブォン・イッディオ》へ通っていたということだった。子どもに恥ずかしい思いをさせないようにね。ひどい話だ。それよりも、なぜ理解できないかを見きわめるために留年させて、対策を講じるべきなのに。ばかげた話じゃないか？」

「理解とちょっとした手助けがあれば、読書障害はよくなってゆくんです」ジャネットが言った。「学会誌で読んだんですが、頭のいい子が多いそうですよ。記憶力もよく、IQも高い子が」

「ネルスン・ロックフェラーも読書障害だったと、どこかで読んだことがあるな」ロンが口をはさんだ。「それがどうだい、あそこまでやったんだ。もっとも、富と環境には恵まれていたけれど」

ベネデッティはうなずいた。「しかし、テリイ・ウィルバーには、そういう環境も理解ある教師もいなかったんだ。教科書に書かれていることを理解できずに、他の子より劣っていると気づきながら、学年をただあがっていったのだよ。彼がどれほど寂しい思いをしたかわかるかね？　年ごとに遅れをとってゆくんだよ。だんだん、自分がばかで鈍いことを強く意識するようになるんだ。

どうも、ミスタ・ティモンズというハイ・スクールの教師が、ばか呼ばわりして彼に殴られることで、彼の挫折感をうまくあおってやったように思えてならない。学校をやめて庭師として働くウィルバーは、なにごとかを成し遂げただろう？　生徒としてはみじめだったが、立派な庭師になったのだよ」

「それでレスリイ・ビッケルと出会ったのね」ジャネットが言った。彼女には理解できた。彼の思いを感じ取ることさえできた。庭師が金持ちの娘に恋をする。落ちこぼれが大学院生に恋をする。劣等感が甦ったことだろう。ウィルバーは、彼女に追いつかなければ、と思ったことだろう。

「ウィルバーがミセス・ツーッチオに話した〝計画〟というのは、むろんそのことだったのだよ」教授が言った。「そのために童話を買ったんだ。このひと冬で、なんとか読めるようになろうとしたんだ。恋に触発されて、意志の力で学ぼうとしたのだな。だが、それはそう容易なことではない」

ジャネットには、ウィルバーが感じたにちがいない苦悩を感じ取ることができた。子どものために書かれたばかばかしい物語やおとぎ噺《ばなし》を相手に字やことばを必死に写し、わかることばにアンダーラインを引く（〝いいえ、私はそれが好きじゃないの、サム。緑色の卵やハムは好きじゃないの〟）が、いっこうに読めるようにならない。文字は躍り、いろいろな形となって現われる。挫折。屈辱的な挫折。

「くやしさのあまりカッとなって本を傷つけたのね」ジャネットは言った。「あの教師を殴ったときのように。これは、充分に納得できることだわ」

三人は、ロンの車のところへ着いた。彼がドアのロックを外し、みんな乗り込んだ。

「それで、『シャーロットのおくりもの』のことも説明がつくよ」ロンが言った。「たぶん、ウィルバーが見てすぐにわかったことばは、自分の名前だけだったんだ。勉強に使う本を買っているときにそれが目にとまって、いわば気まぐれにそれを買ったんだ。ところが、いちばんやさしい本も読み通せなかったんだから、それが読めるはずもない」

ロンはエンジンをかけ、通りへ出た。「そうなれば、彼がなぜあんな死に方をしたのかも説明がつく」ロンが重々しい口調で言った。ジャネットには、ロンもテリイ・ウィルバーの悲劇を感じ取っていることがわかった。

「点火法が読めなかったから、ガス・ヒーターをつけることができなかったんだ」ロンは言った。「あの緑色のボタンがわからなかったんだよ。いらいらが爆発してヒーターを蹴とばし、無理やりハンドルをまわそうとして折ってしまったんだ。薪はたくさんあったんだろうけど、彼が山小屋へ着いてからの四日間は、北東部一帯をブリザードが襲った。薪を使い尽くしてしまったうえ、その雪で森へたき木を拾いに行くこともできなかった。しばらくは椅子を壊して燃やしていたが、それでも寒さと疲労には勝てなかったんだ」

三人は、しばらく黙りこくっていた。ジャネットは、その悲劇を考えた。これは、HO《ホッ》G《グ》事件とは関係ないわ。たとえHOG《ホッグ》がいなくても、レスリイ・ビッケルとテリイ・ウィルバーはやっぱり死んでいたんですもの。でも……

「でも、テリイ・ウィルバーがレスリイ・ビッケルを殺したんだとしたら……」彼女はロンと教授の方へからだをまわした。「手紙を出したのは誰？　あれは、本物のHOG《ホッグ》の手紙なのよ！」

「そうだよ」ロンが言った。「むろん、HOG《ホッグ》が書いたんだ」

「でも――」ジャネットは、細かいところまではわからなかったが、ある考えを把握しかけていた。「でも、手紙を書いたのがHOG《ホッグ》で……しかもHOGはレスリイ・ビッケルを殺していないとすると……」

教授がネコのような笑みを浮かべて言った。「これで三度目だが、ドクタ・ヒギンズ、たいしたもの《ブラヴィッシマ》だ。こういうことについて、あなたは隠れた才能をもっている。あなたがもっと若いときに出会えなかったのが残念ですよ。女性の助手を訓練するのもおもしろかっただろうに。

あなたには、的を射たことを訊くだけの才能がある。レスリイ・ビッケルを殺したのがHOG《ホッグ》でないとすれば……HOG《ホッグ》は誰を殺したのでしょうね？」

22

教授が自分の問いに答える間もなく（かといって、すぐに答えを聞かせてくれるとはジャネットも思ってはいなかったが）、ロンが不意に思いついて口を開いた。

「ねえ、マエストロ、この瞬間にもビューアル・テイサムはテリイ・ウィルバーについてまちがった内容のコラムを書いているかもしれませんよ」

「それはまずい、止めなければ」教授が言った。「私たちが……推理したことを話して聞かせるまえに、なにかしなければならないことはないかな？」

「なにも思いつきませんが」ロンは答えた。

「考えてみると、それがあるのだよ」老人が葉巻を取り出した。「フライシャー警視ももう退院していることだろう。彼にも同席するチャンスを与えてやるべきだと思うが」

ロンがにんまりした。「本部長などではなくて、ですね？」

「もちろんだとも《プレチザメンテ》」

「おはよう、警視、もうよくなっているといいんだが」教授が言った。

「俺なら大丈夫さ」フライシャーは、腹立たしげに言った。腹を立てられるほどよくなっていた。なによりも、事件から外されたことに腹を立てていた。が、日曜日の朝八時に目を覚まされ、教授に応対しなければならないことに腹を立てるだけの分は充分に残っている。それにしても、妻はどうしたんだ？

「元気そうだな」ベネデッティは愛想よく言った。「今日中には、もっともっと気分もよくなるさ」

「なぜ？」警視は訊いた。

「四分の三インチの金属とか、いろいろなことでね」こうして教授が説明をはじめた。説明を終えると、フライシャーは生涯病気知らずの男のように、着替えに階段を駆けあがっていった。

奴め、考えたな、と警視は思った。信じられない、奴が考えついたとは。これじゃ、十年の塹壕生活からだって抜け出さざるをえないじゃないか、しかしまだ。

「すぐ行くよ、教授」彼は大声で言った。

「もちろん今夜はお祝いだよ」ディードゥルに電話をしたビューアルが言った。「街いちばんのレストランへ連れていってやるよ。うん。一、二週間、ぼくらは街を離れることになるんだから。こっちでの用事を済ませてから向こうへ行って、戸籍をきちんとしてから仕事にかかるつもりなんだ」

ディードゥルのうれしさにあふれた声を聞くのが、彼にはたまらなくいい気持ちだった。かわいいしゃぼん玉のような声。「まあ、ビューアル、興奮しちゃうわ！」

「ぼくもだよ、ラヴ」

「でも、事件を途中で放り出すことになるんじゃないの？」

彼は短気など起こさなかった。「いつまでも待ってはいられないだろ？　迷宮入りになる事件だってあるんだ。それに、捜査のスタッフも最高だし。ぼくはそれほど重要じゃないんだよ――」

「そんなことないわ」

ビューアルは笑った。「まあね。でも、HOG《ホツグ》も今度は誰か他の人に手紙を出すさ」

「でも、どういうことになるか見届けたいわ」

「情報はちゃんと入ってくるさ」ビューアルはこう言ったが、ディードゥルは不服そうだった。そういう彼女を納得させるために、ビューアルは言い加えた。「きっと、教授がなにかをつかむよ」

ドアベルが鳴った。「誰かが来たみたいだ。出なくちゃ。六時三十分に会おう。それじゃ」

ドアを開けると、フライシャー、ベネデッティ、ロン、それにジャネットが立っていた。

「みなさん」ビューアルは言った。「さあ、どうぞ。教会にでも行った帰りですか？」

「教授がちょっとしたことを思いついたんだ」ロンが言った。「それで、記事を書くまえに知らせておきたいと言うものだから」

ビューアルがドアを大きく開けた。「ぜひ聞きたいな。事実を書くことが仕事なんだから。入らないのか、ロン？」ロンはうしろへさがっていたのだ。

「ああ。ジャネットとぼくは、ちょっと用事があるんでね」こう言って、ロンは彼女の腕を取って部屋から引っぱり出した。

「本気なのか、きみ《アミーコ》？」教授が訊いた。「きみもドクタ・ヒギンズもいる資格はあるのだよ」

「なんのためにですか、マエストロ？　やはり行きます」

教授は、笑みを浮かべながら首を振った。「まったくむずかしい男だな」

ビューアルには、なんのことかさっぱりわからなかった。彼は肩をすくめ、ドアを閉めた。

ジャネットは、自分を仲間外れにする陰謀があるのではないかなどと思いはじめていた。自分のいらだたしい気分をどう言おうかと思っているうちに、ロンが正面から彼女の両腕をつかんだ。

「ジャネット」彼は言った。「結婚しよう」

「えっ？　どうしたっていうの？」

「結婚したいんだ。どうしたはないだろう？」

彼女はそういうつもりで訊いたのではなかったが、そう言われてみれば――どうしたらいいのかしら？　顔の赤らむのが自分でもわかった。

「いいえ、つまり――なぜ入らなかったのか、と訊きたかったのよ」

「居心地が悪くなりそうなんでね。教授は、ぼくの知りたいことはぜんぶ説明してくれるだろうし」

「あなたには、ぜんぶわかっているものだと思っていたわ」

「わかってるさ」

「だったら、なぜあなたに説明する必要があるの？　わかっていることをビューアルに説明するのを聞いていて、なぜ居心地が悪くなったりするの？」

「ビューアルに事件のことを説明するわけじゃないんだよ」

「ちがうの？」

「ちがうんだ」

「だったらなにをしているのよ？」

「手数料の一部を取っているのさ」

「手数料ですって？」

「二時間のインタヴューだよ」ロンは言った。「殺人犯とのね」

「ビューアルが？」ありえないことだわ。「彼――彼にはアリバイがあるのよ。犯人像にも合わないわ」

「ああ」ロンが複雑な笑みを浮かべた。「ねえ、こういうのはどうだい、なぜということ以外、ぜんぶぼくが話してやるよ。それが嫌なら入るといい。話ははじまったばかりだろうから」

殺人犯が自分の犯行を指摘されたときにどういう反応を示すかを見るチャンスを放棄する心理学者など、ひとりもいまい。彼女には、科学のためという、入って行く大義がある。（いかに短い期間とはいえ）その男と付合いがあったということが、別の思いをかき立てた。

「どこかへ消えなさい、ドクタ・ヒギンズ」彼女が荒々しく言った。

「なんだって？」

「べつに。なんでもないの。どこかへ行きましょ。そこで話して」

ふたりは、ビクスビイ・ビルディングのロンのオフィスへ行った。数時間して、ベネデッティがそこへ現われた。老人は、なぜふたりがそこにいるのがわかったのか、説明はしなかった。それに（ロンはびっくりしたのだが）、ロンが払わなければならないタクシーの運転手も連れては来なかった。

「きみは、もっともっと勉強する必要があるな」ロンに笑みを向け、首を振りながら教授は言った。「勝利の瞬間に、事件への興味を失ってしまうのだから。たいしたものだよ」

ロンは肩をすくめた。「そのことについては、答えは出ていますよ」

ジャネットは待ちきれなかった。「彼はしゃべったんですか？　なぜあんなことをしたんですか、教授？」

「自分では充分だと思うだけの理由があったのだよ」

「でも、あまりにも恐ろしすぎるわ」ジャネットは言った。「もし彼があの人たちぜんぶを殺したのなら、恐ろしいどころじゃないでしょ？」

「なかなか……考えさせられる話だった」こう言うと、教授はコートのポケットからふたつ折りの紙を取り出した。「ほら」教授がそれをロンに渡した。「ここに答えが書かれているよ。だが、私には倫理上のむずかしい問題を突きつけられたような気がするがね」

ロンはそれがなにかも訊かず、そのタイプ用紙大の新聞印刷用紙を拡げ、肩越しに覗くジャネットを背に読みはじめた。

二月九日分

ヒューマン・アングル
　　ビューアル・ティサム
（スパータ）
このコラムはジョウゼフ・フライシャー警視の油断のない目と、ニッコロウ・ベネデッティ教授のすべてを見抜いてしまう目に見守られて書いています。ふたりは〝殺人犯〟について最後の記事を書くことを許してくれました――むろん、街を恐怖のどん底に突き落としたＨＯＧについてです。

「どこで手に入れたんですか？」ロンが鋭い口調で訊いた。

老人は軽く笑ってみせた。「警視のポケットから落ちたんだが、床に落ちるまえにたまたま私がつかんだのだよ」

「つまりは、盗んだのですか？」ジャネットは仰天した。

「ニッコロウ・ベネデッティは、物を盗んだりはしない」老人は傲慢に言った。「倫理上の問題を解くまで借りるだけだ」

ロンは、その倫理上の問題とはなにか、と訊いた。

「それについては、きみが読み終えてから話し合うとしよう」

ロンが先を読み進んだ。

真実を言えば、HOGというのはでっちあげなのです。HOGなどはいませんでした。私がHOGだったのです。

キャロル・サリンスキイ、ベス・リン、スタンリイ・ワトスン、それにデイヴィ・リードは、ただ神の手によって亡くなったのです。それぞれの死は、まったくの事故によるものでした。レスリイ・ビッケルとグロリア・マーカスは、人間のもつ邪悪さの結果として亡くなりました。私は手紙を送っただけなのです。(最初の事故のときには)殺人に見せかけるために証拠に手を加えましたが……

「私にはわからないわ」ジャネットが口をはさんだ。「失くなった金属の切り口は——」

「本当は、二カ所を切ったんだ」教授が言った。「あれは、むろん、事件ぜんたいの鍵だった。ビューアルは、最近の事故について調べるつもりでいた。そして、そのなかから殺人といってもおかしくないようなものを選んで、自分宛に手紙を送るつもりでいたんだ。ところがある日、不幸な女の子たちのあとを走っていると、奇跡ともいえる千載一遇のチャンスにめぐり逢った。

あの事故を殺人だと言えるばかりでなく、殺人だということを証明することもできる事故だったのだからね。しかも都合のいいことに、彼が疑われる余地などまったくなかった」

「そのとおりだ」ロンが言った。「車を停めて、できるだけの救助をしたんだ。ただ、ひとりはかならず死ぬようにね――」

「もし死ななかったら？」ジャネットが訊いた。

「そのチャンスを見送っていただろうね」教授が答えた。

ロンが証明をつづけた。「できるかぎりのことをしたうえで、ボルト・カッターを出してきて、自然に折れた金具の折れ口を切り落としたんだ。奇跡的なインスタント殺人というわけさ」

「他の事故のようにな」老人は言った。「他のぜんぶのようにな」

ロンは首を振った。どれもこれも、あまりにも単純だったのだ。彼らは考えすぎていた。あまりにも深く考えすぎていたのだった。階段のうえで、HOG《ホッグ》はどうやってワトスンの背後にまわり込んだのか？　氷をもって、どうやってデイヴィ・リードとガレージのあいだに入り込んだのか？　答えは、むろん、そんなことはしなかった、ということなのだ。

「まったく大失敗だった」ロンが言った。「事あるごとに、誰かが〝事故でないということはぜったいに証明できない〟と言っていたのに。本当は、ぜんぶ事故だったんだ！」

とにかく、多かれ少なかれは、とロンは思った。教授が、手紙以外のところからそれを証明して、レスリイ・ビッケルの死がHOG《ホッグ》とはなんの関係もないことがわかると、あらゆる死が疑わしくなってきた。そうなると、ひとりの死だけは事故でないことが容易に見て取れるようになる。ジャストロウの死だ。それに、最初の車の一件が事故だとすれば、それを殺人に見せかけることのできる者はビューアル以外にはいない。現場にいたのは彼ひとりきりなのだから。簡単なことだ。そうして、自分を捜す捜査に自ら加わる。

……というのも、ジェフリイ・ジャストロウ殺しを隠すための煙幕として、多くの恐ろしい〝殺人〟が必要だったのです。

ジェフリイ・ジャストロウは、死に値する男でした。彼を殺したことについては、少しも疚《やま》しい気持ちはありません。私にはしなければならない重要な、ひじょうに重要なことがあります。罪もない人々からカネを脅し取っていたジャストロウは、私の重要な仕事や、人生に意味を与えてくれる女性をあきらめなければならないような立場に私を追い込もうとしたのです……

「それ、どういうことなの？」ジャネットが知りたがった。

「そうだな」教授が答えた。「間接的に、ビューアルは自分で自分のディレンマをつくってしまったのだよ」彼はロンの机からレター・オープナーを取り、それをいじりはじめた。

「このカウンティを追い出されてから、ジャストロウはあちこちを転々とした。ところが、たまたまイリノイ州で刑務所に入ることになってしまった。そこで、彼はある男に会った。その男が、アメリカの守護者のイリノイ支部のメンバーだったんだ。託児所への放火で、刑務所に入っていたのだよ。たいしたものだろ？

とにかく、何カ月もするうちに、その男がジャストロウに組織について話をしたんだ。男は、その組織を相当誇りに思っていた。組織の有名な創設者を賞賛して、ジャストロウにその家庭の事情まで話してしまった。

守護者は、その手の話になると事欠かないからな。そこで、たまたま行方がわからなくなった甥の話が出た。それで、母親の姓を名のっているテイサムが結びついたというわけだ。

ジャストロウがテイサムの名前にどれほど敏感になっていたかは、容易に想像がつくだろう？　それでジャストロウは、釈放されたらビューアルとその組織の創設者との関係を暴こうと考えた――最初は、ビューアルの人道主義者のイメージに傷をつけるつもりでいたんだ。

しかし、目前に迫ったビューアルの相続問題を嗅ぎつけるのに、ひまはかからなかった。ジャストロウ以下の情報で調べたきみが、ほんの二、三日で突きとめたくらいだからな、アミーコ」

「ぼくの知合いがですがね。ええ、そのとおりですよ」

老人がにっこりした。「きみの友人が調べたということは、きみが調べたということさ、アミーコ。自分の手柄にしても、恥ずべきことではないよ。友人が失敗していれば、責任はきみにかかってくるのだからね」

ベネデッティが手を掻いた。「先をつづけよう。ビューアルの置かれている立場を知ったジャストロウは、ただ復讐するだけでなく、自分のふところをいっぱいにしようと考えた」

「そして、ディードゥルのことを嗅ぎつけたわけだ」ロンが言った。

「そのとおり。ミセス・チェスターが原動力になった。ビューアルは彼女を愛しているし……」

ジャネットが首を振った。

「なんだね、ドクタ？」ベネデッティは訊いた。

「えっ？　いえ、なんでもないんです、教授。どうぞお話を進めてください」彼女は唇を嚙んだ。ジャネットは、ビューアルがディードゥルのなかに見つける素晴らしいものとはなんだろうと考えていたのだが、それ以上は考えないことにした。誰にわかるものか。そうやって考えてゆけば、ロンがジャネットのなかに見つけたものへと考えは進んでゆく。そのときにジャネットは、それがなにかについては興味を感じていなかった。なにかを見つけた、このことだけで充分だったのだ。

「言ったように、ビューアルは彼女を愛していた」老人が話をつづけた。「だが、だからといって伯父の遺産や、それを使っての復讐という長年の夢を捨てることはできなかった。それで、一カ月くらいまえにジャストロウがひそかにビューアルに会って最後通牒を突きつけたとき、ビューアルは殺すことを決心したんだ」

「最後通牒って、なんですか？」ジャネットが訊いた。

「それがじつに巧妙なものでな」教授が答えた。「ジャストロウは、よほど長いこと計画を練っていたにちがいない。ビューアルに、自筆の文書を書かせようとしていたんだ。その内容は、保安官の助手をしていたころにジャストロウがしたことはビューアルのでっちあげだということ、彼の生活と〝名誉〟を悪意をもってめちゃめちゃにしたということ、その償いとして以後十年間あらゆる収入の二五パーセントをジャストロウに支払うこと、こういう内容の文書だよ」

「それはひどい」ロンが言った。

「まったくだ。むろん、その十年のあいだにはW・K・チャンドラーはかならず死ぬ（現実には十週間とかからなかったんだ）、そうすれば、ビューアルは千百万ドル以上の遺産を相続するんだ。だから、それを受け入れなければ、W・K・チャンドラーにビューアルが結婚しようとしている女性の過去をしゃべるぞ、と脅したのだよ」

「愚かだったな」ロンが冷たく言った。「なぜ生命保険代わりに、すべてを書いた文書を隠しておいて、自分になにかあればそれが公表されると言わなかったんだろう？」

教授が肩をすくめた。「ジャストロウは、それを思いつかなかっただけさ。ビューアルもだな。ジャストロウがそうしておけば、こんなことにはならなかったかもしれない」

ロンは先を読み進んだ。

ただジャストロウを殺したのでは、警察が彼のことを調べあげ、私を脅していた秘密を探り当てるだろうことは充分承知していました。そうなれば、すぐに私に嫌疑がかかってしまいます。

そこで、事故死か自殺に見せかけることを考えました。けれど、私の両親は事故で死んでいますし、私も長年記者をしてきました。ですから、そういうできごとがあるとどれほど徹底的な捜査が行なわれるかはわかっています。警察の目をごまかすことができるとは思えませんでした。そこで考えたのが、ジャストロウの死を連続殺人事件のなかに組み込んでしまうということでした。そうすれば、私のことも捜査上に浮かぶ多くの無関係な事実のなかにまぎれてしまいます。むろん、スパータ警察との長年の付合いや、私を事件に巻き込んだのが〝殺人犯〟だという事実も、疑惑の目を私からそらせ、捜査に加わる口実を与えてくれるだろうと思いました。

しかし、連続殺人など、とてもできることではありませんでした。ジャストロウは邪悪な人間ですが、私はちがいます。彼を殺すということは、私がしなければならないことをする、とっくに誰かがしていなければならなかったことをするということです。しかし、ただ自分の身を守るだけのために、なんのかかわりもない人を傷つけるなどということは、とてもできることではありません。私はそんな人間ではないのですから……

「かかわりのない人を傷つけるなどということはしないだって？」できるかぎりの皮肉をこめて、ロンが苦々しく言った。「そんな人間じゃないって？　ジョイス・リードはどういうことになるんだ？　グロリア・マーカスは？　みんなＨＯＧ《ホッグ》事件から派生した死なんだ！　奥さんに撃たれた男性も、義理の兄弟に殺された養豚場主も！」

「彼は病気なのよ、ロン」ジャネットが穏やかに言った。

「病気になりそうなのは、このぼくだ」ロンは言った。「つづきを読んでみよう」

警察や市民の心にＨＯＧのことを植えつけるのは、きわめて容易なことでした。なぜかみんなの想像力をかき立てたのです……

「たしかに、ぼくもやられたよ」首を振りながら、ロンが言った。「フットボールとか、ポーランド＝チャイナとか、豚の腸とかいった、くだらないことを本気で調べたんだからね。別の弟子を探した方がいいですよ、マエストロ。ビューアルにヴァイオリンのようにもてあそばれてしまったんですから」

「そう悲観することはないさ、きみ《アミーコ》。なかなかおもしろいじゃないか――」彼はロンとジャネットに意味ありげな視線を向けた。「われわれ三人だけにおもしろいということだよ、わかるかな――私は金具の失われた一片のことに気づいたとたんに、最初のできごとの真実を見抜いたんだ。それというのも、レスリイ・ビッケルの死のおかげだ――完全に、事故じゃなかったからな。ビューアルがぜんぶ殺したなどということはありえない、それがわかったのだよ。だからこそ、ミス・ビッケルの死がビューアルの犯行を暴いたんだ」

「そのときに言っていれば、ビューアルもあきらめていたかもしれませんよ。少なくとも、あれ以上手紙など書かなかったでしょう」ジャネットが言った。

教授は肩をすくめた。「その点については、たしかに私にも罪はありますな、ドクタ。われわれは誰しも盲点をもっているのですよ。個人的な学習障害をね。私の場合は、ニッコロウ・ベネデッティは自分で思っている以上にまちがいを犯しているんじゃないかと自分を疑ってしまうことでね。自分は全能ではないんだ、という意識に縛られているのですよ」

たいていならば、そういう言い方にはひとこと言ってやりたくなるロンだが、そのときばかりは別なことに気持ちが向いているのだった。

いったんＨＯＧの存在が確かになってしまうと、私はフライシャー警視といっしょにいるだけでよかったのです。こうすることで、手紙をいかにもそれらしく書くための現場の詳細な状況がわかりましたし、〝殺人事件〟のアリバイもできたわけです。私が事件とは無関係だということが周囲の人々に明白になってからは、捜査に加わる時間を減らしても安全でした。ジャストロウのことに時間を使ったのです。この読みは当たりました――もっとも、ジャストロウの死を自殺に見せかけましたが、警察はすぐに他殺だということを見抜きました。

〝被害者〟個人個人のことから注意をそらすために、できるだけＨＯＧを恐ろしい存在に仕立てあげなければなりませんでした。それには、手紙を書くだけで充分でした。最後の手紙は家で書き、警察本部のフライシャー警視に会いに行く途中で投函したのです。

素晴らしい計画でした。関係のない人々を傷つけることもなく……

ここで、ロンはまた首を振った。

……しかもなすべきことができるのですから。唯一の失敗は、同じ晩にレスリイ・ビッケルとデイヴィ・リードを〝殺した〟と宣言したとき、HOGを少しばかり恐ろしく仕立てあげすぎたことでした。ビッケルはふつうの薬の射ち過ぎで死んだという警視の判断を、容易に受け入れすぎました。そこには複雑な事情があり（この点については、この《クーラント》紙の別の面に記事が載っていると思います）、それをきっかけにベネデッティ教授が真実を見抜いたのです。

「人の無実を証明して殺人犯の仮面を剥ぎ取ったのなど、これがはじめてだ」教授が言った。

友人及び長いあいだの愛読者には、これで真相がわかったことと思います。自分のしたことについてすまないとは思っていませんが、私のせいで迷惑をこうむった方々には深くお詫びします。しかし、（結局は幻想でしたが）この数週間に起きたことによって、本当の悪魔に苦しめられている数知れぬ人々が救われることを知っていただければ、いくらか気持ちも楽になるのではないでしょうか。

「奴は狂っている！」ロンが言った。

「少しも意外なことではないよ、きみ《アミーコ》」教授は言った。

ジャネットが、専門家ドクタ・ヒギンズとして、こう理論づけた。「彼は、伯父を殺したかったのです。以前から、ずっと伯父を殺したかったのです。伯父が象徴しているすべてのものを一掃したいという思いはつのる一方でしたが、そのためには、老人は自然死でなければなりませんでした」彼女は、ノートを読んでいるような恰好で歩きはじめた。「しかし、ジャストロウが現われると」彼女は話をつづけた。「彼が完璧な代役になったのです。権力の悪用……ええ、それと、ビューアルの愛する者に対する直接的な脅迫！最初が両親、次がディードゥルです。

私は、ビューアルが善いことをしようという心からの願望をもってはいなかった、などと言っているのではありません――」

「そういう願望から派生した悪で、これ以上のものを見たことはないね」老人が言った。

「あなたの絵ですが」ロンが口を開いた。「善と悪が衝突して、血が流れていましたが……」

「むろん、彼は善いことをしたかったのです」じれったそうに、ドクタ・ヒギンズが言った。「そのことは、HOG《ホッグ》自身が最後の手紙で言っています。ビューアルがジャストロウを殺さなければならないと思った深層心理での理由は（このことは、その記事のなかで彼も言っています。殺さなければならないとね)、彼を殺せば、伯父のウィリイを殺したと感じることができるからです。あるいはそれ以上に――」

彼女は、それ以上になんなのかを言うチャンスを失ってしまった。オフィスのドアにノックがあったのだ。ロンがドアを開けた。ディードゥル・チェスターだった。

ディードゥルは泣きとおしていた。むろん、ジャネットは気の毒に思ったが、ディードゥルの赤い鼻、赤く泣きはらした目が魅力的なのを見て、いささか嫉妬を感じずにはいられなかった。

「あなたに伝言があるんです、教授」ディードゥルが言った。

「ビューアルから?」

「ええ。私――彼に会わせてもらえないんです。でも、弁護士に、彼はあなたを恨んだりしていないと伝えるように言われまして」

「それを聞いてうれしいですよ」ベネデッティは言った。

「ええ」と、ディードゥル。

ジャネットが口を開いた。「もし私にできることがあれば……二、三日誰かといっしょにいたいなら……」ディードゥルがどんなにきれいでもこればかりはどうにもならないだろう。つまらない対抗心だ。

「いいえ、ありがとう」ディードゥルがバランスを失い、少しよろめいた。教授が彼女を椅子に坐らせた。「信じられないわ。本当に信じられない」

老人が悲しげに肩をすくめてみせた。

ディードゥルが彼を見あげた。「ビューアルは、遺産を相続できるんでしょうか？」

「もしできなかったら？」ロンが訊いた。

ディードゥルが厳しい表情になった。「私にはどうでもいいことです！　なにがどうなろうと、ビューアルのそばにいます！　でも、ビューアルにとっては重大なことなんです。彼は、伯父さんを殺したわけではないでしょ？　相続できない理由なんかないわ。しなければならないことをしないまま刑務所に入れられたりしたら、彼、死んでしまうわ」

教授が、これまでになく得体の知れぬ笑みを浮かべた。「刑務所に入らなくてもすむ方法があるかもしれませんよ」

ディードゥルが息を詰めた。「教えて！」

「ただ、言っておきますが、条件は少々きついですよ」

ジャネットには、ディードゥルの期待が音をたてて崩れるのが聞こえるようだった。

「自殺でもしろと言うんですか？」彼女は軽蔑するように言った。「そんなことをして、誰がよろこぶというんですか？」

「誰もよろこばないだろうね」教授は答えた。「私が言ってるのはそんなことじゃないんだ」彼が新聞印刷用紙を取った。「この原稿は、心神喪失を訴える資料になるかもしれない。私はアッヴォカート、つまり弁護士ではないが、それで無罪にできることくらいはわかる。ところが、この州には〝責任軽減〟というのがある（ばかげてはいるが法は法なんだ）。これが適用されると、罰は軽くなるが、精神集中治療を受けさせられることになるんだ。

　しかし、そうなると、伯父からの遺産相続はできなくなってしまう。心神喪失者は、相続できないのだよ。興味深いディレンマだろう？」

　ディードゥルは、二回大きく呼吸した。「それを読ませてください」彼女は一度読み、もう一度読んでから口を開いた。「でも、これは《クーラント》紙への原稿ですよ。私の方へは渡さないつもりですか？」

　教授は首を振った。「それはできない《ノネ・ポッシービレ》。もしこれが公になったら、この事件に関する公平な陪審員選びが不可能になってしまう。それがなくたって大騒ぎなんだから。

　これは、私の研究にとっても、貴重な機会なんだ。いずれ、ビューアルとの面会も認められるでしょうから、このことを彼に伝えてください。もしこれを彼の弁護士に渡せば、きっと刑を減らせると思います。ただ、相続権は喪失します。もっとも、彼は求めていたあなたとの幸せな生涯をすでに失ってはいますが」

　ディードゥルは顔に手を当て、しくしくと泣きはじめた。

教授は、そういう彼女を無視した。「しかし、これも伝えておいてください。警察に自白は不要です。フライシャー警視は、手紙を書くのに使ったペンを押さえていますし、さらにあなたと、息子さんと、ビューアルの写真を押収しています。ジャストロウは偽の広告を出して、あなたにあの写真を送らせたのですよ。ビューアルは、彼を殺した晩にそれを取り返しています。その写真は、伯父をネタにビューアルを脅した証拠になりますし——ニューヨーク州法に抵触した証拠にもなります。ジャストロウの指紋がついていますからね。

あとのこともわかるでしょう。ビューアルも覚悟はできていると思います。警察は、探している証拠がどういうものか心得ていますから、かならず見つけると思いますよ。たとえばボルト・カッターですが、彼はもっていましたか？　いずれわかることですが。

そういうわけですから、もしビューアルが正常人として裁判を受けて判決を受け、自分で決めたとおり刑務所のなかから遺産の使い方を指示するつもりなら、このニッコロウ・ベネデッティはためらうことなくこの記事を破り棄てましょう。必要とあらば、私がフライシャー警視や法そのものに対して答えるつもりです」

老人が大きな毛深い手をディードゥルの輝くようなブロンドの頭に置き、上を向かせて視線を合わせた。

「伝えてくれますか？」

「ええ——伝えます」彼女はつぶやいた。

「彼の答えを知らせてください」

ディードゥルはうなずき、立ちあがるとドアへ向かった。なにかを言いたそうにうしろを振り向いた。が、なにも言わなかった。ドアを開けたまま去って行った。ロンが立ちあがり、ドアを閉めた。

23

「本当にそうすると思う？」ジャネットが訊いた。

「そうするって、なにを？」

「彼のそばにいるっていうこと」

ロンは肩をすくめた。「しばらくはね、たぶん」彼は恩師のところへ戻った。「複雑な事件でしたね、マエストロ？　ビューアルは本当に自分を壁の隅に塗り込めてしまったんだ」

「塗るで思い出したんだが」老人は新しい葉巻に火をつけた。「火曜日の午前中に、ペンキ屋が私の部屋を塗りに来ることになっている。すっかり忘れていたよ。あの壁の色にはもう我慢ならないんだ」

ロンが眉を吊りあげた。「ずっとスパータに腰を落ち着けるつもりですか？」

ベネデッティは肩をすくめた。「事件が終わったとたんに、きみの頭は働かなくなってしまったかね、ロナルド？　裁判までは、足止めを喰うだろう？　われわれ三人は、証人のなかのスターだからな」彼はにんまりした。「それに、ミセス・マカルロイや、ミセス・ツーッチオ、ミセス・ゴラルスキイとの約束もある。できるだけ早い機会にお互いをよく知ろうということになっているんだ。ニッコロウ・ベネデッティは、約束を破ったりはしない！」

彼の口調があまりにもさも当然というふうだったので、ジャネットは思わず吹き出してしまった。「忙しい春になりますね、教授」みんなが笑った。

ロンがジャネットに向かって言った。「そうだ、ぼくの質問にまだ答えていないよ」

ジャネットの目が光った。「質問て、なんの？」

ロンが声を張りあげた。「なんの、だって！　結婚してくれるか？　にきまってるじゃないか！」

「それを確かめたかっただけよ」茶目っ気たっぷりに彼女が言った。「ええ、ロン。結婚するわ。すごく愛しているのよ」ロンは彼女にキスをした。

「なるほど」教授もうれしそうだった。「そうなると、ロナルドのライセンスが取り消されないように手を打たなければ。これからは妻を養ってゆかなければならないんだからな」

「それと、けちな老教授もね」ロンがジャネットの耳元でささやいた。

ちょうどそのとき、ジャネットが思い出したように言った。

「教授！」

「私はここにいるよ。なんだね？」

「HOG《ホッグ》ですよ！　ぜんぶ説明してくれましたけど、そのことはまだです。なぜＨ、Ｏ、Ｇなのですか？」

　ロンが首を振った。「それをすっかり忘れていた」考え込むように、彼は言った。

「ああ、そのことか」老人が言った。「それこそ最大の謎だな」大きくため息をつき、大まじめな顔になった。

「ビューアルが言わないかぎり、なぜ手紙にそうサインしたかはけっしてわかるまいな。だが、私なりの意見はある。

　この意見には、いくつかの根拠があるんだ。まず、HOG《ホッグ》が殺したと称する被害者たちだ。むじゃきな子どもから性的に早熟な女の子まで――みんな悪からはほど遠い人たちだ。ジャストロウは、むろん別だよ。彼は除外する。だがみんな事故の犠牲者だろう？　レスリイ・ビッケルの場合も、非行のせいだ。HOG《ホッグ》がかき立てた恐怖というのは、善良な人々を残忍に殺す者がいるという恐怖だった。

　ビューアルは、伯父に対して同じ恐怖を感じていた。両親は本当に事故で死んだのだということを知るまではな。しかしだからといって、恐怖心はなくなるだろうか？　愛する者は陰謀で殺されたのではなく、でたらめに、なんの意味もなく死んだのだとわかったからといって？

私はそうは思わない。手紙や告白状でも、ビューアルはいつもその名前を大文字で書いている。つまり、いつも誰かがそうじゃないかと疑っていたとおり、私も、それは頭字語だと思うんだ」

「どういうことですか、それは、マエストロ？」ロンが訊いた。

教授は葉巻を口から離し、むずかしい笑みを浮かべて煙を吐いた。「ビューアル自身が言っているよ。もう一度告白状を読んでみるといい。ＨＯＧ《ホッグ》こそが本当の殺人犯だった。最初から、あの手紙は六人の犠牲者を殺した真犯人のことを明かしていたんだ――七人目の罪深い人間も殺したとビューアルが確信している真犯人だよ……」

老人の顔からにんまりした笑みが消え、疲れきった表情が浮かんだ。

「みんな神の手（Hand Of God）で殺されたのだ」

解説

レビュアー 福井健太

1

エドガー・アラン・ポーが「モルグ街の殺人」を発表したのは、十九世紀の半ば——一八四一年のことだった。これを始祖と見なすとすれば、本格ミステリは一世紀半以上にわたって書き継がれてきたことになる。その輝かしい歴史において、多くの名作や傑作が生まれたことは言うまでもない。貴方が手にしている『ホッグ連続殺人』は、そんな〝星星〟の中でも屈指の輝きを放つ、まさに驚異としか呼びようのない傑作である。

本書がいかに魅力的であるか——という話に入る前に、著者について簡単に紹介しておこう。ウィリアム・L・デアンドリア（William Louis DeAndrea）は、一九五二年にニューヨーク州のポートチェスターで生まれた。十二歳の時に『エラリイ・クイーンの冒険』

を読んだことからミステリに耽溺し、シラキューズ大学でマスコミ学を専攻した後、工場勤務や世界初のミステリ専門店〝マーダー・インク〟の店員などを経験。七八年に上梓したデビュー作『視聴率の殺人』がMWAの最優秀新人賞に選ばれ、翌年には『ホッグ連続殺人』でMWAの最優秀ペーパーバック賞を受賞。八四年には『クイーンたちの秘密』などの本格ミステリで知られるオレイニア・パパゾグロウ（ジェーン・ハダム）と結婚した。テレビ局のトラブルバスターであるマット・コブ、ニッコロウ・ベネデッティ教授、秘密工作員クリフ・ドリスコル、記者ロボ・ブラック&三文作家クウィン・ブッカーなどの登場するシリーズ物、ノンシリーズのサスペンスなどを精力的に発表するほか、九四年には*Encyclopedia Mysteriosa*でMWAの最優秀評論／評伝賞を獲得している。実作者としてのみならず、ミステリ編集者としても活躍したが、九六年にガンのため四十四歳で死去。フィリップ・デグレイヴ名義で書かれた二作を含めると、発表した長篇は全部で二十一作となる。そのリストは以下の通り。底本には『世界ミステリ作家事典　本格派篇』（編著・森英俊）を使用させてもらった。

#『視聴率の殺人』（一九七八）（早川書房／一九八〇）
（ハヤカワ・ミステリ文庫／一九八三）

*『ホッグ連続殺人』（一九七九）（ハヤカワ・ミステリ文庫／一九八一）※本書

『ピンク・エンジェル』（一九八〇）（ハヤカワ・ミステリ文庫／一九八三）
#『殺人オン・エア』（一九八一）（ハヤカワ・ミステリ文庫／一九八三）
『五時の稲妻』（一九八二）（ハヤカワ・ミステリ文庫／一九八四）
#『殺人ウェディング・ベル』（一九八三）（ハヤカワ・ミステリ文庫／一九八五）
#『殺人アイス・リンク』（一九八四）（ハヤカワ・ミステリ文庫／一九八五）
†『クロノス計画』（一九八四）（ハヤカワ・ミステリ文庫／一九八六）
†『スナーク狩り』（一九八五）（ハヤカワ・ミステリ文庫／一九八八）
§*Unholy Moses*（一九八五）
§*Keep the Naby, Faith*（一九八六）
†『死の天使アザレル』（一九八七）（ハヤカワ・ミステリ文庫／一九八九）
#*Killed in Paradise*（一九八八）
†*Atropos*（一九九〇）
#*Killed on the Rocks*（一九九〇）
＊『ウルフ連続殺人』（一九九二）（福武書店ミステリ・ペイパーバックス／一九九四）
＊*The Manx Murders*（一九九四）
Encyclopedia Mysteriosa（一九九四）※評論書
☆*Written in Fire*（一九九五）

#*Killed in Fringe Time*（一九九五）
#*Killed in the Fog*（一九九六）
☆*The Fatal Elixer*（一九九六）

#はマット・コブ、*はニッコロウ・ベネデッティ教授、†はクリフォード・ドリスコル（別名：ジェフリー・ベルマン／アラン・トロッター）、☆はロボ・ブラック&クウィン・ブッカーのシリーズを示す。§はフィリップ・デグレイヴ名義の作品。

2

翻訳ミステリ界が〝現代的〟な作品で占められていた一九八一年——時代に逆行するかのように登場した本作は、多くのクラシック本格マニアを狂喜させ、ウィリアム・L・デアンドリアとニッコロウ・ベネデッティ（当時は「ニッコロウ・ベイネデイッティ」と訳されたが、今回の版では正確な発音に近付けてある）の名前をミステリ史に深く刻みつけた。参考までに挙げておくと、本作は〈週刊文春〉の年間アンケートで第九位に選ばれたほか、八六年に『東西ミステリーベスト100』（文春文庫）の六四位、九一年に『ミステリ・ハンドブック』（ハヤカワ文庫）の「読者が選ぶ海外ミステリ・ベスト100」の十三位に選ばれている。九九年には〈EQ〉誌の「21世紀に伝える翻訳ミステリー　オールタイム・ベスト100」の三十六位、二〇〇〇年には『海外ミステリ・ベスト100』（ハヤカワ文庫）の二十五位、二〇〇一年には〈週刊文春〉の「20世紀傑作ミステリーベスト10」の十五位、二〇〇四年には〈ジャーロ〉誌「海外ミステリー　オールタイム・ベスト100」の三十二位にランクイン――という具合に、オールタイムベストの常連になっていることからも、本作の根強い人気が見て取れるはずだ。

先に挙げたプロフィールからも解るように、デアンドリアは本格ミステリの熱狂的なマニアであり、とりわけエラリイ・クイーンの信奉者でもあった（妻のパパゾグロウにも同じことが言える）。デビュー作『視聴率の殺人』における容疑者を一堂に会しての謎解き、マット・コブの言葉にこだわる性格などは、そんなセンスを強く反映したものに違いない。その嗜好性をより強く発揮し、古風にしてコアな本格ミステリとして凝縮させた結晶が本作なのである。

著者が本作で目指したものは二つあった。一つは〝本格ミステリの格好良さ〟を再現することだ。クラシカルな本格ミステリの愛読者にとって、格好良い名探偵、挑戦的な名犯人、謎めいた大事件などは――原体験時のインパクトともあいまって――すこぶる魅力的なものに違いない。その反面、歳を取って目が肥えることで、読者はそれらのガジェットに嘘臭さを感じずにはいられなくなる。それが絵空事であればあるほど、著者には高度な表現力とアイデアが要求されるわけだ。大見得を切って滑るほど無様なことはないが、それを決めた時の鮮やかさは何物にも代え難い。世界的な名探偵ベネデッティ、次々に犯行声明を送りつける〝HOG〟などの存在を通じて、本作では〝名探偵vs謎の犯罪者〟の（古風な）物語がスリリングに展開されていく。極めて高いハードルを設定し、華麗に飛び越えてみせることで、本書は目映いばかりの魅力を獲得したのである。

もう一つの要素は――いかにもクイーンの信奉者らしい――記号的な操作に淫した謎解きである。冒頭に置かれた大胆な伏線、犯人の署名である〝HOG〟の意味探し、終盤におけるロジカルかつ意外な逆転劇など、本作には本格ミステリのゲーム性がぎっしりと詰め込まれている。二つの要素を兼ね備えることで、本作は論理性と大時代的なミステリロマンの融合になり得たというわけだ。

絶賛ばかりでは説得力に欠けるので、一つだけ否定的な見解にも触れておこう。本作の批判としてよく言われるのが、犯人の行動が不自然だという指摘である。ある時点においてある行動を取るためには、犯人が運良くあるものを所持していなければならない――という点など（どういう意味かは読了後に解るはず）、いくつかの瑕疵があるのは事実。プロットが極めて優れているだけに、その部分が惜しまれるのも確かだ。しかし本作の核は大胆な構成に宿っており、最大限に譲歩したところで、これが〝本格の道具立てを使った魅力的な物語〟であることに変わりはない。著者が達成した〝狙い〟の高さに比べれば、多少の傷はさほど問題ではないだろう。

プロットにおいて見得を切ったところで、結末がそれを支えきれないものであれば、読後の印象は大きく減じられてしまう。しかしその点に関しても本作は完璧だ。大胆に盲点を突く〝消える魔球〟のスケールは、大仰なプロットを支えるだけの力を確実に備えている。そして（誰もが一生忘れないであろう）最後の一行は、本格ミステリ史における屈指の――シリウスやカノープスのごとき輝きを放っている。黄金時代から数十年を経て、本格ミステリのプリミティヴな面白さを甦らせた突然変異体――そんな『ホッグ連続殺人』がこの世に生まれたことは、本格ミステリファンに贈られた一つの奇跡にほかならない。

二〇〇四年十二月

本書は、一九八一年十月にハヤカワ・ミステリ文庫より刊行された『ホッグ連続殺人』の新装版です。

特捜部Q

―檻の中の女―

Kvinden i buret

ユッシ・エーズラ・オールスン

吉田奈保子訳

〔映画化原作〕コペンハーゲン警察のはみ出し刑事カールは新設部署の統率を命じられた。そこは窓もない地下室、部下はシリア系の変人アサドだけ。未解決事件専門部署特捜部Qは、こうして誕生した。まずは自殺とされていた議員失踪事件の再調査に着手するが……人気沸騰の警察小説シリーズ第一弾。　解説／池上冬樹

ハヤカワ文庫

IQ

ジョー・イデ
熊谷千寿訳

IQ

〔アンソニー賞／シェイマス賞／マカヴィティ賞受賞作〕LAに住む青年〝IQ〟は無認可の探偵。ある事情で大金が必要になり、腐れ縁のドッドソンから仕事を引き受ける。それは著名ラッパーの命を狙う「巨犬遣いの殺し屋」を見つけ出せという奇妙な依頼だった！　ミステリ賞を数多く獲得した鮮烈なデビュー作

ハヤカワ文庫

ありふれた祈り

ウィリアム・ケント・クルーガー

Ordinary Grace

宇佐川晶子訳

〔アメリカ探偵作家クラブ賞、バリー賞、マカヴィティ賞、アンソニー賞受賞作〕フランクは牧師の父と芸術家肌の母、音楽の才能がある姉や聡明な弟と暮らしていた。ある日思いがけない悲劇が家族を襲い、穏やかな日々は一転する。やがて彼は、平凡な日常の裏に秘められていた驚きの事実を知り……。解説／北上次郎

ハヤカワ文庫

シンパサイザー（上・下）

The Sympathizer

ヴィエト・タン・ウェン
上岡伸雄訳

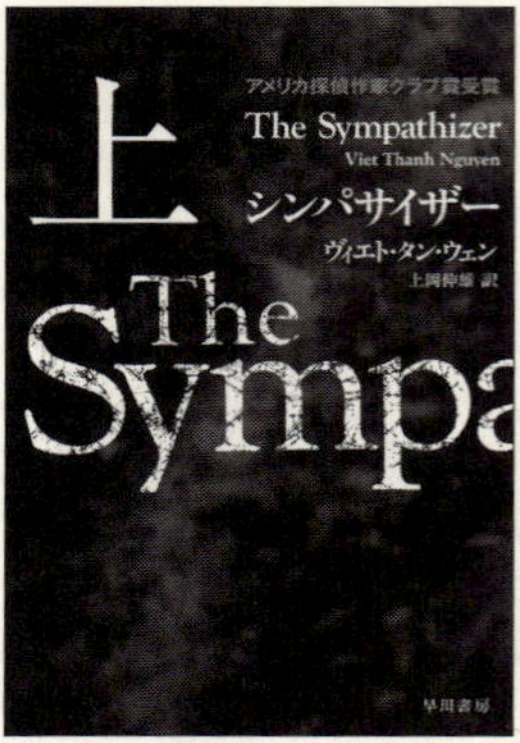

〔ピュリッツァー賞、アメリカ探偵作家クラブ賞受賞作〕ヴェトナム戦争が終わり、敗れた南の大尉は将軍とともに米西海岸に渡った。難民としての暮らしに苦労しながらも、将軍たちは再起をもくろむ。しかし、将軍の命で暗躍する大尉はじつは北ヴェトナムのスパイだったのだ！　世界を圧倒したスパイ・サスペンス

熊と踊れ（上・下）

Björndansen

アンデシュ・ルースルンド&
ステファン・トゥンベリ
ヘレンハルメ美穂&羽根由訳

壮絶な環境で生まれ育ったレオたち三人の兄弟。友人らと手を組み、軍の倉庫から大量の銃を盗み出した彼らは、前代未聞の連続強盗計画を決行する。市警のブロンクス警部は事件解決に執念を燃やすが……。はたして勝つのは兄弟か、警察か。北欧を舞台に〝家族〟と〝暴力〟を描き切った迫真の傑作。解説／深緑野分

ハヤカワ文庫

制裁

Odjuret

アンデシュ・ルースルンド&
ベリエ・ヘルストレム
ヘレンハルメ美穂訳

〈「ガラスの鍵」賞受賞作〉凶悪な少女連続殺人犯が護送中に脱走。その報道を目にした作家のフレドリックは驚愕する。この男は今朝、愛娘の通う保育園にいた！　彼は祈るように我が子のもとへ急ぐが……。悲劇は繰り返されてしまうのか？　北欧最高の「ガラスの鍵」賞を受賞した〈グレーンス警部〉シリーズ第一作

ハヤカワ文庫

訳者略歴　1947年生，明治大学英文科卒，英米文学翻訳家　訳書『ポアロ登場』クリスティー，『バイク・ガールと野郎ども』チャヴァリア，『探偵はいつも憂鬱』オリヴァー，『狼は天使の匂い』グーディス（以上早川書房刊）他多数

HM=Hayakawa Mystery
SF=Science Fiction
JA=Japanese Author
NV=Novel
NF=Nonfiction
FT=Fantasy

ホッグ連続殺人《れんぞくさつじん》

〈HM⑯-11〉

二〇〇五年一月三十一日　発行
二〇二四年九月二十五日　五刷

（定価はカバーに表示してあります）

著者　ウィリアム・L・デアンドリア
訳者　真《ま》崎《さき》義《よし》博《ひろ》
発行者　早川浩
発行所　株式会社早川書房
郵便番号　一〇一 - 〇〇四六
東京都千代田区神田多町二ノ二
電話　〇三 - 三二五二 - 三一一一
振替　〇〇一六〇 - 三 - 四七七九九
https://www.hayakawa-online.co.jp

乱丁・落丁本は小社制作部宛お送り下さい。
送料小社負担にてお取りかえいたします。

印刷・株式会社亨有堂印刷所　製本・株式会社明光社
Printed and bound in Japan
ISBN978-4-15-073961-4 C0197

本書は活字が大きく読みやすい〈トールサイズ〉です。